LES ENQUÊTES DE MISS MERKEL

MEURTRE D'UN BARON ALLEMAND

DAVID SAFIER

Traduit de l'allemand
par Jocelyne Barsse

City
Roman

Publié par l'intermédiaire de l'agence EDITIO DIALOG,
Lille, France. www.editio-dialog.com
Publié pour la première fois sous le titre
Miss Merkel, Mord in der Uckermark par Rowohlt Verlag GmbH.
Couverture : © ????????????????

ISBN : 978-2-8246-1937-8
Code Hachette : 82 3277 1

Collection dirigée par Christian English & Frédéric Thibaud
Catalogues et manuscrits : city-editions.com

Dépôt légal : Octobre 2021

LES ENQUÊTES DE MISS MERKEL

MEURTRE D'UN BARON ALLEMAND

Pour Marion, l'amour de ma vie,
Pour Ben et Daniel, les deux autres lumières
qui illuminent ma vie.
Je suis fier de vous !
Et bien sûr pour Max aussi.

1

— Il faut que je m'asseye un peu, dit Angela en joignant immédiatement le geste à la parole. Le banc en bois érodé, au bord du chemin caillouteux, offrait une vue magnifique sur le Lac trouble. L'ex-chancelière tamponna son front baigné de sueur avec un petit mouchoir en tissu offert autrefois par le Dalaï-lama. Elle aurait volontiers affirmé qu'elle venait de faire une randonnée de plusieurs heures par une chaleur insupportable mais c'est tout juste si elle avait marché vingt-cinq minutes sous l'agréable soleil du mois de mai. À Berlin, où elle avait vécu pendant des décennies, elle n'avait jamais pu atteindre le seuil préconisé des dix mille pas par jour, hormis pendant la crise du coronavirus, à force d'arpenter son immense bureau de long en large. Sa condition physique inspirait désormais le genre de formules qu'on lit dans les registres de condoléances. Son corps, qui avait enduré trois mille banquets d'État environ, n'était pas près de retrouver un semblant de forme physique.

Angela regarda la petite étendue d'eau qui avait un charme insignifiant tout à fait à son goût. Les roseaux longs à souhait se balançaient gracieusement dans la brise tiède à souhait au bord de l'eau… bleue à souhait. Les oiseaux en vol l'emportaient en grâce sur les danseurs et danseuses des compagnies de ballet qu'Angela avait vues sur scène à l'occasion de ses nombreuses visites d'État. Elle avait même assisté un jour à un opéra chinois de sept heures, accomplissant l'exploit de ne pas s'endormir à côté du président de la Chine malgré la fatigue liée au décalage horaire. Son plus bel effort de volonté à ce jour.

Sur ce banc, au bord de ce lac, sous ce soleil, elle n'avait aucune nostalgie de Berlin bien qu'elle ne se fût pas encore habituée à la vie dans son nouveau lieu de résidence, le village de Klein-Freudenstadt. Comment aurait-elle pu, d'ailleurs ? Elle n'était là que depuis six semaines. Elle avait flâné plusieurs fois dans les rues de la bourgade d'un charme tout aussi insignifiant et à son goût que le lac mais ne s'y sentait pas vraiment chez elle. Y parviendrait-elle un jour ?

Sa vie trépidante à Berlin lui manquerait-elle au bout de quelques mois comme le redoutait son mari ? À vrai dire, elle partageait secrètement ses craintes. Elle lui avait promis de passer ses vieux jours au calme avec lui. Et si elle ne tenait pas sa promesse ? Son couple, au sein duquel il avait dû si souvent rester en retrait, y survivrait-il ?

— Tout va bien, chérie ? demanda Achim, lequel s'appelait en réalité Joachim mais avait décrété pendant ses études qu'Achim était un surnom plus cool comme si un chercheur en chimie quantique pouvait connaître le sens véritable du mot « cool » !

Achim se tenait devant elle, avec sa chemise blanche à manches courtes, son pantacourt bleu qui laissait apparaître ses jambes poilues et ses chaussures de randonnée grises qu'une jeune vendeuse avait réussi à lui faire acheter en vantant leur modernité. Angela aimait son mari entre autres parce qu'il n'avait aucune idée de ce qui était chic et de ce qui ne l'était pas. Et aussi parce qu'il était foncièrement honnête, incapable de mentir. Combien de fois n'avait-elle pas pensé : *Pourquoi les hommes ne sont-ils pas tous comme mon Achim* ? La même réponse lui venait alors invariablement à l'esprit : *s'ils étaient tous aussi doux, l'humanité ne survivrait pas.*

— Chérie, je t'ai demandé quelque chose, revint-il à la charge.

Il se faisait toujours du souci pour elle.

— Tout va bien, *Puffel*. J'ai juste un peu chaud, répondit Angela.

Achim sortit de son sac à dos, déjà en sa possession du temps de la RDA, une vieille gourde dans laquelle buvait son père du temps d'*avant* la RDA. L'eau y avait toujours le goût de métal néanmoins elle rafraîchit Angela.

— Tu devrais peut-être mettre autre chose que ta tenue habituelle pour marcher, suggéra Achim.

En effet, Angela portait comme autrefois quand elle était chancelière un pantalon noir et un de ses nombreux blazers colorés, un vert ce jour-là. Les vêtements de randonnée qu'elle avait achetés cinq ans auparavant ne lui allaient plus. Trop étroits. Ils étaient encore au fond d'un des nombreux cartons qu'elle n'avait pas encore pris la peine de déballer.

— Si nous allons à Templin ce week-end, je m'achèterai une tenue appropriée, dit Angela.

Pas question pour elle de commander sur Internet. Grâce aux experts du numérique qui travaillaient pour elle dans son ancienne vie, Angela savait ce qu'on faisait des données des acheteurs en ligne. Et d'ailleurs en quoi sa taille et ses mensurations regardaient-elles Amazon ?

— Comme tu voudras ma chérie, répondit Achim.

Une phrase qu'il prononçait très souvent parce qu'elle lui simplifiait beaucoup la vie. Celle d'Angela aussi d'ailleurs.

— Poutine a fait des siennes, annonça une voix derrière eux.

Six semaines auparavant, cette phrase aurait tenu Angela en haleine pendant des jours voire des semaines. À présent, elle signifiait simplement qu'elle devait tirer de la poche de son blazer un sac pour déjections canines. Le petit sachet noir à la main, elle se dirigea vers un homme à la carrure imposante avec une coupe en brosse. Il était vêtu d'un costume noir et portait des lunettes de soleil. C'était Mike, son agent de protection rapprochée de quarante-cinq ans, qui en toutes circonstances gardait sa veste boutonnée pour cacher son petit ventre. Poutine était assis à côté de lui. Pas le président russe mais un petit carlin au pelage clair avec une tache noire autour de l'œil gauche. Achim, qui était allé le chercher dans un refuge pour animaux, l'avait offert à Angela le jour de son départ à la retraite. Cet adorable animal devait aider sa femme à surmonter sa phobie des chiens. Comme Poutine, pas le carlin mais le vrai, avait un jour laissé entrer son gros labrador noir dans son bureau lors de leur rencontre à Sotchi, alors qu'il était de notoriété publique qu'elle avait peur des chiens, Angela avait donné le nom du président russe à l'affectueux carlin.

— Je peux ramasser sa crotte, proposa Mike.

Angela était parfaitement capable de faire la différence entre une offre sincère et une offre polie. À l'évidence, Mike espérait secrètement ne pas avoir à ramasser ladite crotte.

— C'est très aimable à vous, répondit-elle malicieusement en lui tendant le sachet.

— Mais c'est tout naturel, répondit le tas de muscles d'une voix un peu chevrotante.

Il aurait été plus à son aise face à un terroriste islamiste qu'il aurait neutralisé en un clin d'œil. Juste au moment où il allait prendre le sachet, l'ancienne chancelière se pencha et dit :

— Ah laissez donc, j'ai l'habitude de nettoyer derrière Poutine.

Après quoi elle regarda autour d'elle en quête d'une poubelle, constatant une fois de plus qu'il n'y en avait jamais quand on en avait besoin.

— Tu veux que je porte le sac ? offrit Achim que rien ne dégoûtait, ni les araignées ni même Donald Trump.

— Je peux tout à fait m'en charger, répondit Angela en souriant.

— Qui aime le carlin porte ses besoins.

— Qu'est-ce que je t'ai dit à propos de tes jeux de mots, Achim ?

— Que je ferais mieux de renoncer ?

— Exactement.

— Très bien, concéda Achim. Si c'est ce que tu veux, je renonce…

Angela lui caressa la joue et dit :

— Et sur cette bonne résolution, nous allons rentrer.

— … du moins jusqu'à la maison, compléta Achim en souriant.

Désarmant. Son sourire insolent était son arme secrète. En le voyant, Angela ne pouvait que rire à son tour. Et cette fois ne fit pas exception.

— Y a-t-il un chemin plus court pour retourner au village ? demanda-t-elle à son garde du corps. J'aimerais acheter des pommes pour faire un gâteau mais les magasins ferment bientôt.

Les horaires de fermeture beaucoup plus précoces qu'à Berlin n'étaient qu'une différence parmi d'autres entre les deux endroits et Angela ne savait pas exactement si elle trouvait ça sympathique ou juste énervant.

— Un gâteau aux pommes ? demanda Mike.

Il aimait les gâteaux et appréciait les talents de pâtissière d'Angela, qui le savait, mais il s'inquiétait pour sa silhouette de sportif et sa condition physique. Depuis qu'il avait été affecté à la protection du couple Merkel, il avait déjà pris 2 kilos et 358 grammes malgré un entraînement physique intensif. Achim n'avait pas de tels problèmes, il pouvait manger ce qu'il voulait sans prendre un gramme. Une qualité que lui enviait un peu Angela. Et Mike aussi désormais.

— Un gâteau aux pommes, confirma l'ex-chancelière.

Depuis son installation à Klein-Freudenstadt, elle faisait presque tous les jours un gâteau : aux fraises, aux poires, aux prunes en fonction de ce que proposaient les étals de fruits sur le marché devant le petit temple. Ce n'était pas uniquement pour passer le temps, maintenant qu'elle ne consacrait plus ses journées à des réunions de toutes sortes, mais aussi parce qu'elle aimait faire de la pâtisserie.

Dans une autre vie, elle serait peut-être devenue pâtissière plutôt que scientifique et femme politique. Sans doute y avait-il dans l'un des autres univers – en tant que physicienne, elle croyait à la théorie des univers parallèles – une Angela épanouie et comblée qui faisait des gâteaux au beurre et des beignets au fromage blanc toute la journée. Peut-être y existait-il même un univers dans lequel une Angela pâtissière ne prenait pas de poids.

— En coupant à travers bois, on arrive plus vite au village, l'informa Mike qui consultait son téléphone portable.

— Alors allons-y, dit Angela en se dirigeant d'un pas décidé vers la forêt, suivie d'Achim, de Mike et de Poutine qui, avec ses petites pattes tordues, était ravi que sa maîtresse ne fût pas la plus rapide.

Ils n'avaient pas parcouru cent mètres qu'ils entendirent des piétinements de sabots. Et cinquante mètres plus loin, Angela croisa l'homme dont elle allait découvrir le cadavre quelques heures plus tard dans des oubliettes.

2

Ce qui frappait chez le baron Philipp von Baugenwitz, ce n'était pas son étalon noir à l'allure si noble qu'il aurait fait pâlir d'envie ses pairs aux courses hippiques d'Ascot, ni le nom (Ferdinand) dont il l'avait affublé. Non, ce qui frappait chez lui, c'était son armure.

— Et moi qui pensais avoir déjà tout vu en matière de cinglés, marmonna à voix basse Mike qui avait rapidement cerné le caractère inoffensif du chevalier à cheval.

Angela avait renoncé depuis bien longtemps à ce genre de remarques. Sa longue expérience en politique lui avait appris que des fous encore plus fous que les précédents surgissaient immanquablement. Il n'empêche qu'elle était fort étonnée. Poutine se blottit derrière ses jambes pour se cacher du cheval tandis qu'Achim haussait habilement un sourcil – une mimique qu'il avait copiée sur M. Spock dans *Star Trek* qu'il regardait à la télévision ouest-allemande quand il était petit.

— C'est vraiment vous, dit une voix dans un bruit métallique à travers le casque. J'étais impatient de vous rencontrer.

D'après sa voix, l'homme casqué devait avoir la cinquantaine. Angela se dit qu'il avait un certain savoir-vivre. Bien qu'il eût sûrement remarqué le sac à déjections canines qu'elle avait à la main, il ne fit aucun commentaire.

— Vous vous demandez sûrement pourquoi je porte une armure, poursuivit-il comme si de rien n'était.

— Je reconnais que la question m'a traversé l'esprit.

— J'organise ce soir une fête médiévale du vin dans mon château et je voulais tester l'armure de mon ancêtre Balduin. Je suis très satisfait, je m'en sors vraiment très bien ! Je la porterai ce soir aussi. Vous avez dû voir les affiches de la fête au village.

— J'ai même eu un prospectus.

Angela s'en souvenait précisément à cause de l'adolescente aux cheveux teints en bleu qui lui avait tendu le flyer. La jeune fille était tellement concentrée sur son téléphone portable qu'elle n'avait même pas remarqué l'ex-chancelière. Voilà des années qu'Angela ne pouvait plus se déplacer incognito. D'abord déconcertée par le fait de ne pas avoir été reconnue, elle avait fini par apprécier cette sensation libératrice.

— Puis-je compter sur votre présence ce soir ? demanda Philipp d'une voix pleine d'espoir sur fond de bruits métalliques.

Angela n'avait pas envisagé une seconde d'aller à cette fête. Elle voulait d'abord prendre ses marques avec Achim dans leur nouvelle maison. Elle réalisait à présent qu'elle ne pourrait pas s'y sentir bien, tant qu'elle ne se serait pas intégrée dans le village où se trouvait la demeure. Et quelle meilleure occasion de s'acclimater qu'une fête à laquelle de nombreux villageois seraient présents ?

— Je vais réfléchir, répondit Angela.

Mike poussa un discret soupir derrière elle. Il avait prévu de passer sa soirée de repos hebdomadaire au Gin d'Aladin. Le bar à gin était le plus chic de Klein-Freudenstadt. Il faut dire que c'était le seul. Sinon il y avait aussi l'auberge du village… la bien nommée Auberge du village.

Le manque d'enthousiasme de Mike s'expliquait facilement : s'il devait assurer la sécurité d'Angela pendant la fête, il ne pourrait même pas s'autoriser une gorgée de vin. Le service, c'est le service. Et le gin, c'est le gin !

Angela regarda Achim qui haussait son autre sourcil à la perfection grâce à sa longue pratique. Elle n'avait pas oublié sa promesse de regarder avec lui *La Traviata* diffusée en direct depuis le Metropolitan Opera de New York. Il avait acheté un nouveau téléviseur grand écran en promotion pour l'occasion. En essayant de programmer la télécommande, il avait prouvé, si besoin était, que les chimistes quantiques étaient démunis face aux appareils électroniques du quotidien. C'est grâce à l'intervention involontaire de Poutine, qui avait marché dessus avec ses petites pattes, que la télécommande avait fini par fonctionner. Quelles touches avait-il piétinées par mégarde ? La combinaison magique restait un mystère qu'aucun spécialiste de la chimie quantique ne pourrait résoudre un jour.

Ni Achim ni Mike ne sautèrent de joie à l'idée de passer la soirée à la fête du vin, ce qui évita à Achim, qui ne se distinguait pas par sa souplesse, de se démettre une ou deux vertèbres au passage. Toutefois Angela ne voulait pas refuser l'invitation. Cette fête organisée dans sa nouvelle ville d'adoption avait éveillé sa curiosité et elle en attendait beaucoup.

— Vous ne le regretterez pas. À ce soir ! cria le baron sur fond de bruits métalliques avant de repartir à cheval.

— J'espère bien que non, laissa échapper doucement Achim.

— Ça pourrait être très amusant, répliqua Angela.

— Mais on avait prévu de regarder *La Traviata* !

— Et c'est ce qu'on va faire.

Achim semblait déconcerté.

— Il y a une touche « Enregistrement » sur la télécommande, dit Angela avant d'ajouter malicieusement : Il suffit de laisser Poutine marcher dessus une ou deux fois, je suis sûre qu'il va trouver.

— Ah ah ! répondit Achim qui avait de nombreuses qualités mais pas le sens de la repartie.

— C'est sûrement intéressant de voir comment ils organisent les fêtes dans ce village, *Puffel.*

Angela avait volontiers recours au surnom affectueux *Puffel* quand son mari rechignait à faire quelque chose. C'est avec un *Puffel* bien placé qu'elle l'avait convaincu de participer au programme réservé aux premières dames lors d'un sommet du G7. Un véritable exploit car Melania Trump avait déjà remplacé Michelle Obama à l'époque !

Achim hésitait.

Angela ajouta avec un sourire :

— Tu n'es pas curieux de voir à quoi ressemble le visage sous le casque ?

— Pas besoin d'aller à la fête pour ça. Il suffit de faire une recherche sur Google.

— Je peux même la faire tout de suite, proposa Mike qui dégaina aussitôt son téléphone portable.

Apparemment le garde du corps n'avait pas abandonné tout espoir d'aller au bar à gin.

— Et si je ne trouve pas de photo sur Internet, je mettrai mes collègues du BKA[1] sur le coup. S'ils n'ont pas de photo, ils pourront hacker son téléphone portable ou prendre un cliché avec un drone.

— On le verra ce soir en direct et en couleur, trancha Angela qui fit habilement acte d'autorité.

Ignorant les mines renfrognées d'Achim et de Mike, Angela se pencha pour tapoter la tête de Poutine.

1. Bundeskriminalamt, Office fédéral des affaires criminelles.

— Et pour toi il y aura quelques morceaux de délicieux poulet.

Le carlin se réjouit. « Poulet » faisait partie des quelques mots qu'il comprenait avec, entre autres, « Assis », « Couché » et « Tu-peux-monter-sur-le-canapé-même-si-Achim-hausse-un-sourcil ».

Angela se remit en route, le sac à crottes toujours à la main. Tout en avançant, elle se demanda quel blazer elle allait porter pour la fête.

3

Les habitants de Klein-Freudenstadt avaient eu le temps, en six semaines, de s'habituer à la présence d'Angela. Certes, ils reconnaissaient immédiatement l'ex-chancelière quand elle traversait, comme en cet instant, la vieille place du marché avec son mari, son carlin et son *bodyguard*, mais ils ne demandaient plus à faire des selfies avec elle, pas plus qu'ils ne la regardaient bouche bée passer devant eux. Sa présence ne leur inspirait plus de commentaires dont certains n'étaient d'ailleurs pas franchement aimables. Angela était persuadée que d'ici deux ou trois mois, les villageois ne feraient plus attention à elle.

Après avoir enfin trouvé une poubelle où jeter le sachet compromettant, Angela flâna sur le petit marché. D'ordinaire peu encline aux effusions sentimentales, Angela appréciait beaucoup le charme de ce marché. Les dix étals proposaient des produits de la région : du fromage, de la viande bio, des fruits et des légumes, du miel et même du vin provenant du petit vignoble du baron. Se promettant de goûter le vin issu de ce rare cépage pendant la fête, Angela se dirigea immédiatement vers un étal qui vendait des fruits bios.

— Bonjour, j'aimerais sept pommes, dit-elle à la vendeuse, une quinquagénaire joviale et un peu ronde vêtue d'une salopette bleue et coiffée d'un turban bleu et blanc.

— Prenez-en huit, proposa la dame de l'étal.

— Pourquoi, elles seront moins chères à l'unité ?

— Non, mais comme ça, vous en aurez une de plus.

Sa réponse fit rire Angela.

— Dans ce cas, j'en prends huit.

— Vous ne le regretterez pas.

Pendant qu'Angela prenait le sachet en papier marron contenant les pommes, Achim discutait à l'étal du vin avec Poutine dans les bras. Ce chien n'avait aucune condition physique. Encore pire que sa maîtresse. Angela allait devoir mettre le carlin au régime et en suivre un par la même occasion.

Achim écoutait attentivement les explications sur la viticulture dans l'Uckermark. Il se faisait conseiller pendant des heures pour ne rien acheter au bout du compte. Angela s'étonnait même qu'aucun magasin ne l'eût banni définitivement.

Mike se tenait à quelques mètres de distance et scrutait la place du marché, guettant un potentiel danger. Du point de vue d'Angela, il aurait pu s'épargner cette peine. Que pouvait-il lui arriver ici ? Klein-Freudenstadt était une petite ville si endormie qu'un terroriste moyen ignorait sans doute jusqu'à son existence. Et d'ailleurs, à qui pourrait profiter la mort d'Angela à présent ? Elle s'était retirée volontairement de la vie publique. Et elle ferait tout son possible pour que ça continue. Elle ne participerait pas à des talk-shows. Elle n'écrirait pas de chroniques dans les journaux, elle ne ferait pas de conférences. Elle n'avait nullement l'intention d'agacer ceux qui étaient désormais aux manettes. Contrairement à d'autres ex-chanceliers, elle ne ressentait pas le besoin de siéger dans un quelconque conseil de surveillance pour s'enrichir plus que de raison.

Angela s'apprêtait à faire un appel du coude à son garde du corps et à lui dire qu'il pouvait se détendre quand une femme noire enceinte s'approcha d'elle. Elle avait dans les trente-cinq ans, portait une robe légère verte et rose et un serre-tête vert sur ses longs cheveux lisses. Jusqu'à présent, Angela n'avait pas croisé beaucoup d'immigrés ou enfants d'immigrés à Klein-Freudenstadt. Il y avait le vendeur de glaces italiennes, qui venait de Serbie, le propriétaire de la boucherie Müller, originaire de Taïwan, et la vendeuse de la papeterie qui arrivait tout droit de Schwäbisch Gmünd dans le Bade-Wurtemberg. Angela supposa qu'au moins un des parents de la femme enceinte venait d'un pays frère socialiste de la RDA : le Mozambique, l'Éthiopie, le Bénin…

— Bonjour, je peux vous parler ? demanda aimablement la femme enceinte.

— Vous venez de le faire, répondit en souriant tout aussi aimablement Angela.

— C'est vrai, concéda en riant la femme.

Un sourire ni gêné ni crispé mais au contraire joyeux s'épanouissait sur son visage.

— Que puis-je faire pour vous ? voulut savoir Angela.

— C'est moi qui peux faire quelque chose pour vous !

— Ah oui, quoi ?

— Je m'appelle Marie Horstmann.

Pas le premier nom de famille qui serait venu à l'esprit d'Angela chez une femme noire.

— Et je dirige l'office de tourisme de Klein-Freudenstadt.

— Il y a un office de tourisme à Klein-Freudenstadt ? s'étonna Angela.

— Il n'est ouvert que deux fois par semaine, deux heures dans la journée. Je complète avec les allocations-chômage.

— Et que voulez-vous faire pour moi ?

— Je peux vous proposer une visite guidée de notre petite ville et vous raconter tout ce qu'il faut savoir sur notre bourgade et qui ne figure pas dans Wikipédia.

— Il n'y a que deux paragraphes et l'un d'eux indique qu'il ne faut pas confondre Klein-Freudenstadt avec Klein-Freuden*stedt* dans le Bade-Wurtemberg.

— Je suppose que l'auteur du paragraphe a été envoyé dans la mauvaise région d'Allemagne par son GPS.

— Une théorie qui se tient, confirma Angela.

— Durant la visite, je vous parlerai du pasteur de notre temple Saint-Petri qui, après avoir vidé le vin de messe, a passé la journée à sonner les cloches dans son plus simple appareil, dit Marie en montrant le petit temple de village insignifiant à souhait aux yeux d'Angela. Je vous expliquerai pourquoi on appelle la pierre noire devant le temple *Pierre des larmes* et comment le baron Balduin von Baugenwitz est mort dans son armure.

Angela fut un peu ébranlée en repensant au baron actuel qu'elle avait croisé dans la forêt, affublé d'une armure dans laquelle son ancêtre était mort. Soit l'homme avait un penchant morbide, soit il ne réfléchissait pas plus que ça à ce qu'il faisait.

— Voilà qui est passionnant, répondit Angela.

Toutes les anecdotes qu'avait évoquées la jeune femme ne figuraient pas dans le dossier consacré à la petite ville qu'Angela s'était fait envoyer par le Service de renseignements fédéral. Après avoir lu ledit dossier, installée à son bureau à la chancellerie, Angela avait pensé qu'une petite ville aussi insignifiante était exactement ce qu'il lui fallait !

— Demain après-midi à seize heures, ça vous irait ? demanda Marie.

— Je n'ai rien d'autre de prévu, répondit Angela.

Une phrase qu'elle n'avait pas prononcée depuis le millénaire dernier.

— Mon mari viendra aussi, ainsi que mon garde du corps.

— Trois billets vendus, conclut la guide touristique avec un sourire malicieux. C'est le record de l'année pour le moment !

— J'ai une excellente nouvelle, annonça Achim qui venait de les rejoindre.

— J'adore les bonnes nouvelles, répondit Angela qui avait appris à se réjouir de chacun de ces rares présents de la vie.

— Nous pourrons regarder *La Traviata* en direct finalement.

— Ils diffusent le concert un autre jour ? s'étonna Angela qui réalisa immédiatement que c'était impossible.

Son Achim ne se trompait jamais sur les dates, les nombres et les faits.

— Non, la représentation a bien lieu aujourd'hui. Mais nous ne sommes pas obligés d'aller à la fête du vin.

— Non ?

— Le vin qui est produit ici est plutôt médiocre. Et quand je dis médiocre, je suis vraiment très indulgent.

— *Puffel*, je ne vais pas à la fête du vin pour le vin.

— Ah non ? s'étonna-t-il.

— Non.

— Je suis confus.

— Tu l'es souvent.

— C'est vrai.

— J'y vais pour apprendre à connaître les gens qui vivent ici. Et à ce propos, je te présente Marie Horstmann, elle dirige l'office de tourisme de Klein-Freudenstadt.

— Enchanté. Je m'appelle Achim Sauer. *Sauer*[1], pas dans le sens de furax mais de marrant… en complètement différent.

— Je suppose que vous allez à la fête ce soir ? demanda Angela qui fut surprise de voir la jeune femme, jusqu'alors si joyeuse, se rembrunir et répondre par un « non » bref.

Elle crut même la voir trembler.

— Avez-vous comme nous déjà quelque chose de prévu ? demanda Achim.

— Nous n'avons rien de prévu, rectifia Angela.

Et pour ne pas importuner davantage la jeune femme, elle lui dit aimablement :

— À demain.

— Oui, bien sûr… à seize heures pile, répondit Marie en se forçant à sourire sans toutefois parvenir à faire illusion. À demain.

Sur quoi elle partit.

— Je n'aurais jamais cru que quelqu'un puisse être encore plus allergique que moi à ce vin.

— À mon avis, ce n'est pas à cause de son « allergie » au vin que cette jeune femme refuse d'aller à la fête.

— Ça serait pourtant une excellente raison.

— Je crains qu'elle n'ait encore une meilleure raison, supposa Angela qui se demanda ce qui avait pu faire trembler la jeune femme enceinte. Son mari refusait-il

1. *Sauer* signifie entre autres « fâché » en allemand.

de la laisser sortir ? À moins que ce ne fût lié à la fête elle-même ? Y avait-il là-bas quelqu'un qu'elle voulait éviter à tout prix ?

Angela prit la résolution de profiter de la visite guidée du lendemain pour creuser discrètement la question. La jeune femme lui était sympathique et si elle pouvait l'aider d'une manière ou d'une autre, elle le ferait.

4

Angela avait mis son blazer rouge préféré, celui qu'elle portait en 2014 pour la finale du mondial de foot. Achim, qui ne savait pas précisément contre qui l'Allemagne avait gagné à l'époque, avait sorti son plus beau costume, le seul qu'il possédait d'ailleurs. Il l'avait acheté en 1997 à l'occasion de la première réception officielle à laquelle il avait accompagné Angela. Il avait très vite compris que ces obligations ne lui procuraient aucun plaisir. Ils se trouvaient dans le séjour de leur maison à colombages datant de l'année 1789. Elle était dotée de plafonds bas aux poutres apparentes contre lesquelles Mike, qui mesurait deux mètres, se cognait la tête 3,73 fois par jour d'après les calculs d'Achim. Angela et son mari avaient joliment aménagé la demeure. Ils avaient gardé quelques vieux meubles laissés par les anciens propriétaires : des armoires du XIXe siècle, une table rustique avec des chaises encore plus rustiques et un fauteuil capitonné incroyablement confortable dans lequel Achim se voyait déjà étudier ses livres sur la physique des particules, sauf qu'il n'avait pas tardé à constater que Poutine avait jeté son dévolu sur le siège qui était devenu son endroit préféré pour faire la sieste. Mike en était à sa troisième part de gâteau aux pommes d'Angela. Il soupira :

— Je vais devoir m'entraîner une demi-heure de plus demain.

— Je suis désolée, répondit Angela sans réelle compassion.

Elle prenait même un malin plaisir à faire vaciller la discipline de fer que s'imposait son garde du corps. Demain, il y aurait une portion supplémentaire de crème avec le gâteau !

Angela desservit pendant que son mari remplissait dans la cuisine ouverte le lave-vaisselle selon un système bien rodé, qu'il avait lui-même élaboré, et qu'Angela ne remettait jamais en question. D'une part parce qu'elle n'avait aucune envie d'entendre les calculs d'Achim selon lesquels on pouvait, grâce à sa méthode, faire l'économie d'un cycle entier toutes les 12,7 fois et d'autre part parce qu'Achim était convaincu qu'il était le seul à savoir remplir parfaitement le lave-vaisselle et qu'ainsi elle était débarrassée de cette corvée à tout jamais.

— Dois-je apporter les dernières parts de gâteau aux sans-abri du village ? demanda Mike.

— Bien sûr.

— Les deux types ont pris du poids ces dernières semaines, s'amusa Mike.

Sous ses airs de gros dur, Mike avait un grand cœur. Angela l'avait choisi quand elle avait appris qu'il avait une petite fille à Kiel, qu'il aimait plus que tout. Les autres candidats semblaient capables de tuer un chiot sans ciller si on le leur demandait. Elle n'avait aucune envie de supporter ce genre d'individus ni de les infliger à Poutine qui, en cet instant, se roulait en boule dans sa corbeille. Restait à savoir si un carlin pouvait réellement se rouler en boule ! Une fois qu'il eut trouvé sa position idéale, il se relâcha complètement ; ses intestins aussi à en juger par le bruit et l'odeur.

— Je crois qu'il est temps pour nous de partir, dit Angela en riant.

Mike et Achim opinèrent du chef en même temps. Une fois dehors, ils respirèrent tous un grand coup avant de se mettre en route. À chaque pas qu'elle faisait sur les pavés de la petite ville, Angela sentait son impatience croître : elle se réjouissait à l'idée de rencontrer les villageois. Plus vite elle se sentirait chez elle, plus vite elle pourrait faire taire cette petite part d'elle-même qui avait la nostalgie de Berlin et dont elle avait tu l'existence à Achim.

5

En chemin, ils passèrent devant le temple Saint-Petri puis empruntèrent une route secondaire peu fréquentée pour sortir du village. De la route, on voyait le château Baugenwitz, construit au XVIIe siècle, se dresser sur une butte. Sa façade blanche était illuminée par les derniers rayons de soleil qui faisaient aussi briller ses toits écarlates.

Tandis qu'Angela, Achim et Mike gravissaient la côte qui menait au château en compagnie de nombreux villageois, un tracteur les dépassa dans un bruit de teuf-teuf. Quatre fermiers et la marchande de fruits étaient assis à bord et tous affichaient le même air furibond. Une fois que le tracteur les eut complètement dépassés, Angela comprit la raison de leur mécontentement. Une bannière avait été accrochée à l'arrière. On pouvait y lire : NE VENDEZ PAS NOS TERRES.

Angela avait naturellement lu dans le dossier du BND, le service fédéral de renseignements, que le baron avait des difficultés financières. Si le château brillait de tous ses feux, c'était uniquement grâce aux subventions dont il avait bénéficié. L'entreprise hôtelière qui aurait dû couvrir les frais de fonctionnement était si déficitaire qu'elle avait dû cesser son activité. Ni le petit vignoble ni l'affermage des terres ne pouvaient compenser les pertes. Devant la presse locale, le baron tenait toujours le même discours : le domaine n'était pas à vendre, il voulait s'inscrire dans la tradition de la famille présente dans l'Uckermark depuis des siècles. Pourtant un mois auparavant, une offre d'achat alléchante avait atterri sur son bureau : un constructeur de véhicules électriques américain très excentrique voulait faire du domaine son dix-septième lieu de résidence et y aménager un terrain de golf. Depuis, les villageois doutaient de la solidité du lien qui unissait le baron et la propriété familiale. Pourrait-il vraiment résister à l'appât du gain ?

Quand Angela, Achim et Mike arrivèrent à la porte du château, les fermiers étaient déjà en train d'installer leur stand. Tout était là, la bannière, les tracts et le mégaphone qui grésilla à l'allumage. Un fermier particulièrement remonté scanda : « L'Uckermark nous appartient. L'Uckermark nous appartient. » Rien ne pouvait l'arrêter, pas même le fait que son mégaphone crépitait toutes les cinq secondes.

— Strictement parlant, ce n'est pas vrai, fit remarquer Achim. Les terres n'appartiennent pas du tout aux habitants de l'Uckermark mais à quelques particuliers comme le baron, et à l'État.

— À ta place, j'éviterais de parler de ça devant les manifestants.

— Pourquoi ?

— Qu'est-ce que j'ai toujours dit à mes ministres ?

— Personne n'aime les monsieur Je-sais-tout.

— Exactement.

Angela remarqua que Mike jaugeait les manifestants avec méfiance.

— Je crois qu'il n'y a pas de danger ici, dit-elle.

— Pas de danger ? Le danger est partout. Comme à Johannesburg, quand le ministre des Affaires étrangères s'est fait attaquer et mordre les fesses par un chien à première vue inoffensif. Tellement inoffensif qu'il a fait un gros trou dans son pantalon.

— Mike ? l'interrompit Angela.

— Trop d'informations ?

— Trop d'informations.

Angela s'approcha du stand où se trouvait la sympathique marchande de fruits et demanda :

— Je peux avoir un tract ?

— Prenez-en deux.

— Comme ça, j'en aurai un de plus ?

— Vous apprenez vite.

Les deux femmes échangèrent un sourire. Angela se dit qu'elle pourrait se lier d'amitié avec elle. Peut-être aimait-elle elle aussi faire des gâteaux aux fruits ? Rien de tel qu'une amie partageant son goût pour la pâtisserie pour s'intégrer plus facilement.

Une amie.

Angela n'avait encore jamais eu de meilleure amie. Pas même à l'école primaire où les autres filles se moquaient souvent d'elle. Dès qu'elles la voyaient, elles chantaient : « Ras-le-bol d'Angela avec sa coupe au bol. »

Tandis qu'Achim avait connu son meilleur ami Tommy pendant ses études et jouait avec lui au Scrabble tous les deux jours sur Skype, Angela avait passé les dernières décennies en compagnie de ministres de la Défense, de ministres-présidentes, de cheffes de cabinet. Il était impossible de trouver une meilleure amie parmi elles. Jusqu'à présent, ça ne l'avait pas dérangée, car elle pouvait passer le peu de temps libre qu'elle avait avec Achim, qui faisait aussi office de meilleur ami. Mais qu'allait-elle faire seule à Klein-Freudenstadt pendant qu'Achim ferait sa randonnée annuelle de trois semaines dans les Alpes avec son copain Tommy ? Angela se voyait déjà partir en voiture et en secret à Berlin pour ne pas moisir toute seule dans sa petite maison. À part si elle trouvait une amie avec qui faire des gâteaux.

— Devinez comment je m'appelle, dit la marchande. Je vous le donne en mille.

Angela réfléchit.

— Mais n'allez pas répondre Mandy[1] !

— Sandy ou Candy, plaisanta Angela.

— Non, répondit la femme en éclatant de rire.

— Blondie ?

Angela prenait plaisir à échanger des absurdités quand elle se sentait bien.

La marchande de fruits rit de plus belle.

— Non, je m'appelle aussi Angela !

— Vraiment ?

— Oui vraiment !

Cette fois, elles rirent toutes les deux.

— Alors, on y va à cette fête du vin ? la pressa Achim.

— Oui, tout de suite, répondit Angela son épouse.

— Et pendant que vous y serez, dit l'Angela qui n'était pas son épouse, faites comprendre à cette canaille de baron qu'il ne doit pas vendre les terres. Et pas uniquement parce que nos vies en dépendent ! S'il vend, c'est aussi l'environnement et la nature qui en pâtiront. Les Amerloques veulent assécher le lac avec toutes les frayères derrière le château.

— J'aborderai le sujet si l'occasion se présente, promit Angela sans vraiment promettre quelque chose. Après

1. Mandy est le diminutif d'Amanda ; le prénom était très en vogue en RDA dans les années 1970 et 1980.

des années d'expérience en politique, elle excellait dans cet exercice. Après avoir franchi la porte du château avec Achim et Mike, elle s'avança sur l'esplanade. Sur le verso du tract, il y avait une photo de la sympathique marchande de fruits. Elle s'appelait bien Angela. Angela Kessler. Et elle n'était pas seulement fermière et marchande de fruits mais aussi professeure de musique et présidente suppléante du district pour l'AfD[1] ??

Adieu les après-midi gâteaux avec la marchande de fruits !

Adieu l'amie potentielle !

1. Alternative pour l'Allemagne, parti d'extrême droite.

6

Les habitants de Klein-Freudenstadt s'étaient rassemblés dans la cour du château où des hommes déguisés en Arlequin leur servaient du vin et des femmes en costume médiéval leur proposaient des saucisses grillées de sanglier dont l'odeur imprégnerait longtemps le blazer rouge d'Angela. Au fond de la cour, des musiciens aux longues barbes jouaient sur des instruments anciens une version de la *Cucaracha* un peu étrange à l'oreille. Les quelque deux cents convives discutaient avec animation. Au centre du tumulte se tenait le baron portant l'armure dans laquelle était mort son ancêtre. À côté de lui, une jolie blonde, tout juste la trentaine, était vêtue d'une robe noire pas du tout médiévale mais bien moulante. D'un geste élégant, elle vida sa coupe de champagne qu'elle posa impétueusement sur le plateau d'un serveur Arlequin qui passait par là. De sa main libre, elle prit immédiatement une coupe pleine.

— Vous êtes venus finalement, dit gaiement le baron qui, gêné par son armure, s'approcha avec raideur d'Angela et Achim pendant que Mike hypnotisait une saucisse de sanglier grillée.

Il se demandait sans doute s'il avait encore de la place pour une saucisse après avoir engouffré trois parts de gâteau aux pommes et calculait peut-être le nombre de minutes supplémentaires qu'il devrait consacrer à son entraînement le lendemain.

La jeune femme en robe noire suivit le baron tout en sirotant son champagne à grand bruit. D'après son alliance aux brillants trop voyants, c'était l'épouse du baron. Alors que le baron s'apprêtait à prendre la parole, son épouse lui lança d'un ton impérieux :

— Enlève-moi ce truc ridicule !

— Tu as raison, dit-il avant d'ôter le lourd casque de l'armure.

Un jeune quinquagénaire aux cheveux poivre et sel apparut. Angela constata non sans surprise qu'il ressemblait à la fois à Roger Moore et à Norbert Röttgen[1].

— Puis-je vous présenter mon épouse, Alexa von Baugenwitz ? dit l'homme avec un sourire aux dents blanches qui devait faire chavirer nombre de femmes.

— Pour vous, je suis sûrement plus connue sous le nom d'Alexa Morgen, précisa la baronne, sûre d'elle.

— Jamais entendu ce nom, répondit Achim qui n'aurait pas pu faire carrière dans le corps diplomatique.

— *Rote Rosen*, compléta la jeune femme pour le mettre sur la voie.

Angela qui savait que tout ce qui s'apparentait à la culture du divertissement, aussi bien *Rote Rosen* que *Toten Hosen*[2], était complètement étranger à son mari expliqua :

— C'est une série télévisée.

— Mon Alexa jouait dans cette série jusqu'à ce que je la sauve et la prenne pour épouse, ajouta le baron.

— Il n'y avait rien à sauver. J'étais la star de la série, le contrecarra l'épouse avec un sourire forcé qui cachait mal

1. Norbert Röttgen, membre de la CDU, président de la Commission des affaires étrangères du Bundestag, surnommé il y a dix ans « le plus intelligent des enfants de Mutti » (Angela Merkel).
2. Groupe de punk rock allemand.

la fureur que provoquait chez elle la condescendance de son époux.

Elle n'était pas aussi bonne actrice qu'elle le pensait.

— Comme tu voudras ma chérie, répondit le baron sans se départir de son ton arrogant.

Il ne manquait plus qu'il lui tapotât la tête.

— J'interprétais le rôle de la docteure Beate Borg à qui les femmes se confient malgré son problème avec l'alcool.

À en juger par la coupe de champagne aux trois quarts vide, il y avait au moins un point commun entre le rôle et son interprète.

— La docteure que les femmes conchient, se moqua le baron.

— En tout cas, je gagnais ma vie, riposta la baronne.

— Tu ne devrais pas boire autant.

En quelques secondes, le ton avait changé.

— Il y a tout un tas de choses que tu ne devrais pas faire toi aussi, contre-attaqua l'épouse, comme seule peut le faire une femme blessée sous l'empire de l'alcool.

— On pourrait en parler plus tard ?

— Et pourquoi pas maintenant ? Tout le monde peut l'entendre.

— Mais tout le monde ne veut pas l'entendre, dit Angela pour désenvenimer le débat.

— Certainement pas moi, constata Achim.

— En fait, mon mari…

— Il est temps que tu lances officiellement les festivités, Philipp ! interrompit une voix féminine.

Toutes les têtes se tournèrent vers l'endroit d'où venait la voix. Une femme brune d'une cinquantaine d'années s'était approchée du groupe. Avec son tailleur-pantalon noir et son porte-bloc à la main, elle semblait être l'organisatrice de la fête.

— Dans ce cas, je vais lancer les festivités, dit le baron qui partit dans un claquement d'armure sans prendre la peine de saluer Angela, Achim ou Mike.

Il était trop pressé d'échapper au courroux de son épouse, laquelle partit sans ajouter un mot à la recherche de champagne.

— Je suis navrée que vous ayez dû assister à cette scène, dit la femme au porte-bloc.

— Et moi donc ! répondit Achim.

— Vous n'y pouvez rien, dit Angela à la femme distinguée qui semblait cultivée et dont le style ne cadrait pas vraiment avec un village comme Klein-Freudenstadt.

Angela sut immédiatement que cette femme n'avait rien à lui envier en matière d'intelligence. Peut-être devrait-elle l'inviter chez elle ? Pas pour faire de la pâtisserie mais plutôt pour échanger sur Goethe, Rilke ou pourquoi pas Shakespeare autour d'une tasse de thé.

— Je me présente, Katharina, baronne de Baugenwitz.

— Je croyais que c'était la dame de tout à l'heure, la femme de Don Quichotte ? s'étonna Achim.

— J'étais sa première femme.

— Vous vivez tous sous le même toit ?

— Le château est grand. Si on veut, on peut s'éviter pendant des semaines. Mes appartements et mon bureau sont situés dans l'aile occidentale. Je m'occupe de la gestion du château.

Angela se demanda si elle était impliquée dans le projet de vente de la propriété au constructeur automobile américain.

— Si vous le souhaitez, je pourrai vous faire une visite des lieux plus tard.

— Avec plaisir, répondit Angela qui désirait faire plus ample connaissance.

— Parfait. Et si je peux me permettre, j'aimerais vous demander quelque chose…

— Bien sûr.

— Vous avez des contacts au ministère de la Justice… il y a une affaire pour laquelle vous pourriez peut-être m'aider.

C'était précisément pour échapper à ce genre de conversations qu'Angela était venue s'installer à Klein-Freudenstadt. Elle sourit courageusement et promit sans promettre encore une fois.

— Je vais voir ce que je peux faire.

Elle était plus déçue qu'elle ne voulait bien l'admettre. Non, elle n'avait plus envie de boire le thé avec cette femme.

— Merci, dit Katharina von Baugenwitz. Nous ferons la visite dans une demi-heure. Je dois d'abord organiser une ou deux choses en commençant par ceci. Pia, tu viens s'il te plaît ?

Elle fit signe à une jeune fille aux cheveux teints en bleu vêtue d'une veste en cuir noir. C'était l'adolescente qui avait donné la veille le prospectus de la fête du vin à Angela sans prêter attention à elle.

— Quoi ? demanda-t-elle d'un ton blasé.

— Tu peux me prendre en photo avec la dame pour notre page d'accueil ?

— Si tu veux, répondit la fille d'un ton peu enthousiaste.

Pas vraiment motivée, pensa Angela.

— Pia est la fille que j'ai eue avec mon premier mari, expliqua Katharina von Baugenwitz.

— C'est donc la fille de Don Quichotte ? demanda Achim.

— Non, Philipp était mon second mari, rectifia Katharina d'un ton qui laissait entendre qu'elle considérait désormais cette union comme une grave erreur. Mon premier mari est mort dans un accident de voiture.

— Mes condoléances, dit Achim.

— Mes condoléances, l'imita Angela en s'adressant aussi à la fille aux cheveux bleus.

Au lieu de répondre, l'adolescente s'éloigna à nouveau de quelques pas et pianota sur son portable. Comme si la mort de son propre père ne la concernait pas. Angela s'adressa de nouveau à la mère.

— Ça a dû être terrible pour votre fille aussi, dit Angela à la baronne.

— Oui, elle adorait son père. Mais elle sait qu'elle peut compter sur moi en toutes circonstances. Je ferais tout pour elle. Tout.

Angela observa la jeune fille. Comment avait-elle accepté le deuxième mariage de sa mère et cet étrange beau-père ? Depuis le divorce, il ne devait plus assumer ce rôle. La pauvre Pia avait déjà perdu deux pères.

— Tu ne peux pas lever les yeux de cet appareil ? s'impatienta sa mère qui à l'évidence ne voulait pas s'étendre sur la mort de son premier époux.

— Si, je peux, répondit Pia sans le faire.

— Avant elle passait son temps dans la bibliothèque du château, soupira Katharina. Aujourd'hui, elle ne sait même plus ce qu'est un livre.

— Bon, on la fait, cette photo, oui ou non ? demanda Pia avec impatience.

— Ma fille est une excellente photographe. C'est une influenceuse.

— Mieux vaut l'Influenza… commença Achim.

— Qu'est-ce que je t'ai dit à propos des blagues sur le Corona, *Puffel* ?

— Que tu ne veux plus en entendre jusqu'à la fin de tes jours.

— Exact.

— Sérieux ? Vous appelez votre mari *Puffel* ?

— Vous voulez prendre une photo ou parler de nos petits noms ? demanda Angela, pas du tout amusée.

— Parler de vos petits noms, répondit l'ado en ricanant. Comment ça se passe chez vous ? Vous dites : « Embrasse-moi *Puffel* ? »

Mike, qui les avait rejoints avec sa saucisse, eut le plus grand mal à réprimer un sourire.

Les regards indignés d'Angela et d'Achim lui firent rapidement retrouver son sérieux.

— Ou plutôt : « Baise-moi *Puffel* ! », lâcha sans détour la fille aux cheveux bleus.

Mike éclata de rire. Pour de bon cette fois.

Les regards outragés d'Angela et d'Achim le calmèrent très vite. Il se mordit la lèvre.

— Je pense que nous allons laisser tomber la photo, conclut Angela qui se tourna vers Achim et Mike pour leur donner le signal du départ.

— Pia, lança sa mère d'un ton désapprobateur tandis qu'Angela, Achim et Mike s'éloignaient. Arrête ça tout de suite !

— Et pourquoi ?

— Nous pourrions avoir besoin de son aide.

— D'accord.

Angela, qui avait tout entendu, se demanda si elle avait vraiment envie de se lier avec les habitants de Klein-Freudenstadt.

7

Coiffé de son casque, le baron monta sur une petite estrade installée dans la cour du château.

— Bonsoir mes chers sujets, dit-il dans le micro.

Les convives échangèrent des regards à la fois amusés et irrités, surpris par la voix métallique du baron encore accentuée par le micro et surtout par l'utilisation du terme « sujets ».

— Le casque, enlève-moi ce masque ! cria l'épouse actuelle à l'adresse du baron.

À ce stade, elle bafouillait plus qu'elle ne parlait. L'ex-épouse Katharina, le porte-bloc toujours à la main, secoua la tête, manifestement très mécontente. Angela n'aurait pas su dire si c'était à cause du discours du baron ou de l'actuelle épouse légèrement éméchée. Sans doute pour les deux raisons. À quelques mètres de là, sa fille filmait le discours avec son portable pour le poster plus tard sur les réseaux sociaux du château.

— Pardonnez-moi, dit le baron à la foule, mais il ne remonta que la visière du casque.

À en juger par le regard acéré qu'il décocha à sa femme, il n'avait nullement l'intention de l'écouter.

— Je vous ai salué comme l'aurait fait mon ancêtre et bâtisseur du château, Balduin von Baugenwitz. Il aurait ensuite empalé ceux d'entre vous qui n'auraient pas pu s'acquitter de leur tribut, poursuivit-il en lisant son discours sur une feuille.

À part l'orateur, personne ne trouva ça amusant.

— Il aurait pu rabattre sur vous le couvercle garni de pointes d'une vierge de fer ou vous aurait envoyé dans l'au-delà avec une masse d'armes.

L'auditoire était mal à l'aise.

— Ce type est encore moins drôle que Sauer, marmonna Mike.

Achim lui lança un regard indigné.

— J'ai parlé à voix haute ? demanda Mike, un peu honteux.

L'expression d'Achim confirma ses craintes. *Ne pas oublier de faire remarquer à Mike que sa voix porte très loin même quand il chuchote*, nota mentalement Angela. *Aborder la question lors du prochain entretien annuel.*

— Aujourd'hui nous cohabitons plus pacifiquement, lut le baron. Je ne toucherais pas à un cheveu de votre tête. À part la fois, où j'ai par inadvertance tiré sur notre policière, Melle Amadeus, avec mon fusil de chasse. Une petite égratignure à l'épaule, rien de plus.

La foule éclata de rire cette fois. Seule la jeune trentenaire rousse, vêtue d'un uniforme de police, resta de marbre. Elle ne goûtait pas à la plaisanterie car c'était elle que visait le baron. Angela constata que Mike l'observait avec intérêt. Apparemment, c'était son genre de femme.

— J'ai écopé d'une simple amende, se vanta le baron ragaillardi par les rires du public. Mon ancêtre Balduin, quant à lui, a été empoisonné par sa propre femme avec de la ciguë.

Angela en conclut que Balduin portait l'armure au moment où sa femme l'avait empoisonné.

— Mes autres ancêtres ont vécu de manière beaucoup plus harmonieuse avec leurs sujets. Pensons à Guillaume le Pacifique, Casimir l'Ami des Oiseaux ou Isidor l'Amant des Bécasses.

Tout le monde se mit à rire. À l'exception de trois femmes : l'ancienne épouse du baron, l'actuelle et la policière blessée par la cartouche de fusil.

— Comme toi, lança l'épouse ivre.

Les convives semblaient embarrassés, seule l'ado aux cheveux bleus ricana.

Le baron s'empourpra, non de honte mais de colère, et dit :

— Il est temps de conclure. Dernier descendant mâle de la dynastie des Baugenwitz, je suis très heureux de vivre à nouveau dans notre château trente ans après que l'État de non-droit socialiste nous l'a confisqué. Mon bonheur est tel que je vous promets solennellement de ne jamais le vendre !

La foule jubila. Angela se retourna pour voir si la marchande de fruits et ses camarades de lutte avaient entendu l'engagement du baron. Sa promesse ne leur avait pas échappé mais ils semblaient sceptiques. Le baron s'inclina un peu maladroitement à cause de l'armure pendant que sa femme tendait sa coupe de champagne vide au serveur Arlequin et se dirigeait en toute hâte vers le château.

— Et maintenant, place à la musique ! cria Philipp von Baugenwitz.

L'orchestre médiéval interpréta une version très personnelle de *Coco Jumbo*. Quelques couples se mirent à danser. Achim se balança un peu au son de la musique. Piètre danseur, il aimait néanmoins battre le rythme.

Ragaillardi par le succès de son discours, le baron traversa avec raideur la cour du château pour rejoindre Angela.

— Comment avez-vous trouvé mon discours ? demanda-t-il, content de lui.

— Extraordinaire, répondit Angela qui pensait plutôt « extraordinairement mauvais » mais qui savait s'y prendre avec les hommes vaniteux.

— Je suis heureux qu'une femme extraordinaire comme vous ait apprécié mes talents d'orateur.

C'était tellement facile de flatter les hommes.

— Vous savez ce qui me ferait plaisir ?

— Non mais vous allez certainement me le dire, répondit Angela.

— J'aimerais bien vous sortir une fois.

— Me sortir ?

— Oui, au village d'à côté, il y a un merveilleux restaurant, l'Entre-Nous[1]. La décoration des tables mériterait d'être récompensée par un prix. L'établissement s'est spécialisé dans les dîners aux chandelles, susurra le baron avec un sourire Colgate qu'il savait charmant. Qu'en dites-vous ?

Une réponse honnête aurait été un « Beurk » dégoûté. Mais Angela se décida pour :

— Peut-être quand je serai mieux intégrée.

— Je peux vous aider à vous intégrer, proposa le châtelain avec un sourire qu'il trouvait encore plus ravageur que le précédent. Réfléchissez-y.

Pour Angela, c'était tout réfléchi. En s'installant à Klein-Freudenstadt, elle s'était promis de ne plus jamais dîner avec des hommes riches et influents qui se croyaient irrésistibles.

— C'est toujours bien de réfléchir dans la vie, répondit-elle, consciente que les hommes comme le baron n'entendaient que ce qu'ils voulaient.

---

1. En français dans le texte.

— Vous ne le regretterez pas, se réjouit le baron avant de se faufiler entre les couples qui dansaient pour regagner le château comme sa femme avant lui.

— Il t'a draguée, constata Achim, indigné.

— Penses-tu ! nia Angela.

— Et comment qu'il vous a draguée ! confirma Mike.

Angela lui lança un regard sévère.

Mike fit un geste qui signifiait « Motus et bouche cousue ».

— Pourquoi quelqu'un voudrait-il encore flirter avec moi ?

Des chefs d'État, comme Nicolas Sarkozy, l'avaient fait, croyant bêtement qu'Angela ferait des concessions au moment des négociations budgétaires de l'UE. Mais à présent, elle n'avait plus rien à distribuer.

— Je ne sais pas, admit Achim.

— Mauvaise réponse, dit-elle en riant.

— Comment ça « mauvaise réponse » ? s'étonna Achim.

— Il fallait dire : « Parce que tu es une femme intelligente et très séduisante. »

— Oui, oui. Bien sûr !

Angela sourit en constatant qu'Achim la prenait vraiment pour la femme la plus intelligente et la plus belle du monde. Sa jalousie était touchante. Déjà à l'époque où ils se fréquentaient à l'université. Un collègue doctorant très sportif s'était mis en tête de courtiser Angela. Furieux, Achim s'était planté devant son rival et avait lancé :

— Laisse mon Angela tranquille ou…

— Ou quoi ? avait demandé le sportif.

— Ou je t'en colle une. Je parie que même si tu me roues de coups après, elle me choisira quand même.

Et tout se passa comme il l'avait prédit. Beaucoup d'hommes n'hésitent pas à se battre pour une femme mais rares sont ceux qui, comme Achim, sont prêts à se laisser tabasser. Il aimait tellement Angela qu'il n'avait pas flanché.

— Ne me dis pas que tu vas aller dîner au restaurant avec lui ?

— *Puffel*, tu crois vraiment que je suis folle ?

— C'est une question piège ?

— Non.

— Tu sais bien que je te trouve folle, dit Achim qui n'avait jamais vraiment compris pourquoi Angela avait renoncé à sa carrière de scientifique.

— Oui, mais pas au point de passer volontairement ne serait-ce qu'une minute avec un type dans son genre.

— C'est vrai, tu ne peux pas être folle à ce point, sourit Achim, soulagé.

Angela regarda Mike. Il ne quittait pas la jeune policière des yeux. Elle était justement en train de commander un verre d'eau minérale à la buvette.

— Vous devriez la rejoindre, suggéra Angela.

— Euh… quoi ?

— Allons… Ne faites pas comme si vous n'aviez pas compris.

— Je n'ai pas le temps pour ça. Je dois vous protéger.

— Et c'est ce que vous faites en fixant la policière ? demanda Angela en riant.

Mike, pris en défaut, scruta fébrilement les alentours comme si quelques extrémistes pouvaient se cacher parmi les convives qui dansaient la Macarena.

— Il n'y a absolument aucun danger ici, dit Angela.

— Vous savez ce que vous aurait répondu mon formateur ?

— Non.

— « Derniers mots célèbres ».

— C'était un paranoïaque, sans aucun doute.

— Plutôt un homme vigilant, une qualité que doivent posséder tous les gardes du corps.

— Puisque vous devez me protéger, vous devez aussi m'accompagner quand je vais chercher un verre à la buvette, dit Angela en souriant malicieusement.

Mike regarda nerveusement la buvette, où la policière sirotait son verre d'eau au comptoir.

— Il y a moins de monde à la buvette de derrière.

— Oui mais elle est plus loin.

— C'est vrai, dut admettre Mike.

— Alors pas de discussions et allons-y.

Mike suivit Angela. Le front perlé de sueur, il était plus anxieux que s'il avait dû couper un fil pour désamorcer une bombe sur le point d'exploser. Achim tentait quant à lui de retenir les pas de la Macarena mais échoua lamentablement comme tout chimiste de haut vol qui se respecte.

Arrivée à la buvette, Angela salua chaleureusement la jeune policière.

— Bonsoir, répondit la rousse sportive avec un ravissant sourire.

— Je vous présente Mike, mon garde du corps.

— Salut, moi, c'est Lena, répondit la policière dont les charmants yeux bleus pétillèrent.

— M… Mike, répondit Mike, apparemment plus doué pour interroger des suspects que pour faire la conversation à une femme séduisante.

— Mike, expliquez donc à Lena combien il est important pour un garde du corps de travailler en bonne intelligence avec la police locale.

— Très… important, répondit-il nerveusement.

— Y a-t-il quelque chose que tu aimerais savoir ? demanda la policière en souriant aimablement.

La jeune femme cherchait à le mettre à l'aise. Sans doute le trouvait-elle sympathique en dépit ou à cause de ses bafouillages qui contrastaient avec son imposante carrure. Mike, qui suait à grosses gouttes, se creusait la tête.

— Où sont les toilettes ? fut malheureusement la seule question qui lui vint à l'esprit.

Angela faillit se taper le front avec la main.

— Là derrière, répondit Lena, toujours souriante et aimable.

— M… merci, balbutia Mike qui partit en toute hâte.

— Il n'est pas toujours comme ça, précisa gentiment Angela.

— J'espère bien, dit Lena en souriant.

À cet instant, Achim les rejoignit.

— Je n'arrive tout simplement pas à retenir les pas de cette danse.

— J'espère que tu ne comptes pas sur moi pour te les montrer.

— Bien sûr que non, tu es aussi maladroite que moi.

— Permettez-moi de vous présenter mon mari, dit Angela en se tournant vers Lena. L'homme le plus intègre du monde.

— Lena Amadeus, se présenta la policière. Malheureusement, je dois vous laisser. J'ai promis à Katharina von Baugenwitz de faire le tour du château avec elle pour m'assurer qu'il était suffisamment protégé contre les effractions. Il ne reste que quarante minutes avant la fin de la fête et de mon service, il faut que je file. Mais pourriez-vous transmettre un message à votre garde du corps ?

— Avec plaisir.

— J'aimerais boire un verre avec lui demain soir au Gin d'Aladin.

— Je transmettrai, se réjouit Angela.

La jeune policière s'éloigna et Angela observa la foule joyeuse : les adultes buvaient et riaient, les enfants couraient gaiement dans tous les sens. Quelques couples valsaient sur l'air de *Für mich soll's rote Rosen regnen.* L'ambiance festive et la lumière dorée du soir réchauffèrent le cœur d'Angela. Peut-être était-ce bien l'endroit idéal pour passer le reste de sa vie et découvrir d'autres facettes d'elle-même et d'Achim ? Angela se sentait tellement bien qu'elle décida de tester tout de suite de nouvelles expériences.

— J'aimerais bien danser avec toi, murmura-t-elle à Achim.

— Quoi ?

— J'aimerais danser avec toi, répéta-t-elle un peu plus fort.

— Je ne sais pas danser.

— Je suis au courant.

— Et toi non plus.

— Pour quelques pas de danse, ça devrait faire l'affaire.

— C'est exactement ce que tu as dit en 2001 pour le bal de l'opéra à Vienne. À l'époque, je t'avais marché sept fois sur les pieds.

— C'est vrai.

— En moins de cinq minutes.

— C'est vrai aussi.

— Et toi trois fois.

— Désolée.

— « Aimer, c'est ne jamais avoir à dire qu'on est désolé », récita Achim qui avait emprunté la réplique à son film préféré, *Love Story.* Chaque fois qu'il entendait Ryan O'Neill dire ces mots à la fin à Ali McGraw, il pleurait.

— Allez, l'encouragea Angela, si on garde les pieds ancrés dans le sol, on ne risquera pas de se marcher dessus.

— Ça paraît logique.

— Dans ce cas…

— M'accorderais-tu cette danse ? demanda Achim en souriant avant de lui prendre la main et de l'entraîner vers les autres danseurs.

Angela prit beaucoup de plaisir à se trémousser avec Achim et se demanda pourquoi elle ne l'avait pas fait plus tôt. Peut-être pourraient-ils s'inscrire à un cours de danse tous les deux ? Leur manque de talent risquait de pousser le professeur de danse à se reconvertir.

Occupée à danser en rythme avec Achim, heureuse de se sentir bien (enfin !) dans sa nouvelle ville, Angela ne remarqua pas que tous les habitants de Klein-Freudenstadt avec qui elle avait parlé lors de la fête s'étaient éclipsés les uns après les autres : le baron et son épouse, son ex-femme, sa fille, la marchande de fruits et la policière.

8

Une fois la danse terminée, Angela et Achim se promenèrent dans la cour. Ils contemplèrent le château qui, de plus près, semblait en piteux état : la peinture s'écaillait à plusieurs endroits, quelques tuiles étaient tombées du toit. Ils flânèrent jusqu'à la fontaine mal entretenue, dans laquelle nageaient tristement de rares poissons. L'argent du programme de reconstruction « Aufbau Ost » lancé après la réunification avait certes permis de restaurer les lieux mais le propriétaire n'avait désormais plus les fonds pour engager les travaux nécessaires à son entretien. Pendant qu'Angela s'interrogeait sur l'avenir du château, Achim admirait les roses grimpantes tout en s'étonnant de la présence de petites plantes blanches parmi elles.

Des enfants s'approchèrent d'Angela pour faire des selfies avec elle. Sans doute avaient-ils été encouragés par leurs parents qui se tenaient à quelque distance et faisaient timidement des signes. Angela constata qu'elle prenait plaisir à ces selfies hors du cadre professionnel. Peut-être pourrait-elle en prendre un avec Achim ? Non, il détestait ce genre de photos. Il était persuadé qu'il était plus à son avantage de dos. Elle ne voulait pas l'énerver avec ça. Ils n'avaient pas été aussi détendus depuis leurs vacances à la montagne dans le Tyrol. À ceci près qu'ils n'étaient pas en vacances mais qu'ils commençaient une nouvelle vie.

Peut-être mieux que celle d'avant ? Des vacances éternelles pour ainsi dire ?

Angela fut assaillie par le doute. Elle n'avait jamais été faite pour les longues vacances. Quand finirait-elle par s'ennuyer sans mission à accomplir ? Quand se lasserait-elle de la pâtisserie, de la cuisine et de la lecture ? Quand se mettrait-elle à rêver d'une nouvelle activité ? Une chaire à l'université par exemple. Si elle en arrivait là, Achim serait sûrement déçu. Il se sentirait trahi parce qu'elle lui avait toujours promis de passer sa retraite avec lui dans l'Uckermark.

— J'ai besoin d'un verre de vin, soupira Angela.

Arrivés à la buvette, Angela et son bien-aimé se firent servir un verre. Malheureusement, à côté des vins qu'elle avait bus pendant sa carrière à la chancellerie, celui-ci lui parut médiocre. Achim le trouva infect.

— On dirait qu'on y a ajouté du glycol, fit-il remarquer.

— Si tu veux mon avis, le glycol rendrait presque ce vin buvable, plaisanta Angela.

Achim se mit à rire très fort comme à chaque fois qu'il buvait de l'alcool. On aurait dit un lion de mer avec des problèmes d'asthme.

— Il ne se sent pas bien ? demanda le jeune serveur Arlequin.

— Il rit, c'est tout.

— D'accord, dit l'Arlequin. Vous préférez peut-être tester le punch ? Il me reste tout juste de quoi remplir un gobelet. Ensuite, on l'aura liquidé.

Il montra un gros saladier en verre pratiquement vide. Il restait un fond de breuvage marron clair dans lequel nageait une misérable tranche d'ananas.

Angela n'était pas emballée mais, pour ne pas paraître impolie ou bornée, elle demanda :

— Qu'est-ce qu'il y a dans ce punch ?

— Un peu de vin du domaine naturellement.

Angela se retint de dire : « Ça commence mal. »

— Ça commence mal, lâcha Achim.

Après des années de vie commune, ils étaient toujours sur la même longueur d'onde. Angela ne voulait pas compromettre cette merveilleuse entente avec ses idées de fuite à Berlin.

— Mais aussi de la liqueur aux œufs, de l'amaretto, de la vodka au caramel macérés et par-dessus de la glace pilée. Et de l'ananas pour la santé.

— Tout ça pour qu'on ne sente pas le vin ? en conclut Angela.

Achim rit à nouveau comme un lion de mer asthmatique, ce qui irrita l'Arlequin.

— Le dernier verre porte-chance, promit le serveur en remplissant le gobelet.

— Laisse-moi goûter d'abord, proposa Achim, galant au point de se sacrifier.

Il prit le gobelet, but une gorgée de punch et frissonna de dégoût.

— On aurait pu empoisonner le baron avec ça plutôt qu'avec la ciguë.

— Il est bon pour la poubelle maintenant, s'agaça l'Arlequin quand Achim lui rendit le gobelet. Vous avez bu dedans.

— Je suis désolé, dit Achim.

Angela sortit de son sac un billet de dix euros qu'elle donna à l'Arlequin en guise de pourboire.

— Pour que le dernier verre vous porte vraiment chance.

— Merci, dit l'homme qui avait retrouvé son sourire et accepta volontiers le billet.

Angela regarda autour d'elle. Où était donc passé l'hôte de la soirée ? L'homme à l'armure s'était volatilisé. La plupart des convives avaient déjà pris le chemin du retour, quelques fêtards imbibés d'alcool chantaient le vieux tube des Puhdys *Alt wie ein Baum.* La marchande de fruits enroulait sa banderole après avoir démonté le stand avec ses camarades de lutte. Même l'épouse du baron n'était pas réapparue depuis le discours. La fille aux cheveux bleus en revanche se roulait un joint vers la fontaine. La jeune policière regardait sa montre avec impatience, elle attendait sans doute la fin de son service. Mike essayait aussi désespérément que vainement de ne pas regarder dans sa direction.

Katharina von Baugenwitz monta sur l'estrade et fit signe aux musiciens d'arrêter de jouer.

— Mesdames et messieurs, toutes les bonnes choses ont une fin et cette fête aussi. Nous sommes heureux que vous soyez venus si nombreux et serons ravis de vous accueillir à l'automne pour la fête des moissons.

Les convives applaudirent. Angela les imita malgré son étonnement. Le baron aimait se pavaner devant ses « sujets ». Pourquoi avait-il laissé à son ex-femme le soin de clore la fête ?

— On y va ? demanda Achim.

— Oui, on y va, *Puffel.*

— *Puffel*, ricana sous cape l'Arlequin.

Angela et Achim décidèrent de l'ignorer. Juste au moment où ils s'apprêtaient à donner à Mike le signal du départ, Lena la policière passa devant le garde du corps sans daigner le regarder. *Bizarre*, pensa Angela. À peine une heure auparavant, la jeune policière prévoyait de le retrouver au bar le lendemain soir.

Katharina von Baugenwitz s'approcha d'eux.

— Vous nous quittez déjà ? Je voulais vous montrer le château.

— Une autre fois peut-être, répondit Angela qui n'avait aucune envie que cette femme lui demande d'autres faveurs.

— Nous avons une cave à vin extraordinaire.

— Nous avons déjà goûté le vin du domaine, dit Achim, dissimulant mal l'horreur que lui inspirait la perspective de boire à nouveau ne serait-ce qu'une gorgée de cette piquette.

— Je ne vous parle pas de ce cépage minable que mon ex-mari cultive sur la propriété. Nous avons la meilleure cave d'Allemagne de l'Est. Il y a du Rioja de 1917, du Bordeaux de 1929. Du Cheval-Blanc de 1943.

— Ce... sont les meilleurs... millésimes, s'étonna Achim. Enfin, pour le vin, ces années n'ont pas été terribles pour les gens...

— Vous êtes sûrs qu'une petite dégustation ne vous tente pas ?

— Pourquoi pas après tout ? On pourra peut-être se débarrasser de ce mauvais goût dans la bouche.

— Et oublier à tout jamais le dernier verre de punch Baugenwitz, compléta Angela, ce qui déclencha un nouveau fou rire saccadé d'Achim qui fit tressaillir Katharina.

Elle reprit rapidement contenance.

— Parfait, alors en route pour les oubliettes !

— Les oubliettes ? demanda Angela.

— Balduin, le bâtisseur du château, y gardait ses prisonniers. Personne n'en sortait vivant.

Angela et Achim suivirent Katharina. Mike restait toujours quelques pas derrière eux.

Le hall d'entrée était orné de tableaux : les barons des siècles précédents représentés à la chasse, pendant un festin ou prenant la pose pour le peintre tout en se demandant quand ils pourraient enfin bouger à nouveau. À en juger par les expressions des visages sur les portraits, tous les membres mâles de la lignée débordaient de confiance en eux. Deux d'entre eux en particulier.

— Lui, ça doit être Balduin, déduisit Angela, postée devant un tableau représentant un chevalier au sourire dément qui trônait triomphalement sur un tas de cadavres.

— Oui, confirma Katharina.

— À côté de lui, Vladislav l'Empaleur est un type modéré.

— Pas étonnant que Balduin ait été empoisonné par sa femme, fit remarquer Angela.

— Aucun de ces barons n'était un enfant de chœur, ne put s'empêcher de constater Katharina.

Angela comprit au ton de sa voix qu'elle incluait dans le tas son ex-mari.

Le regard d'Angela se posa sur le portrait d'un homme en costume, le genre de costumes que portaient les chanceliers de la République de Weimar. En l'observant assis à son bureau, elle l'imagina en train d'organiser l'emploi du temps des empaleurs.

— C'est Ferdinand, l'arrière-grand-père de notre Philipp. À son époque, il avait beaucoup d'influence en politique et dans la société. Son pouvoir dépassait les frontières du Brandebourg et s'étendait jusqu'à Berlin. Il était beaucoup plus intelligent que notre Philipp.

En même temps, ce n'est pas bien difficile, pensa Angela en revoyant le clown vaniteux dans son armure. Bien sûr, elle garda ce commentaire pour elle, mais pas Achim qui claironna aussitôt :

— En même temps, ce n'est pas bien difficile.

— Effectivement, railla la femme dont les sentiments amoureux pour son ex-mari se résumaient désormais en un profond mépris.

— Quelle scène atroce ! s'exclama Achim en montrant un tableau représentant un homme en costume bleu d'aristocrate, coiffé d'une perruque à la mode du XVIIIe siècle, gisant dans l'herbe, le visage à moitié déchiqueté. Penché au-dessus de lui, un autre homme vêtu d'un costume rouge et jaune et armé d'un mousquet contemplait son œuvre.

— « Atroce » n'est pas le premier mot qui me serait venu à l'esprit, j'aurais choisi un terme plus gore, dit Mike à qui la seule vue du visage défiguré donnait la nausée.

Pour imposant qu'il fût, le garde du corps avait l'estomac fragile.

— C'est Walter von Baugenwitz, expliqua Katharina. Il a perdu son duel contre Bernhard von Sassen. Il est mort dans d'atroces souffrances après des semaines d'agonie.

— Pourquoi ces deux-là se sont-ils battus en duel ? voulut savoir Achim.

— Walter s'est senti offensé quand Bernhard von Sassen lui a dit qu'il courait comme un canard. Il a même singé son dandinement. Walter a alors exigé réparation.

— Il est mort à cause de sa fierté mal placée, déplora Achim en secouant la tête.

Angela se dit que seuls les hommes étaient capables d'une telle bêtise.

— Venez découvrir notre cave, dit Katharina à ses invités en traversant le hall.

Les cadres de tableaux abîmés, les tapis ternis et élimés, le stuc qui s'effritait au plafond, aucun de ces détails n'échappa à Angela. Le château décrépissait de l'intérieur comme une diva vieillissante.

Katharina leur fit emprunter un couloir dans lequel trônait un buste du maréchal Hindenburg. Angela visualisa tout de suite le genre de milieu dans lequel évoluait l'arrière-grand-père du baron actuel pendant les années 1930 et sur qui il avait exercé son influence. Ils passèrent devant trois vitrines. L'une d'elles renfermait une masse d'armes. L'autre une arbalète. La dernière un mousquet.

— C'est l'arme que Walter a utilisée pour le duel ? demanda Angela.

— Oui, confirma Katharina sans s'arrêter.

Angela remarqua que le plateau de verre qui protégeait le mousquet était posé légèrement de travers. Elle aurait aimé replacer la vitre correctement car en bonne physicienne, elle savait que le métal de l'arme allait s'oxyder sinon. Mais il était impoli de se mêler de rangement dans la maison d'inconnus.

Ils empruntèrent ensuite un couloir latéral plus petit au bout duquel se dressait une lourde porte en bois avec une poignée en fer forgé. Il y avait aussi un canapé sur lequel était affalée Alexa qui ronflait bruyamment.

— La siffleuse de champagne ! s'exaspéra Katharina en regardant l'épouse actuelle du baron.

— Elle ronfle presque aussi fort que toi, susurra Achim à Angela.

Mike éclata de rire.

Angela se demandait lequel des deux elle devait fusiller du regard en premier quand Katharina leur enjoignit d'ignorer la soiffarde.

— Ça serait plus facile si j'avais mes bouchons d'oreilles, fit remarquer Achim.

Mike rit de plus belle.

Angela soupira doucement tout en pensant qu'à Berlin, ses gardes du corps ne partageaient pas tous ces moments intimes gênants. C'était vraiment difficile de ne pas avoir la nostalgie de sa vie d'avant !

Elle évacua cette pensée et passa comme les autres devant la femme ronflante, franchit la lourde porte en bois et s'engagea dans un escalier en pierre qui descendait aux catacombes. Katharina von Baugenwitz appuya certes sur un interrupteur pour éclairer les marches mais se munit également d'une torche en bois très médiévale posée sur un support et l'alluma.

— C'est plus approprié.

Il fallait descendre environ cinquante marches pour rejoindre un passage voûté dans lequel Mike, qui mesurait deux mètres, dut se courber légèrement pour avancer. Au bout du couloir il y avait une porte en bois qui semblait encore plus épaisse que la précédente.

— Et voilà notre cave, dit Katharina en appuyant sur la poignée.

La porte ne bougea pas.

— Bizarre.

— Qu'est-ce qui est bizarre ? demanda Angela.

— La porte est fermée à clé. Elle n'est jamais verrouillée.

Angela fut surprise par la panique soudaine de la femme.

— Une clé, ça pourrait aider, fit remarquer Achim, exprimant l'évidence.

— Il n'y a qu'une clé et c'est Philipp qui l'a ! Il ne l'utilise jamais. Nous laissons toujours la porte ouverte. Toujours ! Il y a quelque chose qui cloche !

Elle appuya à nouveau sur la poignée et réessaya.

— Vous connaissez la définition de la folie ? demanda Achim. C'est quand on fait toujours la même chose en espérant un résultat différent.

— Pas maintenant Achim, le pria Angela qui voulut réconforter la femme en posant la main sur son épaule.

Katharina la repoussa dans un mouvement de panique.

— Tout doux, tout doux !

Mike s'interposa immédiatement pour protéger Angela. Malheureusement, il se cogna la tête contre la voûte basse.

— Aïe ! Merde !

— Tout va bien, dit Angela pour ne pas envenimer la situation. Mike, vous voulez bien ouvrir la porte pour nous ?

Le garde du corps prit la poignée, la secoua tant et si bien qu'elle finit par se retrouver dans sa main.

— Vous devriez procéder plus brutalement, suggéra Angela.

— Je défonce la porte ou je fais sauter la serrure ?

— Défoncez la porte, s'empressa de dire Angela. Défoncez, c'est parfait !

— D'accord, dit Mike en laissant tomber la poignée au sol.

Il recula de quelques pas, s'élança et se jeta avec fracas contre la porte dont la serrure céda. Après quoi Mike se tint l'épaule en vociférant :

— Merde, j'aurais mieux fait de faire sauter le verrou.

Katharina von Baugenwitz ouvrit complètement la porte et poussa immédiatement un cri. Mike dégaina son arme. Achim se mit en position d'attente comme un karatéka. Dans les années 1990, il était allé jusqu'à la ceinture verte puis avait opté pour la course à pied, meilleure pour le système cardiovasculaire et moins violente. En courant seul dans un parc, on se prenait beaucoup moins de pieds nus dans la figure que sur un tatami. Seule Angela eut la présence d'esprit de prendre la torche de Katharina et d'allumer la pièce avec. Elle identifia immédiatement ce qui avait fait crier l'ex-épouse du baron : entre les tonneaux de vin et les rayons remplis de bouteilles poussiéreuses, Philipp était assis, immobile. Le haut du corps affalé sur le plateau d'une table en chêne massif.

— Attendez ! ordonna Mike qui, après avoir dégainé son pistolet, se dirigea vers l'homme en armure, souleva sa tête, constata ce faisant que la visière était ouverte, le regarda avec attention et annonça : Il est bien mort.

— Ahh ! s'écria Katharina qui se mit à pleurer sans aucune retenue.

Angela fit signe à son mari d'accompagner la dame dehors. Il lui prit galamment la main et la fit sortir de la cave.

Pendant que Mike dégainait son pistolet et regardait autour de lui, Angela appuya sur un interrupteur et les anciennes oubliettes furent aussitôt baignées d'une lumière chaude. Elle posa le flambeau sur un support prévu à cet effet et s'approcha elle aussi du cadavre. Elle s'étonna de rester aussi calme. Jusqu'à présent, elle avait fréquenté les morts de loin : dans les statistiques et les comptes rendus de situation. Sur la table, juste devant le cadavre, un calice médiéval était rempli à moitié. Angela le regarda de plus près.

— Ne touchez à rien surtout, dit Mike, désormais convaincu qu'il n'y avait plus de danger dans la cave humide.

— J'ai lu suffisamment de romans noirs.

— Bien, dit Mike qui remit son pistolet dans son holster.

— C'est pourquoi je ne touche le verre qu'après avoir enfilé des gants, précisa Angela en montrant une paire de gants en cuir posée sur l'une des étagères.

— Pas bien du tout, répondit Mike inquiet.

— Peut-être mais je suis votre…

— … supérieure hiérarchique, soupira Mike.

Angela alla chercher les gants, en enfila un et souleva le calice pour l'examiner.

— On dirait le Saint-Graal dans *Indiana Jones 3*, fit remarquer Mike.

— Sauf que dans celui-là, il y a du poison. Voyez les petits dépôts au fond.

Le cœur d'Angela se mit à battre plus fort. Elle sentait l'adrénaline irriguer ses veines comme toujours quand elle devait accomplir une mission imprévue et compliquée. Elle qui croyait qu'une fois à la retraite elle n'aurait plus jamais cette sensation merveilleusement revigorante ! Et bien que moralement inacceptable, sa joie était indéniable. Rien ne l'avait autant réjouie depuis son arrivée à Klein-Freudenstadt que ce meurtre supposé. Pas même sa danse avec Achim.

— Ça pourrait être du bouchon, dit Mike.

— L'homme l'aurait remarqué en versant le vin.

— Et pas le poison ?

— Si quelqu'un l'a versé discrètement une fois la boisson dans le verre, non. Et vu le nombre de fois que j'ai entendu le mot « ciguë » aujourd'hui, je ne serais pas étonnée qu'il y en ait dans ce calice.

— Vous pensez vraiment qu'il a été assassiné ? s'étonna Mike.

— Le baron ne m'a pas du tout donné l'impression d'envisager l'homicide de lui-même.

— Quoi ?

— Le suicide, si vous préférez.

— Il ne peut pas avoir été assassiné, objecta Mike.

— Pourquoi ?

— La porte était verrouillée de l'intérieur. Un meurtrier aurait enfermé sa victime de l'extérieur pour qu'elle ne puisse pas fuir.

— C'est vrai ça, rumina Angela.

À cet instant, elle remarqua un encrier par terre. Il était cassé. Le baron l'avait sans doute fait tomber de la table en se débattant. Une plume à la pointe encore imbibée d'encre gisait à côté.

Angela observa le cadavre plus attentivement encore et aperçut sous son torse un petit bout de papier qui dépassait.

— Mike, pourriez-vous soulever sa tête à nouveau ?

— Vous savez que c'est à la police de le faire ?

— Je peux m'en charger si vous le préférez.

Mike soupira comme presque tous les fonctionnaires qui avaient eu affaire à Angela.

— C'est bon.

Il s'exécuta et ils virent tous les deux ce que le défunt avait griffonné avec la plume et l'encre sur la feuille.

a

— Qu'est-ce que ça veut dire ?

— Eh bien, dit Angela qui n'aurait jamais cru qu'un jour elle parlerait comme Sherlock Holmes et encore moins que cela lui procurerait un tel plaisir, je suppose que c'est un indice destiné à identifier le meurtrier.

9

— Je suis désolé de vous contredire, dit Mike avec un sourire condescendant qui contredisait ce qu'il venait d'affirmer, mais c'était sûrement un suicide. Un suicide bizarre, je vous l'accorde ! Mais un crime serait encore plus étrange car pourquoi la porte serait-elle verrouillée de l'intérieur dans ce cas ? insista-t-il.

— Ne tirez pas de conclusions hâtives, le contra Angela.

Bien sûr, elle ne pouvait pas être absolument certaine d'avoir raison avec son hypothèse mais au cours de sa vie, elle avait appris plusieurs choses : 1) on ne pouvait jamais être absolument certain de quelque chose ; 2) ses intuitions tombaient juste dans 81,4 % des cas. (Achim l'avait calculé une fois et lui en avait fait part précisément le jour où elle avait pris trois mauvaises décisions politiques. Et même s'il l'avait dit pour lui remonter le moral, il avait mal choisi son moment. Elle avait failli répliquer qu'elle trouvait 81,4 % de ses qualités charmantes. À lui de deviner si son penchant pour les calculs ridicules en faisait partie ! Et 3) si à chaque sourire condescendant d'un homme, elle avait touché un euro, elle aurait pu financer à elle seule la transition énergétique.

Angela réserva au sourire de Mike le même sort qu'à tous les sourires masculins qui l'avaient précédé : elle l'ignora. Non seulement elle avait confiance en son instinct mais elle espérait aussi secrètement qu'elle avait raison comme dans 81,4 % des cas. Une victime qui, avant son trépas, avait griffonné un indice pour désigner son meurtrier était quand même beaucoup plus captivante qu'un suicidé qui aurait si mal planifié sa mort.

Angela enleva le gant et décida d'inspecter la cave, en quête d'indices qui pourraient confirmer sa thèse du meurtre. Les bouteilles dans les rayonnages étaient classées par ordre chronologique. Au début, on le remarquait au fait que les étiquettes indiquaient des millésimes de plus en plus anciens, après, c'était l'épaisseur de la couche de poussière qui donnait une vague idée de leur âge. Angela se dirigea vers le fond de la cave où se trouvait un immense tonneau. *Un meurtrier pourrait se cacher à l'intérieur*, songea-t-elle. Elle sourit : elle n'avait encore jamais pensé quelque chose d'aussi fou. C'était vraiment stimulant !

Elle toqua contre le tonneau. Malheureusement, il ne sonnait pas creux comme elle l'avait espéré. Son sourire s'agrandit quand lui vint à l'esprit l'image d'un individu muni de palmes, de lunettes de plongée et d'une bouteille d'oxygène en train de nager sur place dans le vin rouge aussi discrètement que possible pour ne pas se trahir. Non, cette image était beaucoup trop ridicule. Elle devait s'attaquer au problème plus sérieusement et ne pas se laisser berner par ses fantasmes comme en 2015, quand elle avait cru pendant quelques semaines que les Allemands allaient réellement accueillir les migrants à bras ouverts.

Angela contourna le tonneau et scruta le mur. Y avait-il une autre porte par ici ? Une porte s'ouvrant sur un passage par lequel quelqu'un aurait pu s'enfuir.

Dans ce coin, il faisait déjà beaucoup plus sombre. Si seulement elle avait pris le flambeau ! Dans la semi-obscurité, on ne distinguait que les épais voussoirs mais pas de porte dans le mur. Pas même un levier à actionner ou un bouton à enfoncer pour ouvrir un passage secret comme celui qu'avaient utilisé de nombreux présidents américains pour faire entrer et sortir en cachette leurs maîtresses, ou Barack Obama pour faire transiter ses cigarettes à l'insu de Michelle.

— Je pense qu'il est temps de remonter, dit Mike à l'autre bout de la cave. L'arrivée de la police est imminente. Les enquêteurs vont prendre votre déposition. Vous devriez disparaître avant que les médias ne rappliquent.

Angela ne s'inquiétait pas pour la presse. Aucun journaliste ne vivait à Klein-Freudenstadt. Tôt ou tard, un journaliste local de l'*Uckermarker Boten* dont le siège se trouvait à Templin viendrait faire un tour et se ferait un nom avec la une : « L'ex-chancelière découvre un cadavre ». Une fois l'article imprimé, les médias de la capitale investiraient les lieux pendant des semaines. Adieu la tranquillité !

Angela devait absolument demander la plus grande discrétion aux policiers en charge de l'enquête, lesquels lui feraient comprendre en contrepartie qu'elle ne devait pas jouer au détective amateur. Cette pensée l'attrista quelques secondes. Elle se ressaisit rapidement. Il fallait laisser le travail d'expert aux experts. Elle n'avait rien d'une vraie détective comme elle n'avait rien d'une retraitée normale.

Angela se dirigeait vers la porte quand, arrivée à la hauteur du gros tonneau, elle sentit un mouvement au sol. Elle baissa les yeux. C'était une souris blanche. Contrairement à certaines femmes, elle n'avait pas peur des souris. Plutôt que de crier, elle analysa l'itinéraire du rongeur. La souris ne venait pas de la porte défoncée. Elle devait donc être dans la cave depuis un certain temps.

Y avait-il bien un passage secret ? Angela s'apprêtait à se retourner pour voir où la souris avait filé quand elle entendit Achim crier :

— Nous avons un problème !

— Quel problème ?

— Dois-je réveiller l'épouse du défunt, oui ou non ?

L'épouse ?

Elle dormait toujours ?

Ou faisait-elle semblant ?

Angela se dit qu'il y avait forcément un moyen de le vérifier.

Pourquoi ne pas recueillir quelques informations et les transmettre ensuite aux experts de la police ? Ça n'engageait à rien.

10

— C'est la championne du monde du ronflement, s'étonna Angela en arrivant dans le couloir où se trouvait le divan.

Alexa von Baugenwitz y était encore affalée comme un marin qui après sa première traversée de l'Équateur se serait un peu trop penché au-dessus du tonneau de rhum, aurait fini par tomber dedans et y aurait passé la nuit.

— Strictement parlant, la vice-championne, objecta Achim.

— Quoi ?

— C'est toi la championne…

— ACHIM !

— Oui ?

— Je t'aime mais il y a des jours où…

— … ma langue bien pendue t'agace ?

— On va dire que c'est ça, répondit Angela même si elle avait plutôt pensé à : « J'aimerais taper ta tête contre les murs. »

Elle regarda Mike qui pour une fois ne riait pas des plaisanteries d'Achim. Il s'approcha de Katharina von Baugenwitz mais ne trouva aucun mot de réconfort à lui dire. La femme ne s'aperçut même pas de sa présence, elle fixait le sol apathiquement.

Bizarre, pensa Angela. Katharina avait eu immédiatement un mauvais pressentiment quand elle avait constaté que la porte ne s'ouvrait pas. Elle avait su que Philipp von Baugenwitz était en danger. Connaissait-elle l'identité de l'assassin ?

Angela décida de ne pas aborder le sujet avec elle. C'était tout aussi inconvenant qu'inutile. Katharina von Baugenwitz raconterait tout au commissaire en charge de l'enquête. À moins qu'elle ne fût la meurtrière ?

— Est-ce qu'on réveille la baronne ? intervint Achim, empêchant Angela de creuser la question.

— Oui, on devrait la réveiller.

— Mais comment ? Apparemment, elle prend des somnifères. J'ai déjà essayé de parler très fort. Je l'ai même secouée.

Angela observa la baronne. Elle sentait l'alcool et semblait dormir profondément. Mais c'était une actrice. Elle pouvait très bien faire semblant. Sa présence était avérée à proximité de la scène de crime, s'il y avait bien eu meurtre, ce qui faisait d'elle l'une des principales suspectes. Peut-être s'apprêtait-elle à fuir quand elle avait entendu Angela et les autres se diriger vers la cave à vin et que dans sa hâte elle n'avait trouvé qu'une parade, s'allonger sur le divan et faire comme si elle cuvait. Il était temps d'en avoir le cœur net !

— J'ai une idée, dit Angela.

— Enlever mes chaussettes et les lui mettre sous le nez ? suggéra Achim.

— La piquer avec l'épingle d'une broche, annonça Angela en regardant la femme endormie.

Elle enleva de son blazer rouge la jolie broche dorée à la feuille d'or qu'elle avait achetée avec son premier salaire de ministre et approcha la pointe de l'épingle de la baronne.

L'épouse continua à ronfler. Soit elle dormait à poings fermés, soit elle ne voulait pas faire sauter sa couverture.

— Je vais lui piquer la joue, annonça Angela.

Alexa ronflait impassiblement.

— Surtout rester concentrée, ne pas glisser avec la pointe. Il ne manquerait plus que je lui enfonce l'épingle dans l'œil, dit Angela histoire de faire monter la pression.

Alexa ronfla de plus belle. De deux choses l'une : ou Angela se trompait complètement avec ses suppositions, ou les ronflements signifiaient : « Ne crois pas que tu vas m'intimider. »

Angela, qui cherchait juste à bluffer, approcha la pointe de l'aiguille de la joue d'Alexa. Un peu étourdie par les émanations d'alcool, elle n'arrivait pas à se décider : piquer ou ne pas piquer ?

— Vous allez l'enfoncer cette épingle, oui ou non ? retentit une voix derrière elle.

Angela fit volte-face et vit Pia. Elle ne semblait pas du tout triste. Peut-être ignorait-elle que le baron était mort ? Ou alors c'était une dure à cuire !

— C'est à cause d'elle que ce branleur s'est suicidé.

Une dure à cuire donc !

— Pia, s'il te plaît… dit Katharina, qui, revenant à elle, se mit à trembler.

— Ces deux-là s'en foutaient complètement, de toi et de tes sentiments. T'as vu comment ils t'ont traitée ?

Apparemment, il y avait de fâcheux antécédents.

— Arrête s'il te plaît, dit Katharina en tremblant de plus belle.

— C'est bon, c'est bon, marmonna Pia qui s'assit en tailleur par terre, sortit son téléphone portable de sa poche et donna l'impression que tout ce qu'elle voyait sur l'écran était beaucoup plus important que la mort de son ex-beau-père.

— Elle… (Katharina regarda Angela, cherchant sans doute à expliquer le comportement de Pia, mais elle était encore trop ébranlée.) On fait tout pour elle et voilà ce que…

Ses yeux se remplirent à nouveau de larmes.

Katharina fit de la peine à Angela. De tous les occupants du château, elle était celle qui réagissait le plus normalement.

— Vous avez tout de suite compris quand vous avez vu que la porte était verrouillée ? demanda Angela, poussée par la curiosité mais aussi soucieuse de ménager l'ex-épouse du baron.

Katharina, déjà très pâle, blêmit. Elle cherchait ses mots.

— Philipp… il voulait se donner la mort parce que nous étions surendettés. Il avait tellement honte…

Le baron n'avait pas du tout donné l'impression à Angela d'avoir honte de quoi que ce soit. Toutefois, elle s'abstint de tout commentaire. S'il s'agissait bien d'un suicide, il serait indécent de harceler de questions Katharina von Baugenwitz déjà au bord des larmes.

— Yeah les flics sont là ! annonça Pia, la fille aux cheveux bleus.

Un « Yeah » aussi peu enthousiaste que celui de Barack Obama quand Angela lui avait demandé s'il avait lui aussi assisté à un opéra de sept heures à Pékin lors d'une de ses visites d'État en Chine.

La policière qui plaisait tant à Mike pénétra dans le couloir en compagnie d'un homme petit et rond d'une soixantaine d'années qui réussissait à paraître décoiffé avec les deux ou trois mèches de cheveux qui lui restaient. Visiblement, il était tombé du lit, à moins que ce ne fût son apparence habituelle. Angela conclut que comme il ne portait pas d'uniforme mais un costume froissé, c'était sûrement le commissaire chargé de l'enquête.

Mike fit un demi-pas en direction de Lena.

— S… salut.

Lena ne parvint même pas à lui répondre, elle se contenta de le saluer d'un hochement de tête, ce qui fit reculer Mike d'un demi-pas, puis encore d'un demi-pas, et encore d'un demi-pas, si bien qu'il finit par heurter un guéridon avec un vase qui se renversa et qu'Achim eut la présence d'esprit de rattraper.

— Bien joué, balbutia Mike avec gratitude.

Achim l'avait empêché de se ridiculiser devant Lena et lui avait épargné une longue discussion sur la responsabilité civile avec l'assureur de l'État allemand.

— Je me surprends moi-même, admit Achim.

— Le hasard fait bien les choses, dit l'adolescente sans lever les yeux de son téléphone portable.

— Je prendrais bien un remontant, soupira le commissaire. Mais je ne peux pas boire d'alcool avec mes médicaments. Déjà que mes médicaments ne font pas bon ménage les uns avec les autres.

— Vous n'êtes pas venu ici pour l'alcool mais à cause d'un cadavre, constata Angela.

Les hommes douillets qui parlent médicaments lui rappelaient les conseils des ministres.

— Oui, soupira le petit homme rond. Qui a trouvé le cadavre ?

— C'est moi, répondit Angela.

L'homme parut réaliser le remue-ménage médiatique qu'allait engendrer ce fait et commenta :

— Je déteste ma vie.

— Je serai partie avant l'arrivée des médias, promit Angela.

— Je déteste quand même ma vie.

Le commissaire n'était décidément pas un modèle de bonne humeur.

— Le corps se trouve en bas, dans la cave, l'informa Angela.

— L'air humide, c'est un véritable poison pour mes rhumatismes, soupira l'homme encore plus fort.

Angela avait toujours défendu la théorie selon laquelle chaque être excelle dans un domaine. Personne ne savait mieux diriger un orchestre que Leonard Bernstein, personne ne savait mieux peindre que Vincent Van Gogh et personne ne savait mieux soupirer que l'homme qui se tenait devant elle.

— Vous ne vous présentez pas ? demanda Achim qui ne supportait pas les mauvaises manières, surtout en présence de sa femme.

— Hannemann, Hartmut Hannemann, répondit l'homme à la James Bond avec un manque d'entrain inégalable. Je dirige le commissariat de Klein-Freudenstadt.

— Et si on s'y mettait, vous voulez bien ? demanda Lena.

— Vouloir, c'est un bien grand mot ! soupira Hannemann. Mais descendons, comme ça dans une demi-heure je serai de nouveau dans mon lit, à fixer le plafond et à me demander pourquoi ma femme m'a quitté.

Angela trouva d'emblée quelques raisons plus valables les unes que les autres mais elle s'abstint de les énumérer. Elle craignait surtout que le commissaire ne conclue hâtivement à un suicide et ne classe l'affaire au plus vite. Il fallait absolument l'en empêcher.

— Je vous accompagne ! dit-elle.

11

Angela, Hannemann et Lena se tenaient devant la table. Le cadavre était dans la même position qu'une demi-heure auparavant. À ceci près que la feuille avec le mystérieux *a* était désormais bien visible. Mike était resté à l'écart, pas seulement par discrétion mais sans doute aussi pour éviter une autre humiliation. Achim ne les avait pas accompagnés. Il était resté auprès des femmes et s'était chargé d'apporter un verre d'eau avec un calmant à Katharina von Baugenwitz.

— Si je me suicide, j'opterai pour autre chose que le poison, dit Hannemann tout en observant la coupe contenant le vin empoisonné.

— Comment ferez-vous alors ? demanda Mike.

— Je survolerai la ville en montgolfière et je me jetterai dans le vide.

Angela regretta que Mike eût posé la question.

— Et je viserai bien pour tomber sur mon ex-femme.

En voilà un qui avait mûrement réfléchi son geste.

— Si en plus elle sort de la maison en même temps que le croque-mort, je ferai d'une pierre deux coups.

— Le croque-mort ? demanda Angela, incapable de réfréner sa curiosité naturelle mais rapidement consciente qu'elle avait commis une erreur.

— C'est pour lui qu'elle m'a quitté. Il est beaucoup plus gai que moi, soi-disant.

— Vous ne voulez pas vous concentrer sur le cadavre ? suggéra Angela qui le voyait s'écarter du sujet.

— Si je les écrase tous les deux dans ma chute, ils n'afficheront plus leur bonheur sur Facebook.

— Vous avez entendu ce que j'ai dit ?

— Ils ont préparé un risotto et l'ont pris en photo. J'avais jamais entendu parler de risotto avant, j'ai dû chercher sur Internet.

— S'il vous plaît.

— C'est du riz, tout ce qu'il y a de plus banal !

— Pour moi ce n'est pas un suicide, décréta Angela, décidant d'aller droit au but.

— Qu'est-ce qui vous fait dire ça ?

Le commissaire revint brusquement à l'instant présent.

— Regardez la feuille.

— Qu'est-ce qu'elle a, cette feuille ?

Hannemann prit le bout de papier mais à voir son expression perplexe, on devinait aisément que son cerveau ne tournait pas à plein régime.

— C'est un indice.

— De quoi ?

— De l'identité l'assassin.

— Quel assassin ?

— Je vous ai dit que c'était un meurtre.

— Qu'est-ce qui vous fait dire ça ?

— La feuille.

— Qu'est-ce qu'elle a, cette feuille ?

— C'est un indice.

— Qu'est-ce qui vous fait dire ça ?

Angela sentit à la fois que la conversation tournait en rond et que la moutarde lui montait au nez. Pourtant, elle se retint de laisser exploser sa colère, elle ne voulait pas passer pour l'ex-chancelière arrogante mais plutôt pour une nouvelle habitante de Klein-Freudenstadt inquiète. C'est pourquoi elle regarda Lena dans l'espoir qu'elle comprendrait.

— La cave était fermée à clé de l'intérieur, indiqua la policière. Un meurtrier l'aurait verrouillée de l'extérieur.

— C'est exactement ce que j'ai dit, se réjouit Mike à l'idée d'être sur la même longueur d'onde que Lena.

Elle hocha légèrement la tête. Il lui sourit. Pas elle.

— Peut-être y a-t-il un passage secret ? suggéra Angela.

À peine eut-elle surpris les regards dubitatifs des deux enquêteurs et celui de Mike qu'elle se sentit bête. S'emballait-elle ?

— J'ai regardé tous les vieux plans du château pour m'assurer que le bâtiment était suffisamment protégé contre les effractions, dit Lena. Il n'y a pas de passage secret.

Angela se sentit encore plus bête. Pourtant, elle ne lâcha pas prise.

— Un passage secret n'apparaît pas sur les plans, justement.

— Vous en avez découvert un ? demanda Hannemann.

— Non, dut avouer Angela tout en soutenant le regard agacé du petit homme. Pour mieux résister, elle fit le losange merkelien avec ses mains. Ce geste devenu culte marchait à tous les coups.

— Et pourquoi devons-nous parler de ça ? demanda-t-il en soupirant.

— Il faut bien considérer les choses sous tous les angles.

— C'est vous l'experte ou c'est moi ?

Angela avait désormais quelques doutes concernant l'expertise de Hannemann. S'il s'agissait bien d'un expert, alors il était de ceux à qui il ne fallait surtout pas confier une expertise.

— Vous ne voulez pas au moins chercher un passage secret ?

— Je vais vous dire ce qu'on va faire : on va enlever le cadavre d'ici et ensuite on fera une autopsie comme il se doit. Après quoi, on classera l'affaire. Ensuite, on prendra un jour de repos pour récupérer les heures sup de cette nuit.

Angela comprit qu'elle ne parviendrait pas à convaincre le commissaire. Même Lena ne semblait avoir aucune envie de regarder la feuille de plus près. Elle se contentait de ronger nerveusement son ongle. Était-elle intimidée par son supérieur ? Non. Elle était déjà bizarre quand elle avait quitté la fête. Mais pourquoi…

Angela se rappela mentalement à l'ordre. Si elle se mettait à soupçonner une policière d'un crime qui pourrait bien ne pas avoir eu lieu, elle se prenait beaucoup trop au jeu de la détective. Pourtant, elle ne voulait pas abandonner aussi vite. Elle n'aurait pas parié cinq cents sur Hannemann pour élucider le meurtre. De plus, elle ne s'était pas sentie aussi heureuse et débordante d'énergie depuis des semaines. Aussi décida-t-elle de persister en utilisant un autre angle d'attaque.

— J'aimerais assister à l'autopsie.

— Quoi ? s'exclamèrent en chœur Hannemann et Mike.

— J'aimerais bien assister à l'autopsie. Je n'en ai jamais vu en vrai, juste à la télévision.

— Pas question ! objecta le commissaire.

— Dans ce cas, je vais rester ici jusqu'à l'arrivée des médias, bluffa Angela.

— Quoi ? s'exclamèrent en chœur Hannemann et Mike.

— Je sais m'y prendre avec les journalistes. Vous aussi ?

Il était évident pour tout le monde dans la cave que cette perspective était aussi cauchemardesque pour Hannemann qu'une photo de risotto postée sur Facebook par son ex-femme.

— Bon, bon, bon, vous pourrez venir demain.

Angela sourit malicieusement.

— Maintenant je déteste encore plus ma vie, dit Hannemann en poussant un énième soupir et en quittant la cave.

Il fourra le papier dans sa poche. Lena le suivit. Et Mike suivit Lena en maintenant une distance de sécurité. Angela s'attarda dans la cave et médita sur le *a*. S'agissait-il de la première lettre d'un mot ? Ou d'un prénom ? Alexa von Baugenwitz par exemple ? Mais le baron ne l'aurait-il pas écrite avec une majuscule ?

Angela fit de nouveau le losange avec ses mains et réfléchit, en bonne scientifique : *Pour toi, petit bout de papier, j'ai besoin de plus d'informations avant d'*émettre une première hypothèse.

12

Angela, allongée dans son lit à côté d'Achim qui dormait, ne parvenait pas à trouver le sommeil. Comme lors des deux premières semaines dans sa nouvelle maison, quand elle passait ses nuits à réfléchir à tous les problèmes politiques qui ne la concernaient plus. Elle se sermonnait sans cesse, se disant que tout ça ne la regardait plus et qu'elle pouvait donc s'endormir en toute tranquillité. Mais comme chacun sait, on a beau se raisonner au milieu de la nuit, se dire qu'il faut enfin songer à dormir, on est encore plus réveillé qu'avant. Au bout de deux semaines, Angela s'était à peu près faite à l'idée qu'elle n'aurait plus jamais à chercher des solutions pour résoudre les crises mondiales. Pourtant, elle avait continué à mal dormir. C'était beaucoup trop calme ici ! Il n'y avait aucun des bruits d'une grande ville, pas de sirènes de police, pas de noctambules bruyants. Qui pouvait bien fermer l'œil dans de telles conditions ? Mais elle avait fini par s'habituer au silence. Même au grand-duc qui était le seul à donner de la voix dans la nuit. Angela avait une semaine de sommeil régulier derrière elle et voilà qu'elle se retrouvait à nouveau dans l'incapacité de s'endormir. La cause de son insomnie était justement un problème à résoudre.

Elle prit un crayon et un bloc-notes sur la table de nuit pour prendre des notes mais dans son élan elle tira sur la couverture, découvrant complètement les pieds d'Achim. Bien que bon dormeur, il se réveillait chaque fois que ses orteils étaient au courant d'air. Son gros orteil droit était particulièrement sensible. Grâce à lui, il pouvait prévoir les changements de temps avant la plupart des experts de la télé.

— Pourquoi tu ne dors pas ? demanda Achim, tout ensommeillé, en enlevant ses bouchons d'oreilles.

— Je crois que le baron a été assassiné, expliqua Angela qui n'avait pas encore fait part de sa théorie à Achim.

— Oh ! s'exclama Achim, soudain complètement réveillé.

Contrairement à tous les autres, il ne contredit pas la thèse d'Angela. Il partait en effet du principe qu'Angela avait raison dans 81,4 % des cas, aussi pensait-il se ranger du bon côté en faisant confiance à ses intuitions.

— On a trouvé une feuille sur laquelle il avait écrit ça peu avant sa mort. (Elle traça le *a* sur son bloc-notes.) Qu'est-ce que ça signifie à ton avis ?

— Eh bien… dit Achim comme il le faisait toujours quand il réfléchissait.

Angela attendit.

— Eh bien…

Angela attendit encore.

— Eh bien…

Angela avait de plus en plus le sentiment que la réflexion de son mari n'aboutirait à rien de constructif.

— Tu sais quoi ?

— Quoi ? demanda Angela, énervée.

— Je crois qu'il va pleuvoir demain après-midi. Je le sens dans mon orteil.

— Tu n'as donc aucune idée de ce que peut bien signifier cette lettre ?

— Désolé, *Puffeline.*

Achim n'appelait Angela *Puffeline* que lorsqu'il avait le sentiment de l'avoir déçue. Comme la fois où il n'avait pas pu l'accompagner au festival de Bayreuth parce qu'il croyait qu'avec la Deutsche Bahn, un intervalle de quarante minutes suffisait pour changer de train et prendre une correspondance.

Angela était d'avis qu'il n'aurait jamais dû l'appeler *Puffeline*, non pas qu'elle n'aimât pas le surnom – elle était mal placée pour s'en plaindre puisqu'elle l'avait elle-même surnommé *Puffel* –, mais parce qu'il ne l'avait encore jamais déçue. Énervée, oui. Parfois même mise hors d'elle. Mais déçue ? Cet homme merveilleux en était tout simplement incapable.

— On en apprendra peut-être plus à l'autopsie.

— L'autopsie ?

— C'est demain et nous y allons, dit Angela en souriant.

— Quelle bonne idée de sortie, sourit Achim à son tour.

— Ça changera un peu.

— On joue aux détectives si je comprends bien.

— Sherlock Holmes et docteur Watson.

— Je n'aurais jamais cru que tu serais un jour mon docteur Watson.

— Moi, ton docteur Watson ? dit Angela avec une indignation à moitié feinte.

— Tu peux écrire un livre sur mes déductions si tu veux.

— S'il y a un Sherlock dans cette pièce, c'est moi.

— Écoute-moi bien, dit Achim en riant. Je suis chercheur en chimie quantique et toi tu n'es qu'une physicienne.

Angela prit un oreiller…

— Et même, ça fait des années que tu n'exerces plus.

… et lui tapa affectueusement sur la tête avec. Achim se mit à rire. Elle aussi. Le remue-ménage réveilla Poutine qui dormait au pied du lit. Le carlin bondit sur ses pattes et tous deux rirent de plus belle en le voyant tenter vainement de sauter sur le lit.

Angela finit par dire au petit chien :

— Viens mon lapin, je vais t'aider.

Elle souleva Poutine et le déposa sur le lit, ce qui le calma aussitôt.

— J'en déduis que ce n'est pas un lapin, docteur Watson, constata Achim tout en faisant mine de tirer sur sa pipe.

— Comment avez-vous fait pour aboutir à cette conclusion ? Vous êtes un excellent détective, Sherlock.

— Je suis donc bien Sherlock, s'étonna-t-il.

— Je n'ai rien contre, dit Angela en souriant car elle savait au fond qui mènerait l'enquête : Sherlockine.

— On peut tous les deux être Sherlock, proposa Achim. Sherlock et Sherlockine.

Angela afficha un grand sourire car elle venait d'avoir la même idée. Peu importe comment ils s'appelaient, ils avaient bien un point commun avec les deux personnages célèbres d'Arthur Conan Doyle : Achim et elle étaient les meilleurs compagnons du monde.

13

Naturellement, l'autopsie n'avait pas lieu à Klein-Freudenstadt. Il n'y avait pas de morgue dans le village. Uniquement un médecin de campagne et un dentiste qui, à quelques années de la retraite, ne travaillait plus qu'à mi-temps. Les cas urgents pouvaient joindre le docteur à partir de midi, pendant sa partie de golf, sur un parcours situé à quarante kilomètres de son cabinet. Et encore, il n'écoutait ses messages que lorsqu'il atteignait nonchalamment le dix-huitième trou.

L'autopsie était pratiquée dans le service de pathologie de l'hôpital de Templin. Angela, Achim et Mike partirent à bord d'une voiture de fonction mise à la disposition de l'ex-chancelière. C'est Angela qui avait choisi le modèle. Elle avait opté pour la voiture électrique la moins chère et donc la plus petite du marché en Allemagne. Angela fut la première à sortir du véhicule : elle portait une longue perruque noire et des lunettes de soleil à la mode des années 1970 pour ne pas être reconnue. Seuls le pantalon noir et le blazer orange rouge la trahissaient un peu. Tout comme le sac à main Longchamp assorti à la veste. Poutine étant resté seul à la maison, ils avaient tout au plus deux heures devant eux sinon le carlin les punirait en laissant une crotte sur le tapis au pied du lit. Laissé seul le soir, il ne songeait jamais à se venger, il préférait dormir.

Pour Angela pas de doute, ce Poutine était tout aussi récalcitrant que l'autre.

Achim était d'avis qu'ainsi déguisée, Angela ressemblait à l'actrice Gina Lollobrigida. Consciente qu'elle ne pouvait pas soutenir la comparaison, Angela n'en fut pas moins flattée. Achim, qui n'avait pas pris la peine de se déguiser, sortit du véhicule après sa femme. Pourquoi le reconnaîtrait-on maintenant alors que tout le monde ou presque ignorait son existence à l'époque où Angela était chancelière ? Pour preuve l'incident mémorable lors d'un sommet du G7. Achim s'était vu refuser l'accès au dîner à l'hôtel du congrès. Lorsqu'il avait dit qu'il était le mari d'Angela Merkel, l'un des agents de sécurité avait répondu :

— Ben voyons, et moi je suis la maîtresse de Seehofer[1].

Achim s'était donc installé sur un banc dans le parc voisin où il avait profité du soleil tout en dégustant un sandwich à l'escalope panée particulièrement goûteux. Jamais il n'aurait cru passer une aussi bonne soirée !

Enfin ce fut au tour du géant Mike de s'extirper de la voiture électrique. Quand il avait vu le véhicule pour la première fois, six semaines auparavant, il avait marmonné dans sa barbe :

— Je vais bien finir par m'habituer à cette bagnole écolo.

Ce n'était pas encore le cas. Ils se dirigèrent tous les trois vers l'entrée de service à l'arrière du bâtiment où les attendait déjà le commissaire Hannemann. Il ne déborda pas d'enthousiasme en voyant Angela. Mike eut du mal à cacher sa déception quand il constata que Lena n'avait pas accompagné le commissaire.

---

1. Horst Seehofer, membre de la CSU, ministre de l'Intérieur dans le dernier gouvernement Merkel.

— Bon, finissons-en, soupira Hannemann.

À quoi Achim répliqua :

— Oui, merci nous allons très bien et vous ?

Il ne supportait pas qu'on manque de respect à sa femme.

Hannemann, ignorant sa pique, ouvrit la porte et les conduisit tous les trois dans un escalier pour rejoindre le sous-sol. Angela enleva ses lunettes de soleil et sa perruque qu'elle glissa dans son grand sac et respira l'odeur stérile de l'hôpital qui lui rappela vaguement l'eau de toilette du pape Benoît XVI.

Une fois arrivés au sous-sol, ils pénétrèrent dans la salle d'autopsie qui ressemblait exactement à celles qu'on voit dans les séries policières : éclairage au néon, immenses casiers à tiroirs où étaient sans doute entreposés les corps, et quelques tables de dissection dont une seule était occupée. Une femme d'âge mûr, vêtue d'une blouse blanche, se tenait devant la table, cachant avec sa corpulence la vue sur le cadavre. Il était clair néanmoins qu'il s'agissait bien du baron car les pièces de l'armure avaient été déposées sur une desserte.

— Docteure Radszinski, dit Hannemann à l'adresse de la médecin légiste pour la saluer.

Angela avait toujours pensé que les visages aigris, striés de rides, étaient plutôt l'apanage des femmes minces. Mais la légiste prouvait le contraire. Apparemment, découper les cadavres donnait des rides.

— Hannemann, répondit-elle d'une voix râpeuse nourrie à l'alcool et à la cigarette. Je croyais que tu étais encore en arrêt maladie.

— Ils n'ont pas voulu me prolonger, répondit-il.

— En tout cas, t'as pas changé. Tu ressembles toujours à du dégueulis.

Décidément, cette femme semblait complètement dépourvue de sensibilité. Angela aurait presque ressenti de la compassion pour le commissaire. Jusqu'à ce qu'il réponde en soupirant :

— Et toi tu ressembles à l'orque dans *Sauvez Willy.*

— Vous avez déjà autopsié le corps ? demanda Angela pour mettre un terme à leur aimable conversation.

— Je viens juste de l'ouvrir, dit Radszinski en s'écartant pour laisser voir le cadavre.

Mike blêmit.

— Je m'apprêtais à sortir les organes. D'abord la rate, dit-elle en posant un tas flasque sur un plateau en métal.

Mike blêmit un peu plus.

— Et maintenant le foie.

Mike verdit.

— À présent le cœur.

Mike vira au vert foncé.

— Vous pouvez nous attendre dehors, dit Angela, pleine de sollicitude envers Mike.

Mike, qui, en bon garde du corps, devait jouer les durs, balbutia :

— Non, non, ça… va…

— Et maintenant l'intestin.

— … trrrrès bieeeen…

Mike avait mal au cœur.

— Ce truc peut mesurer jusqu'à six mètres.

Mike se mit à chanceler.

— Il ne faudrait pas que ce type gerbe sur mon cadavre… s'agaça la docteure en regardant le géant vacillant.

Comme si le pauvre Mike avait eu besoin de cette image, en plus ! Il mit la main devant sa bouche.

— *Puffel*, dit Angela en se tournant vers Achim.

— Oui ?

— S'il te plaît, accompagne Mike dehors.

— Mais il a dit que ça allait.

— Est-ce qu'il a l'air de bien aller ?

Mike s'était appuyé sur l'épaule d'Hannemann.

— Pas vraiment.

— Et s'il tombe dans les pommes… ou s'il vomit.

— D'accord, je l'accompagne dehors.

Le petit Achim prit le bras du grand Mike et le conduisit hors de la pièce pendant que la docteure Radszinski faisait claquer l'intestin en le déposant sur les autres organes.

— Ne vous retournez pas Mike, ne vous retournez pas, conseilla Achim tandis qu'il guidait le garde du corps mal en point vers la sortie et le grand air.

— Il n'était pas nécessaire de sortir tous les organes pour l'enquête, n'est-ce pas ? demanda Angela à Radszinski.

— Non, mais j'adore voir les hommes forts faiblir.

Angela savait qu'elle aurait dû désapprouver le comportement de la docteure mais elle aimait elle aussi voir les machos se mettre à trembler dans les situations de crise. Aussi se contenta-t-elle de demander :

— Qu'avez-vous trouvé jusqu'à présent ?

— L'homme a avalé du jus de ciguë.

— C'est bien ce que je pensais, se réjouit Angela qui tenta immédiatement de cacher sa fierté sans vraiment y parvenir.

— C'est pas pour ça que c'est un meurtre, soupira Hannemann.

— On peut en boire une gorgée sans rien remarquer ? demanda Angela à la médecin légiste.

— Une seule gorgée ne suffit pas. D'après le taux de dilution dans le vin, il a bu au moins trois gorgées.

— Peut-il néanmoins ne pas avoir remarqué la ciguë ?

— Au départ, le goût est sucré…

— Dans ce cas, ça peut passer inaperçu si le cépage utilisé pour le vin est sucré lui aussi.

— Oui, mais après coup, le goût est très puissant. Il aurait forcément remarqué quelque chose.

— Même s'il avait bu très vite.

— Oui, après coup justement.

— Un assassin aurait choisi un poison indétectable au goût, avança Hannemann.

— Pas s'il voulait faire passer un message avec son poison, objecta Angela.

— Quel message ?

— Une allusion explicite à son ancêtre Balduin, empoisonné lui aussi à la ciguë au XVIIe siècle.

— Jamais je n'aurais cru qu'une femme comme vous puisse avoir une telle imagination, lâcha le commissaire d'un ton plein de mépris.

Angela n'avait pas envie de discuter avec lui. Plutôt demander à Mike de jongler avec les organes plutôt que de confier une enquête à cet homme.

— Avez-vous remarqué quelque chose de particulier sur le cadavre ? demanda-t-elle à Radszinski.

— Vous voulez dire en plus de son tatouage qui proclame son amour éternel à Katharina von Baugenwitz ?

— À son ex-femme ?

— Vous voulez le voir ? Il est sur la fesse…

— Non, je ne veux pas le voir !

— Il y a bien quelque chose d'étrange.

— Quoi ?

— Son armure.

— Qu'est-ce qu'elle a ?

— Sur le gant droit, il y a un drôle de renflement.

— Quel genre de renflement ?

— Venez, je vais vous montrer.

La légiste se dirigea vers la table où elle avait déposé les pièces de l'armure et montra le gantelet dont la partie interne présentait une sorte d'excroissance en métal, inséparable du reste, qui avait la forme d'un hexagramme.

— Peut-être un symbole satanique, présuma Radszinski.

Pas impossible, pensa Angela. Pourtant, ce n'était pas ce que lui avait inspiré à première vue l'hexagramme. Elle le voyait plutôt comme une sorte de clé, qu'il aurait fallu insérer dans la forme correspondante pour ouvrir une porte. Une porte donnant sur un passage secret par exemple. Qu'un assassin en fuite aurait pu emprunter. Mais si le meurtrier s'était enfui de cette façon, le gant n'aurait pas pu être sur la main du cadavre. À moins que le coupable n'ait remis le gantelet au baron mort après l'ouverture du passage pour ne pas dévoiler son existence.

Angela réfléchissait à toute vitesse : l'excroissance n'était peut-être pas seulement la clé du passage secret mais aussi la clé de l'énigme de la mort du baron. Pour savoir si elle avait raison ou s'il s'agissait d'un des 18,6 % des cas où elle se trompait, elle n'avait pas d'autre choix que de dérober le gantelet dans la salle d'autopsie.

Elle n'aurait aucune difficulté à berner le commissaire. Hannemann préférait laisser courir une voleuse plutôt que de s'occuper de la paperasse résultant d'un dépôt de plainte. En revanche, il serait beaucoup plus ardu de duper Radszinski.

— Je crois que vous avez raison, susurra Angela d'un ton destiné à flatter les mâles alpha qui se la racontent de la trempe de Hannemann.

— Moi ? s'étonna Hannemann à qui une femme avait dû dire en 1995 qu'il avait raison avant de se rendre compte qu'elle s'était trompée.

— Eh bien c'est vous l'expert. Je me suis un peu obstinée.

— Vous êtes en train d'admettre que je suis le mieux placé pour juger ?

Hannemann n'en revenait pas.

— Oui, répondit Angela qui maîtrisait à la perfection quand il le fallait l'art de cacher à quel point elle était fière.

— Vous n'avez donc pas la même vision d'ensemble que moi.

— Non.

— Je suis donc plus intelligent que vous.

— Ne vous emballez pas.

— D'accord.

— Parfait.

— Est-ce qu'on peut enfin y aller ? demanda Hannemann.

— J'aimerais rester encore un peu et parler avec la docteure Radszinski de son travail.

— Vous pouvez aussi m'aider à ranger les organes, proposa Radszinski.

Angela n'était pas plus enthousiaste à l'idée de participer au rangement des organes que Hannemann à l'idée de rester plus longtemps. Elle lui dit :

— Je vais me débrouiller toute seule. Vous avez bien mérité un peu de repos.

— Et comment ! soupira Hannemann avant de quitter la salle d'autopsie sans dire au revoir.

— Pourriez-vous ranger l'intestin dans le congélateur, là derrière ? demanda Radszinski.

Angela n'aurait jamais cru qu'une fois à la retraite elle devrait chercher une solution dans l'urgence. En regardant la grosse docteure, elle pensa à une plaisanterie dont avait été plusieurs fois victime le ministre Peter Altmaier. Cette blague n'était humainement pas très correcte mais il s'agissait là d'une enquête pour meurtre et Angela se dit qu'elle était acceptable dans ce contexte.

— Vous avez quelque chose sur votre chaussure, là.

— Où ?

Radszinski tenta de regarder sa chaussure mais échoua aussi lamentablement que Peter Altmaier quand on lui jouait ce tour autrefois. Sigmar Gabriel s'était tout particulièrement illustré même s'il n'était guère mieux loti que sa victime.

— On dirait un bout de l'appendice du baron, dit Angela. Regardez donc dans le miroir.

Radszinski se dirigea vers le miroir sur le mur à l'autre bout de la salle. Angela devait agir vite. Elle s'empara du gantelet et le cacha dans son sac à main. Il ne lui restait plus qu'à filer au plus vite.

— Il n'y a rien sur mes chaussures, constata la légiste pendant qu'Angela se dirigeait vers la porte.

— Ah, c'était sans doute un reflet, dit Angela qui appuyait déjà sur la poignée.

— Je croyais que vous vouliez m'aider ? s'étonna Radszinski.

— Je viens de penser qu'un autre intestin m'attendait, répondit Angela en souriant.

— Ah oui ?

— Celui de mon carlin.

Tandis que Radszinski maugréait avec humeur, Angela s'engagea dans l'escalier à toute vitesse. Elle n'avait jamais volé quoi que ce soit. Pourtant, elle n'était ni effrayée ni grisée par l'adrénaline. Elle était plutôt surprise, comme elle l'avait été en tant que physicienne quand une expérience donnait un résultat inattendu. On aurait pu formuler le résultat de ladite expérience ainsi : la vie de retraitée la transformait.

14

Poutine avait fait. Il était assis fièrement à côté de son petit tas sur le tapis de la chambre. Angela prit le chien dans ses bras et lui dit avec affection :

— On n'aurait pas dû te laisser tout seul si longtemps mon lapin.

— Ce n'est pas un lapin, dit Achim tandis qu'il enlevait la crotte à l'aide d'un sachet.

— Mais il ne le sait pas, répondit Angela en riant.

— Il va souffrir de troubles de l'identité, plaisanta Achim.

— À moins qu'il ne se transforme en lapin-carlin.

— Je vais nettoyer le tapis, proposa courageusement Achim. On n'aurait peut-être pas dû acheter un Flokati finalement.

— Jette le tapis sur la terrasse, on s'en occupera plus tard. Il faut d'abord qu'on aille au château.

— Pourquoi ?

— J'ai un indice, Sherlock.

— Tu éveilles ma curiosité Sherlockine mais malheureusement on ne peut pas aller au château maintenant.

— À cause du tapis ?

— Non, Mike ne doit pas te quitter d'une semelle quand tu sors. Et je doute qu'il soit déjà en état de t'accompagner.

Angela ne put que lui donner raison. Pendant tout le trajet retour, Mike, assis sur la banquette arrière, avait passé sa grosse tête par la vitre ouverte pour respirer l'air frais. À présent il était allongé sur son canapé-lit dans le pavillon de jardin qui lui servait d'appartement de fonction.

— Si on allait voir comment il va ? suggéra Angela qui posa Poutine par terre et ouvrit la porte vitrée de la chambre, laquelle donnait sur le merveilleux jardin bordé de rhododendrons.

— En plus, ajouta Achim, nous avons rendez-vous avec la guide.

Angela soupira : voilà ce que c'était d'avoir eu pendant des années une assistante personnelle qui gérait son emploi du temps. Elle oubliait de retenir la date des rendez-vous. Malgré son impatience de retourner au château pour trouver la porte secrète, Angela ne voulait pas faire faux bond à la jeune femme enceinte. Un tel comportement aurait été d'une effroyable impolitesse. De plus, elle était très curieuse d'en apprendre plus sur Klein-Freudenstadt et elle avait aussi l'intention de découvrir ce qui tourmentait la jeune femme. Peut-être pourrait-elle l'aider ?

— Je vais passer voir Mike d'abord.

Angela franchit la porte de la véranda et sortit dans le jardin en humant le parfum sucré des fleurs de rhododendron. Elle passa devant les nains de jardin d'Achim, Frodon, Bilbo, Samsagace et un Gollum avec un bonnet à pointe sur lequel Poutine aimait tout particulièrement lever la patte. Pas étonnant que le Gollum au bonnet à pointe ait l'air de si mauvaise humeur. Une fois arrivée devant le pavillon de jardin, Angela toqua à la porte.

— Entrez, gémit Mike plus qu'il ne cria.

Quand Angela entra, elle s'étonna du désordre ambiant. Un seul homme pouvait-il vraiment provoquer un tel chaos dans un si petit espace ? Elle s'étonna parce qu'elle était mariée avec Achim, un homme ordonné et correct. Une épouse normale n'aurait pas été surprise par les chaussures et les vêtements qui traînaient par terre ni par la vaisselle sale dans l'évier et la brique de lait sur la table que Mike avait apparemment vidée sans se donner la peine de prendre un verre. Une épouse normale se serait en revanche étonnée du pistolet rangé dans sa gaine accrochée à la chaise. Mike se redressa courageusement et demanda d'une voix légèrement chevrotante :

— Qu'est-ce que je peux faire pour vous ?

— En fait, je voulais que vous nous accompagniez à la visite guidée mais je crois que vous feriez mieux de vous reposer.

— J'ai pour mission de vous accompagner partout où vous allez, dit Mike tout en glissant ses pieds aux chaussettes noires dans ses chaussures noires toujours parfaitement cirées. Quand il s'agissait de sa tenue de service, le garde du corps était extrêmement soigneux.

— Mais si vous ne vous sentez pas bien…

— Peu importe. C'est mon devoir de vous protéger. Et ma joie.

— Votre joie ?

— Remplir mon devoir me remplit de joie.

Angela pouvait parfaitement comprendre puisqu'elle avait ressenti exactement la même chose. Pourtant, elle voulait que Mike se repose un peu. Elle se sentait coupable car elle était responsable de son état actuel.

— Vous pouvez rester ici. Qu'est-ce qui peut bien m'arriver de grave à Klein-Freudenstadt ?

Angela s'apprêtait à sortir quand elle entendit Mike scander :

— Derniers mots célèbres.

Le garde du corps, qui s'était levé, affichait un air grave qu'elle ne lui avait jamais vu. Il dit d'une voix ferme :

— Vous pensez que le propriétaire du château a été assassiné ?

— Mais vous n'êtes pas de cet avis.

— Peu importe ce que je pense, ce que je crois, ce que je suppose. Il ne m'appartient pas d'exprimer mon opinion. Mais je sais que vous ne lâcherez pas prise.

La capacité à lâcher prise ne faisait pas partie des qualités d'Angela.

— Et supposons qu'il y ait un assassin dans la nature. Ce gros nul de commissaire ne risque pas de le retrouver.

— Pas au cours de ce millénaire.

— Qui représente désormais le seul danger pour le meurtrier ?

Mike parlait d'une voix ferme, il avait repris des couleurs et fixait Angela avec un regard déterminé.

— Moi ?

— Vous, confirma Mike en bouclant son étui contenant son arme.

À cet instant, Angela comprit : jouer au détective n'était pas un jeu.

15

Le soleil illuminait de ses rayons le marché de Klein-Freudenstadt comme s'il voulait dire à Angela dont le sac Longchamp contenait toujours le gantelet : « Il ne peut pas y avoir de meurtre dans un petit coin de paradis comme celui-ci. »

En passant devant l'étal de fruits, elle remarqua que la marchande y avait accroché la banderole contre la vente du château. Curieuse, Angela s'arrêta : pourquoi continuer à protester puisque la question était réglée ?

— Aujourd'hui c'est encore plus nécessaire qu'hier, dit la marchande de fruits qui semblait avoir lu dans les pensées d'Angela.

— Pourquoi ? demanda Angela tandis que Mike scrutait anxieusement les alentours et qu'Achim flânait sur le marché avec Poutine.

Le carlin en profitait pour aller aux nouvelles en reniflant avec son museau plat les marquages laissés par les autres chiens. Achim appelait ça les réseaux sociaux pour les cabots.

— C'est Alexa von Baugenwitz qui va hériter des terres que nous travaillons. Et elle va sûrement vendre tout le domaine, expliqua la marchande de fruits.

— Vous êtes sûre ?

— Elle n'a jamais voulu habiter ici. C'était beaucoup trop provincial pour elle. Elle a toujours poussé Philipp à vendre pour s'acheter quelque chose de chic à Londres, Paris ou je ne sais où.

— Et le baron a promis devant tout le monde hier qu'il ne vendrait pas le château, dit Angela qui commençait à comprendre. Alexa se serait retrouvée emprisonnée à tout jamais au domaine.

Elle garda néanmoins la suite de ses pensées pour elle. Si quelqu'un avait un mobile, c'était bien l'unique héritière. Et le *a* pouvait tout naturellement désigner Alexa.

— Philipp a juste dit ça pour calmer les esprits, râla la marchande de fruits.

Angela s'étonna. Pas parce que le baron avait servi un mensonge aux gens mais parce qu'Angela la marchande l'avait déjà appelé deux fois Philipp.

— Vous avez été proche du baron autrefois ? demanda Angela, pas peu fière.

Pour la première fois de sa vie, elle avait parlé comme un véritable détective. Pourtant sa joie fut de courte durée.

— Vous savez de quoi vous devriez vous occuper ?

— De mes oignons ?

— C'est ça. Et encore, je suis restée polie.

La marchande se mit à trier des fruits qui n'avaient pas besoin de l'être. Angela ne put s'empêcher de penser que le *a* pouvait tout aussi bien désigner cette Angela. Après tout, si le château était vendu, cette femme perdrait son revenu principal. D'un autre côté, si elle avait bien assassiné le baron, elle devrait pour le même mobile tuer sa femme dans la foulée.

Une vraie enquêtrice, pensa néanmoins Angela, poserait à la marchande de fruits une question du genre : « Où étiez-vous à l'heure du crime ? » L'Angela qui se tenait devant elle se trouvait sur les lieux et aurait pu s'éclipser discrètement de son stand pour commettre le meurtre.

Angela l'ex-chancelière préféra garder sa question pour elle. D'une part, la meurtrière pouvait difficilement dire : « Je suis allée dans la cave et j'ai versé de la ciguë dans le verre du baron. » D'autre part, Angela la marchande de fruits n'hésiterait pas s'il le fallait à recourir à la violence. Qui sait si elle n'allait pas bombarder la tête d'Angela l'ex-chancelière avec des pommes.

— Vous voulez acheter quelque chose ou continuer à poser des questions débiles ? demanda la marchande de fruits, de plus en plus acrimonieuse.

La réponse honnête aurait été : « Poser des questions débiles », d'autant que l'agressivité de l'agricultrice la rendait encore plus suspecte.

— Non, pas de gâteau aujourd'hui. Nous avons rendez-vous avec la guide.

— Ah, avec Marie ?

Angela la marchande de fruits eut un sourire désagréable.

— Oui.

— Elle doit être très triste aujourd'hui.

— Pourquoi ?

— Vous ne devinerez jamais qui est le père de son Banania ?

Bien sûr qu'Angela avait deviné : le baron. Mais plutôt que de se demander ce que cette information apportait à son enquête, elle eut soudain très envie de frapper le visage sarcastique de la marchande de fruits avec une pomme qu'elle aurait lancé de toutes ses forces.

— Vous pensez que Banania est un terme approprié ? demanda-t-elle plutôt.

Dire que la veille Angela avait envisagé de se lier d'amitié avec cette femme ! Elle avait pourtant toujours su cerner les gens dans le milieu politique. Apparemment, c'était beaucoup plus difficile dans la vraie vie.

— Café au lait, vous préférez ? répondit la marchande de fruits avec insolence.

Au moins une prune alors ?

— Bongo-Bongo ?

Oui, une prune, ça irait.

Angela était sur le point de s'armer d'un fruit quand elle entendit Mike murmurer derrière elle :

— Quelle *bitch* !

Pour la première fois, Angela ne se formalisa pas de l'habitude qu'avait Mike de formuler ses pensées à haute voix.

— Qu'est-ce que vous avez dit ? demanda la marchande de fruits.

— Vous pouvez répéter, Mike, dit Angela en souriant.

— C'est bon, j'avais compris, siffla l'agricultrice.

— J'en suis ravie, dit Angela avec un sourire acerbe avant de s'éloigner de l'étal.

La marchande cria à son adresse :

— Je suis tellement contente de ne jamais avoir voté pour vous !

Angela se retint de répondre comme à son habitude dans un tel cas de figure : « Je me suis très bien passée de votre voix ! »

Elle ne voulait pas paraître arrogante. Au lieu de quoi elle sourit quand Mike lui dit :

— Si elle s'était un peu trop approchée de vous, j'aurais joué Bongo-Bongo sur sa tête.

Angela imagina brièvement la scène et s'en amusa puis elle redevint sérieuse : si cette femme furieuse avait un lien avec le meurtre, elle n'hésiterait pas à s'en prendre à une détective amateure.

16

Angela, Achim, Mike et Poutine attendaient au milieu de la place du village.

— La guide ne va peut-être pas venir… si ce que dit la *bitch* est vrai, supposa Mike.

— La *bitch* ? demanda Achim.

— La vieille qui vend des fruits.

— Je voulais plutôt savoir ce qu'est une *bitch*.

Mike regarda Achim comme s'il venait d'une autre planète.

Angela s'étonnait toujours du peu de contact qu'avait Achim avec le monde réel. Elle trouvait ça mignon. En matière de langage des jeunes, il n'était encore même pas arrivé au niveau des années 1990.

— C'est un chanteur ? demanda Achim.

— Un chanteur ?

Mike était décontenancé par le tour que prenait la conversation.

— Comme Dave Dee, Dozy, Beaky, Mick et Tich.

— Mick et Tich ? demanda Mike qui, en matière de groupes, n'était pas encore remonté jusqu'aux années 1960.

— *Zabadak, Karakakora, kakarkak, shai, shai, shagalak…* entonna Achim qui avait opté pour le tube le plus connu du groupe britannique.

Mike le regardait à présent comme s'il venait carrément d'une autre galaxie.

— *Zabadak*...

Achim ne chantait pas bien mais dès qu'il avait une de ses chansons préférées dans la tête, on ne pouvait plus l'arrêter. Surtout pas quand il s'agissait de *Daydream Believer, Angie et I Was Made for Loving You*. Poutine, motivé par le chant d'Achim, se mit à sautiller contre sa jambe.

— *Karakakora, Karakak*...

— Je ne comprends rien à tous ces *Kak*, s'impatienta Mike.

— Karakak.

— Je ne vois pas en quoi c'est plus clair.

— C'est un mot sans queue ni tête inventé exprès pour cette chanson qui a le groove.

Achim appartenait aux rares personnes encore de ce monde à utiliser les expressions « sans queue ni tête » et « groove ». Et il était assurément le seul à connaître encore par cœur les paroles de *Zabadak*. Même Dave Dee, Dozy, Beaky, Mick et Tich les avaient oubliées depuis longtemps.

— Excusez mon retard, dit une voix derrière eux.

Ils se tournèrent tous vers la jeune femme enceinte. Elle avait les yeux gonflés comme si elle avait passé la nuit à pleurer et tenté en vain de le dissimuler sous une grosse couche de maquillage. Si la *bitch* – Angela n'utilisait ce genre de termes qu'en pensée quand leur usage était pertinent – avait dit la vérité et non contribué à répandre une fausse rumeur, alors la jeune femme était bouleversée par la mort du père de son enfant à naître.

Pendant quelques secondes, Angela se demanda si la jeune femme enceinte n'avait pas tué le baron. Peut-être parce qu'il n'avait pas quitté son épouse Alexa pour elle ?

La guide n'était pas venue à la fête. Lorsqu'Angela lui avait posé la question, elle lui avait répondu sur la défensive. Était-ce parce qu'elle avait prémédité le crime ?

Il y avait un hic : la jeune femme se prénommait Marie Horstmann. Ni son prénom ni son nom de famille ne commençaient par un *a*.

Sauf que le prénom Marie comprenait un *a*, écrit en minuscule.

N'importe quoi ! se sermonna Angela. Pourquoi le baron aurait-il écrit la deuxième lettre du prénom de l'assassin ? La première lettre n'avait pas été gommée ni effacée d'une autre manière. Pour en avoir le cœur net, Angela aurait aimé revoir le bout de papier, qui devait dormir au fond d'un tiroir dans le bureau du commissaire Hannemann d'où il ne sortirait plus jamais. Pour cela, elle aurait eu besoin d'un smartphone mais après toutes ces années passées à la tête du pays, elle avait opté pour un téléphone portable qui ne pouvait recevoir ni e-mails ni notifications WhatsApp. Un téléphone avec lequel on ne pouvait que téléphoner, quelle invention géniale, ni chronophage ni énervante ! Seul inconvénient, Angela ne pouvait pas photographier de mystérieux indices griffonnés sur un bout de papier avec son Nokia préhistorique.

— On y va ? demanda la jeune femme.

Angela observa Marie Horstmann qui tentait courageusement de cacher sa peine. Elle en conclut que ses soupçons étaient complètement infondés : une femme aussi normale et aimable ne tuerait jamais le père de son enfant malgré tout le mal qu'il avait pu lui faire.

Angela partait toujours du principe que chaque personne qu'elle rencontrait dans l'exercice de ses fonctions n'était pas une bonne personne. Et à vrai dire, elle s'était rarement trompée. Mais dans la vie normale, et même si elle jouait à la détective, un tel état d'esprit était non seulement inapproprié mais aussi trompeur.

— Oui, allons-y, dit Angela en souriant dans l'espoir que Marie sourirait à son tour.

Malheureusement, la jeune femme en était bien incapable. Elle conduisit son groupe devant le temple et s'arrêta à côté d'une grosse pierre noire qui contrastait avec les petits pavés gris de la place.

— Cette pierre est appelée « Pierre des larmes », commença-t-elle. Elle est dédiée à la première épouse de Balduin von Baugenwitz, Adelheid.

— Pourquoi ? demanda Achim.

— Elle a libéré les villageois du tyran en l'empoisonnant avec de la ciguë.

Angela se dit qu'Alexa von Baugenwitz avait tout aussi bien pu empoisonner son mari de cette façon.

— … Mais Adelheid n'a pas supporté d'avoir sa mort sur la conscience. Elle s'est jetée du clocher.

Tous levèrent les yeux au ciel.

— … et a atterri à cet endroit précis.

Tous baissèrent à nouveau les yeux.

Angela déglutit, Mike fit la grimace, Achim haussa un sourcil.

— C'est pour ça que les villageois ont posé cette « Pierre du souvenir ». Cette pierre-là, c'est la « Pierre de la honte », dit Marie en montrant une autre grosse pierre beaucoup plus claire que les pavés gris autour. Depuis des siècles, les habitants de Klein-Freudenstadt expriment leur mépris à l'encontre de Balduin, qui a poussé sa femme désespérée à commettre un meurtre puis à se suicider.

— Et comment les villageois montrent-ils leur mépris ? voulut savoir Achim.

— En crachant sur la pierre, déduisit Angela de sa teinte claire.

— Vous voulez essayer ? demanda Marie.

Ils se regardèrent.

— Ne vous sentez pas obligés, dit Marie en souriant.

Plutôt une ébauche de sourire mais c'était toujours ça.

— D'accord, approuva Angela pour que le sourire de Marie s'agrandisse.

Elle cracha sur la pierre.

— Excellent, s'enthousiasma Marie dont le sourire s'élargit.

Angela s'en réjouit.

— Je peux penser à quelqu'un d'autre en crachant ? demanda Mike.

— Si vous voulez.

— *Bitch*, lâcha Mike avant de cracher.

— Moi aussi j'aimerais penser à quelqu'un d'autre en crachant, dit Achim.

— D'accord.

Achim cracha à son tour.

— À qui as-tu pensé ? demanda Angela, curieuse.

— À toutes les personnes qui t'ont énervée un jour.

Angela n'aurait jamais cru être émue un jour par le crachat de son mari.

— Si vous voulez bien me suivre, dit Marie.

— L'arrivée du bébé est prévue pour quand ? demanda Achim en regardant le ventre de Marie.

— Le terme est dans deux semaines.

— Et le papa a déjà fabriqué un berceau ?

Marie ne répondit pas. Son silence pouvait indiquer que le baron décédé était bien le père de l'enfant.

— Ah, il n'est pas bricoleur ? demanda Achim qui ne s'expliquait pas le silence de Marie.

— Il a décidé de ne pas faire partie de nos vies, répondit Marie, plus amère que bouleversée, ce qui pouvait vouloir dire deux choses. Soit elle n'était pas du tout affectée par la mort de Philipp von Baugenwitz et cette attitude faisait d'elle une suspecte. Soit le baron n'était pas du tout le père, lequel avait dû laisser tomber Marie dès qu'il avait appris sa grossesse.

— Oh, pardonnez-moi, dit Achim, je vais tout de suite enlever mes pieds du plat.

Il leva les pieds, les enlevant l'un après l'autre d'un plat imaginaire en les soulevant démonstrativement. Irrité, Poutine s'éloigna de quelques pas de carlin d'Achim. Il pensait sûrement que son maître allait bientôt lever la patte pour marquer son territoire.

— Ce n'est rien, dit Marie qui s'arrêta de marcher et passa rapidement à un sujet moins désagréable. Balduin von Baugenwitz a aussi laissé des traces dans le temple Saint-Petri, dit-elle en montrant le petit édifice.

— Laissez-moi deviner. Il y a fait empaler des nonnes, des prêtres et des moines, dit Achim.

— Non.

— Non ?

— Il les a crucifiés.

Angela vit Mike se signer discrètement.

— De plus, poursuivit Marie, la mort d'Adelheid von Baugenwitz a obsédé plus de cent ans après le pasteur Egidius Gleim. Il a passé sa vie à s'interroger sur sa disparition. Il pensait que ce n'était pas elle qui était morte du haut du clocher, et que cette femme ne s'était pas suicidée mais que quelqu'un l'avait poussée.

— Encore un meurtre ? s'étonna Achim.

— Egidius était-il un homme sage ?

Angela se demanda si le pasteur était lui aussi un genre de Sherlock Holmes.

— Oui mais il était aussi un peu bizarre.

— Pourquoi ?

— On dit qu'il aimait sonner les cloches en étant nu et ivre.

— C'est un peu bizarre, vous dites ?

— Pour un pasteur de cette époque, oui.

— Et qui a poussé la femme du haut du clocher d'après Egidius ?

— La première épouse du baron, Adelheid von Baugenwitz.

Angela imagina l'ex-femme du baron actuel, Katharina von Baugenwitz, en train de pousser la nouvelle épouse du haut du clocher. Elle s'empressa de chasser cette image de ses pensées. Dans son nouveau rôle de Sherlockine, elle avait une imagination un peu trop débordante à son goût. Au lieu de continuer à parler de meurtres du passé, elle demanda d'un ton décidé :

— Et si nous allions ensemble au château ? J'aimerais en savoir plus sur le sujet et en profiter pour présenter mes condoléances à la famille.

Angela espérait que la jeune historienne saurait où se trouvait le passage secret dans la cave.

— Je… je ne veux pas y aller, dit la guide d'une voix hésitante.

— Pourquoi ? demanda Angela.

— J'ai grandi au château.

— Vraiment ? s'étonna Achim qui exprimait à voix haute ce qu'Angela pensait tout bas.

— À l'époque de la RDA, le château était un foyer d'enfants.

La pauvre Marie était orpheline.

— J'étais une enfant trouvée.

Angela la regarda avec compassion.

— Ça peut paraître étrange mais j'ai de merveilleux souvenirs de cette époque. La directrice du foyer, Thea, était un ange.

Marie sourit tristement en pensant à l'être cher qu'elle avait perdu.

— Qu'est-elle devenue ?

— Après la réunification, la famille von Baugenwitz a fait valoir ses droits sur le château. En 1994, tous les enfants ont été répartis dans d'autres foyers du Brandebourg. J'avais six ans à l'époque. Et Thea s'est retrouvée au chômage. Elle ne s'en est jamais remise et s'est suicidée sept ans plus tard. Sur la voie ferrée, la ligne ferroviaire qui va à Berlin.

— C'est pour cette raison que vous ne voulez plus aller au château, conclut Angela, compréhensive.

— Je déteste la famille von Baugenwitz, confirma Marie.

Pour Angela, il était peu probable que le père de l'enfant soit précisément un membre de cette famille. D'un autre côté, Marie aurait pu avoir un autre mobile : se venger de la mort de sa mère de substitution bien aimée. Et même si elle trouvait très inconvenant de soupçonner de meurtre une femme si aimable, si charmante et qui souffrait apparemment de sa situation actuelle, une petite voix lui soufflait :

— Dans les affaires de meurtres, c'est comme dans les conseils de surveillance d'une banque : il faut appliquer à tout le monde la présomption de culpabilité.

17

— Tu soupçonnes sérieusement une femme enceinte ? demanda Achim, tout en gravissant la montée qui conduisait au château avec Angela et Mike.

La visite guidée s'était terminée une heure auparavant et ils avaient appris d'autres anecdotes intéressantes sur l'histoire de Klein-Freudenstadt. Il avait surtout été question du pasteur Egidius Gleim, qui n'aimait pas seulement se balancer tout nu à une corde mais qui, tout aussi nu, avait pris la tête de l'émeute de la faim en 1769. C'est dans son plus simple appareil qu'il avait failli obtenir des droits sur les domaines des puissants pour tous les fermiers de l'Uckermark. Toutefois, le baron de l'époque, Walter von Baugenwitz, qui vingt ans plus tard était mort lors d'un duel au mousquet, avait engagé des mercenaires qui, pendant une opération commando, avaient jeté Egidius, lesté de statues de Jésus de son temple, dans le Lac trouble.

— Eh bien, dans les affaires de meurtre… commença Angela.

— On n'a pas le droit de soupçonner tout le monde. On n'est pas dans le milieu de la politique, là. Tout le monde n'a pas deux visages, objecta Achim.

— Non, bien sûr que non, concéda Angela, soudain un peu honteuse.

— Pour moi, ça ne peut être qu'Alexa von Baugenwitz. Elle a toujours voulu vendre le château et maintenant il lui appartient. Un mobile limpide pour un meurtre.

— Oui, ça paraît logique, admit Angela.

Sauf que dans la vie les solutions les plus simples étaient rarement les bonnes.

— Il y a une explication encore plus logique, intervint Mike.

— Ah oui ? s'étonna Achim.

— Vous pensez à Katharina von Baugenwitz ? demanda Angela. Philipp et elle ont dû s'aimer comme des fous.

— Ah bon ? demanda Achim, de plus en plus étonné.

— Il s'était fait tatouer son nom.

— Comment le sais-tu ?

— Je l'ai appris pendant l'autopsie.

— Et où ça ?

— Sur les fesses.

— Tu as vu ses fesses ?

— Et quand bien même je les aurais vues, ce ne serait pas une raison pour être jaloux.

— Grmpf, râla Achim.

— Vous n'allez pas me dire que vous êtes jaloux des fesses d'un cadavre ? s'étonna Mike.

— Bien sûr que non, marmonna Achim de façon peu convaincante.

— Je ne les ai pas vues, *Puffel.*

— Dans ce cas, tout va bien, dit Achim qui s'arrêta aussitôt de maugréer.

— Il est possible que Katharina n'ait jamais accepté que son mari la quitte pour Alexa, avança Angela.

— Si c'est le cas, elle va pousser la nouvelle épouse du haut du clocher alors…

— Tu crois ? demanda Angela qui avait aussi imaginé cette scène lors de la visite guidée.

— Les meurtres qui ont eu lieu il y a des siècles sont peut-être en train de se répéter.

— Ça aurait le mérite d'être original.

— Si nous penchons sérieusement pour cette hypothèse, nous devrions peut-être mettre en garde Alexa von Baugenwitz.

— Mais si c'est toi qui as raison et qu'elle a bien assassiné son mari, nous lui révélerions que nous fouinons pour tirer l'affaire au clair.

— Un vrai dilemme, conclut Achim.

— Ce n'est pas du tout ce que je voulais dire, annonça Mike.

— À propos de quoi ?

— Quand j'ai fait remarquer qu'il y avait une explication encore plus logique.

— Ah, et que vouliez-vous dire ? demanda Angela tandis qu'ils arrivaient à l'entrée du château.

— Que c'était bien un suicide. Il n'y a aucune preuve du contraire jusqu'à présent.

— Eh bien, nous sommes là pour en trouver une, dit Angela en souriant.

— Je croyais que nous étions là parce que tu voulais présenter tes condoléances, s'étonna Achim.

— On peut très bien faire d'une pierre deux coups.

— Excusez-moi, dit Mike pendant qu'Angela appuyait sur la sonnette, mais comment comptez-vous trouver la preuve qu'il s'agit d'un meurtre ?

En guise de réponse, Angela enleva son sac à bandoulière, sortit le gant de l'armure et montra l'excroissance en métal en forme d'hexagramme.

— Ça pourrait être la clé donnant accès à un passage secret.

— Tu as piqué le gantelet ?

Achim était étonné et furieux dans les proportions suivantes : quatre cinquièmes étonné, un cinquième furieux

— Je te parle d'un potentiel passage secret et tu veux savoir si j'ai volé quelque chose ?

— Oui !

À présent, Achim était étonné et furieux dans des proportions inversées : un cinquième étonné, quatre cinquièmes furieux.

— Qu'est-ce qui t'énerve à ce point ?

— Ça ne te ressemble pas, c'est tout.

— Il s'agit d'une enquête pour meurtre.

— Tu changes depuis que nous nous sommes installés ici, constata Achim.

Angela marqua une pause et dut admettre qu'elle l'avait elle aussi constaté.

— Et, ajouta Achim qui n'était plus furieux au cinquième mais déconcerté aux cinq huitièmes et déçu aux trois huitièmes, je ne suis pas sûr que ça me plaise.

Angela n'eut pas le temps de répondre car le portail électrique s'ouvrit à cet instant. Elle remit le gant de l'armure dans le sac à bandoulière et pour la première fois depuis la découverte du cadavre, elle ne pensa pas à l'affaire. Achim craignait-il que leur couple change si elle-même changeait ? Devait-elle le redouter elle aussi ?

18

Pia, l'adolescente, était assise sur les marches devant la fontaine, les yeux rivés sur son téléphone portable. Achim l'observa et demanda :

— Vous croyez que ça lui arrive de lever les yeux de son truc ?

— C'est une enfant de notre époque, constata Angela. Avant la puberté, ils lisent des livres, après il n'y en a plus que pour leurs écrans.

— Dans ce cas, je suis content d'être un enfant d'une autre époque.

Tout est relatif, pensa Angela en méditant sur sa jeunesse en RDA. Si tout n'était pas rose actuellement, la vie lui paraissait quand même plus agréable que du temps de la RDA. Et comme à chaque fois que lui venait cette pensée, elle ressentit pendant un court instant un peu de fierté à l'idée d'avoir contribué par son travail à créer ce monde un peu plus rose. Cette brève satisfaction fut vite chassée par la réalité.

— Salut *Puffel*, lança Pia à son adresse sans lever les yeux de son portable.

— C'est moi *Puffel*, rectifia Achim.

— Salut *Puffel*, dit Pia en s'adressant à lui toujours sans lever les yeux de son portable.

— Elle, c'est *Puffeline*, expliqua Achim.

Quand il corrigeait, il se devait d'être exhaustif.

— Salut *Puffeline*.

La jeune fille leva enfin les yeux de son portable et afficha un sourire insolent.

Angela se demanda pourquoi Achim avait tenu à aller au bout de sa correction.

— Et lui, c'est votre petit bébé *Puffel* ? demanda Pia en montrant Mike.

— C'est Mike Franz, notre garde du corps.

— Salut bébé *Puffel*.

Mike lui lança un regard intimidant en guise de réponse. Ce regard aurait glacé le sang de n'importe qui, sauf de Pia qui continua à ricaner.

— Et lui, c'est le frère de bébé *Puffel* ? demanda-t-elle en montrant Poutine qui, épuisé par la promenade, se coucha aux pieds d'Angela.

— Non mais ! protesta Mike, mais il n'eut pas l'occasion d'en dire davantage car Angela leva la main pour le réduire au silence et dit à Pia :

— Mes sincères condoléances.

— À cause de Philipp ?

— Oui, tu dois avoir beaucoup de peine, supposa Angela.

Après tout le baron avait été pendant quelque temps le beau-père de la jeune fille. Jusqu'à ce qu'il divorce de Katharina.

— J'ai déjà eu plus de peine. Par exemple, lorsque mon portable est tombé et que mon écran s'est cassé.

— Tu ne l'aimais pas.

— Mais non ? Vous avez trouvé ça toute seule ?

Achim s'apprêtait à intervenir pour rappeler à l'ordre l'ado mais Angela réagit plus vite que lui :

— *Puffel*, je crois que Poutine a soif.

— D'accord.

Achim remplit sa bouteille à la fontaine. Angela se demanda si elle ne devait pas lui dire que c'était une mauvaise idée de laisser boire le carlin à sa bouteille mais Pia la coupa :

— Le carlin s'appelle Poutine ? demanda-t-elle, amusée.

— Oui.

— Original. Et comment appelez-vous ses tiques ? Orban et Assad ?

Angela ne put s'empêcher de rire. La fille s'y connaissait en politique et avait de l'humour.

— Je les appelle « Complot » et « Théoricien ».

Pia rit à son tour. Une complicité inattendue surgit entre elles. Angela chercha à exploiter l'instant pour en apprendre plus sur la famille d'aristocrates.

— Pourquoi tu n'aimais pas Philipp ?

— Vous n'avez pas une petite idée ?

— Parce qu'il a quitté ta mère pour Alexa et qu'elle en a souffert.

— Aussi.

— Aussi ?

— Il en avait strictement rien à foutre, de mon cul, répondit Pia. Il se fichait complètement de moi-même à l'époque où ils étaient mariés. Il ne m'a jamais vraiment considérée comme sa belle-fille. Et quand il a quitté ma mère, cet idiot a fait comme si je n'avais jamais fait partie de sa vie !

— Tu avais quel âge à l'époque ? demanda Angela avec compassion.

Pia leva les dix doigts, mit ses AirPod et recommença à fixer son portable. Angela, désemparée, ne savait trop quoi faire. Elle aurait tellement aimé trouver des paroles réconfortantes mais à l'évidence, Pia ne voulait pas les entendre.

— Qu'est-ce qui vous amène ? les interpella tout à coup Alexa von Baugenwitz.

Angela se retourna, s'attendant à voir l'actrice avec une coupe de champagne à la main, mais la veuve se tenait devant le château, parfaitement sobre et vêtue d'une tenue de deuil : un chemisier gris, une longue jupe noire avec une veste noire assortie. Ses yeux n'étaient pas gonflés par les larmes, elle ne semblait pas non plus avoir la gueule de bois. Elle paraissait calme. Comme une aristocrate ayant la responsabilité d'un château qui lui appartenait désormais.

— Si quelqu'un a vraiment tué le vieux, c'est elle, chuchota Mike.

Angela supposait la même chose à ceci près qu'elle aurait choisi d'autres termes pour l'exprimer. En tant qu'héritière, la veuve était la principale suspecte. Elle s'approcha d'Alexa et dit :

— Nous voulions vous présenter nos condoléances.

— Allez-y.

— La disparition de votre mari doit être terrible…

— C'est possible de faire plus court ?

— Nos condoléances, dit Angela, surprise par une telle grossièreté.

Était-ce là l'attitude d'une veuve ou d'une veuve noire ?

— Vous pouvez disposer.

Mais non, Angela ne pouvait pas disposer, elle voulait trouver le passage secret, l'ouvrir à l'aide du gantelet et ensuite annoncer avec son sourire suffisant breveté :

— Vous voyez, c'était bien un meurtre !

C'est pourquoi elle ajouta :

— J'aimerais aussi présenter mes condoléances à Katharina von Baugenwitz.

— Cette vieille peau ratatinée… commença Alexa, mais Pia qui, malgré ses écouteurs, entendait tout, se leva et l'interrompit :

— N'appelle pas ma mère comme ça !

— Pardon ?

— La seule qui peut l'appeler comme ça, c'est moi.

— Tu la traites de tout un tas de choses.

— Et pourtant, tu ne lui arrives pas à la cheville. Tu n'es même pas une vraie aristocrate.

Angela en conclut que la mère de Pia ou que son père décédé dans un accident de la route était aristocrate, ou peut-être les deux. Pia avait donc du sang bleu.

Alexa bouillait de colère mais reprit rapidement contenance. Elle préféra ne pas réagir aux reproches de Pia.

— Faites donc ce que vous voulez. Mais que les choses soient claires, Katharina est responsable de la mort de Philipp.

19

— C'est elle la coupable ? s'étonna Angela, tout en se réjouissant secrètement.

Alexa semblait confirmer qu'il s'agissait bien d'un meurtre.

— Évidemment.

— Elle l'a assassiné ?

— Assassiné ! On nage en plein délire, lâcha Pia.

— On peut le dire, répondit Alexa sans daigner regarder la jeune fille.

— Le dire ?

Angela était surprise par la formulation.

— Katharina n'a jamais voulu arracher la ciguë avec laquelle il s'est suicidé. (Alexa montra une plate-bande avec de petites plantes blanches en fleurs qu'Achim avait contemplées pendant la fête du vin.) Elle disait toujours : « Ça fait partie de l'histoire de ce château. » L'histoire ! L'histoire ! La vieille bique n'a que ce mot à la bouche !

— Tout le monde ne peut pas penser constamment à l'oseille, lança Pia.

— Je me fous complètement de l'oseille, rétorqua Alexa.

— Tu peux peut-être faire avaler cette merde à *Puffel*…

— *Puffel* ? demanda Alexa, confuse.

— C'est moi, l'informa Achim qui montra ensuite Angela. Elle m'appelle comme ça et moi je l'appelle…

— On s'en fiche, intervint Angela.

— Je trouve aussi, confirma Alexa avec dédain.

— Et pour moi, ça devient vraiment trop lourd ici, gémit Pia qui se leva et partit, sans dire au revoir.

Elle se dirigea vers l'entrée du château. Angela se demanda où elle pouvait bien aller. Que faisait la jeune fille, quand elle ne jouait pas avec son portable près de la fontaine ?

Plutôt que de continuer à s'interroger sur l'emploi du temps de Pia, Angela s'adressa à nouveau à la veuve :

— Où puis-je trouver Katharina ?

— Elle voulait faire l'inventaire du stock de vin, répondit Alexa, écumant de colère. Même par un jour pareil, elle ne pense qu'aux affaires.

Katharina se trouvait donc dans la cave où le corps avait été découvert, ce qui arrangeait bien Angela qui souhaitait découvrir le passage secret.

— Pourquoi souriez-vous ? demanda Alexa.

Angela, prise sur le fait, se sentit un peu honteuse. Une bonne enquêtrice affichait en toutes circonstances un visage impassible, comme Angela l'avait fait quand Kadhafi avait vanté en sa présence les qualités de sa garde du corps très sexy.

Elle répondit avec le plus grand sérieux :

— Pardonnez-moi, je pensais juste à votre excellent vin.

— De toute façon, je n'ai pas cru une seconde à vos « sincères condoléances ».

— Pourquoi ? s'étonna Angela dont les condoléances n'étaient certes pas réellement sincères mais qu'elle avait cru relativement convaincantes.

— Vous me prenez de haut comme tous ces sangs bleus, rétorqua Alexa.

Pour un peu, elle aurait craché sur les beaux cailloux blancs. Elle s'abstint finalement et reprit un peu plus calmement :

— Je dois à présent m'entretenir avec l'investisseur. Il vient d'atterrir à Berlin et est en route pour le château.

Elle sortit son téléphone portable de son sac à main et se dirigea vers le parc du château, perchée sur ses talons hauts, sans prendre la peine de dire au revoir.

— Ils manquent cruellement de savoir-vivre ici, fit remarquer Achim.

— Et Alexa manque cruellement de confiance en elle, constata Angela.

— C'est elle la meurtrière, c'est sûr, dit Mike.

— Vous pensez aussi que c'est un meurtre maintenant ? demanda Achim.

— En voyant le comportement de cette femme, oui.

— C'est ce que nous allons tâcher de découvrir ! dit Angela en sortant le gant de l'armure de son sac et en l'agitant gaiement.

— Qu'est-ce que vous faites avec le gantelet de Philipp ? cria Katharina von Baugenwitz derrière eux.

Ils se retournèrent tous les trois et virent l'ex-femme du baron s'avancer vers eux à grands pas. Elle sortait du château. Ils la regardèrent, embarrassés, Angela tout particulièrement.

20

Les hommes politiques pris sur le fait ont recours à différentes techniques pour s'en sortir. Dans une telle situation, les ministres allemands formuleraient les choses ainsi : « Je m'exprimerai sur ce gantelet en temps voulu et devant la commission d'enquête compétente. » Quant aux ministres russes, ils diraient : « On verra si tu t'intéresses toujours à ce gantelet quand tu croupiras en prison ! » La palme reviendrait sans doute à un ancien président des États-Unis qui s'en sortirait par une pirouette : « Gantelet ? Ce n'est pas un gantelet ! Gantelet toi-même ! »

Dans ce genre de cas, Angela avait toujours envoyé son porte-parole au front. Cet homme, réputé pour son élégance quand il avait pris ses fonctions, avait désormais la mine grise d'un acteur dans un film en noir et blanc. Quand il avait quitté son poste six semaines auparavant, il avait dit à Angela qu'il avait l'intention d'entrer dans les ordres et de faire vœu de silence. Faute de porte-parole, Angela opta pour la fuite en avant.

— Je crois que ce gantelet a quelque chose de spécial.

— Quelque chose de spécial ? demanda Katharina.

Pas sur la défensive comme quelqu'un qui connaîtrait exactement la fonction du gantelet mais plutôt avec curiosité.

— Regardez cette excroissance.

Katharina étudia avec attention le gantelet.

— Un hexagramme. Ça correspond tout à fait à Balduin, le bourreau. Mais qu'est-ce que ça signifie ?

— Je crois que c'est la clé permettant d'accéder à un passage secret.

— Quel passage secret ?

Katharina semblait sincèrement surprise.

— Un passage qui conduit jusqu'à la cave peut-être. À l'origine, c'étaient les oubliettes, non ? Il est possible que Balduin ait utilisé un tel passage pour entrer au château ou en sortir sans se faire remarquer.

— Vous êtes vraiment impressionnante, constata Katharina.

Angela avait très vite appris qu'en politique, les flatteries servaient à embobiner les autres. Ainsi, Helmut Kohl l'avait complimentée sur sa coiffure lors de leur première rencontre. À peine lui avait-elle souri aimablement en retour qu'il lui avait refourgué l'épineux dossier des sites d'enfouissement nucléaire. Angela n'était plus une femme politique désormais mais une enquêtrice débutante flattée par le compliment de Katharina qui venait de louer son esprit de déduction.

— Comment ça, impressionnante ? demanda-t-elle, désireuse d'entendre d'autres flatteries comme tous les récipiendaires de compliments.

Elle espérait entendre une réponse de cette veine : « Les descendants de Balduin von Baugenwitz vivent ici depuis des siècles et n'ont jamais découvert de passage secret. Mais vous êtes tellement intelligente que vous l'avez immédiatement trouvé. »

La réponse de Katharina comportait quelques variantes :

— Les descendants de Balduin von Baugenwitz vivent ici depuis des siècles et n'ont jamais découvert de passage secret. Mais vous êtes tellement naïve que vous pensez nous faire avaler cette absurdité !

— Disons que… balbutia Angela, blessée.

— Et un jour de deuil en plus ?

— Eh bien… balbutia Angela, peinée comme à l'instant où elle avait compris que Helmut Kohl ne pensait pas sérieusement qu'elle avait une belle coiffure.

— Vous n'avez même pas eu la correction de nous présenter vos condoléances.

— Je les ai présentées à votre fille et à Alexa von Baugenwitz, et je voulais naturellement vous exprimer mes sincères condoléances…

— Arrêtez avec votre baratin ! lâcha Katharina, soudain au bord des larmes. Mon Philipp est mort !

Son Philipp ?

Elle avait encore des sentiments pour lui ?

Elle était bien la seule à le pleurer. Pia et Alexa ne semblaient pas accablées de chagrin.

— Mes condoléances, dit Achim plus sincèrement qu'Angela ne l'avait fait.

— Mes condoléances, marmonna Mike.

— C'est bon, c'est bon… se radoucit Katharina.

Elle regarda sa manche, comme une femme qui voudrait se moucher dedans tout en sachant que son statut d'aristocrate l'en empêche. Angela aurait aimé lui donner un mouchoir mais n'avait qu'un sac à déjections canines sur elle. Elle regarda Achim, qui comprit ce qu'elle voulait, mais se contenta de hausser les épaules faute de mouchoirs. Ce fut Mike qui sortit finalement un mouchoir en tissu avec un monogramme brodé de sa poche. Angela savait que c'était le chiffon qu'il utilisait pour nettoyer son arme de service. Le garde du corps le tendit à Katharina qui se moucha bruyamment et inélégamment dedans avant de le lui rendre. Mike avait déjà paru plus enthousiaste.

Angela regarda le gantelet qu'elle avait toujours à la main. Devait-elle demander à Katharina si elle pouvait chercher le passage secret dans les oubliettes ? Non, la gérante du château était beaucoup trop bouleversée. De plus, Alexa von Baugenwitz s'approcha d'eux à cet instant et dit à Katharina :

— L'investisseur sera là dans deux heures.

— Comme ça, tu pourras t'envoyer en l'air à bord de sa navette. Il n'y a même pas vingt-quatre heures que Philipp est mort.

— Je ne répondrai pas à tes provocations.

— Tu souhaitais la mort de Philipp pour pouvoir brader le domaine.

— Tu n'arriveras pas à m'énerver avec tes provocations, le contra Alexa pourtant très énervée.

— Tu détestais Philipp.

— Il me trompait comme il respirait.

Angela pensa spontanément à la jeune Marie enceinte. Malheureusement, elle ne parvenait pas à s'ôter de la tête qu'elle avait certainement été une des maîtresses du baron.

— Maintenant, tu sais ce que ça fait au moins, répliqua Katharina.

— Mais je n'ai jamais souhaité sa mort. Pas comme toi, quand il t'a quittée !

— Mesdames, vous ne voudriez pas vous calmer un peu ? intervint Achim.

Il détestait les conflits. C'est pourquoi il préférait s'occuper d'objets quantiques plutôt que d'humains. Leur comportement était certes tout aussi énigmatique mais beaucoup moins querelleur.

Les deux baronnes lancèrent à Achim le même regard qui signifiait : « Nous n'avons aucune intention de nous calmer. »

— Vous êtes toutes les deux en deuil, insista Achim qui savait beaucoup mieux interpréter des diagrammes quantiques que lire les pensées des gens.

Cette fois, elles lui décochèrent un regard qui voulait dire : « J'espère que tes dents sont bien assurées. »

Avant qu'Achim ne l'interprète mal, Angela intervint :

— Je pense qu'il est temps de partir.

Elle se dit qu'elle aurait bien une autre occasion de chercher le passage secret. Il était peut-être préférable de rentrer à la maison afin d'analyser au calme les informations et les indices recueillis.

— Bonne idée, répondit Katharina en levant la tête avec arrogance.

— Je crois que c'est même la meilleure idée de la journée, ajouta Alexa.

— Nous vous laissons à votre deuil, conclut Angela qui se tourna vers sa petite troupe prête à partir.

— Vous allez me faire le plaisir de laisser le gantelet ici ! l'interpella Katharina.

Angela se retourna. Comme elle avait grand besoin de cet objet pour son enquête, elle aurait aimé répondre : Gantelet ? Quel gantelet ? Gantelet toi-même !

— Elle pense que le gantelet est la clé permettant d'accéder à un passage secret, expliqua Katharina à la veuve.

— Un passage secret, quelle absurdité ! s'étonna Alexa.

— C'est exactement ce que j'ai dit.

Les deux femmes sourirent à Angela avec impertinence. C'était à se demander s'il n'était pas préférable qu'elles se disputent.

— Et maintenant, donnez-nous ce gantelet, ordonna Alexa. (Comme Angela hésitait, elle ajouta :) Alors ça vient ?

— Il n'y aurait pas moyen de faire plus poli ? demanda Achim.

— Alors ça vient s'il vous plaît ?

— C'est vraiment le minimum, regretta Achim.

— Tenez.

Angela s'avoua vaincue et rendit le gantelet.

— Et maintenant au revoir !

Angela, Achim, Mike et Poutine se retournèrent pour partir. Mais à chaque pas qu'elle faisait, Angela sentait la colère monter en elle. Elle ne pouvait quand même pas quitter le château sans le moindre élément concret susceptible de faire avancer l'enquête. Les vrais détectives ne partent jamais sans avoir trouvé une nouvelle piste. Le lieutenant Columbo parvenait à confondre des suspects à l'instant où ils baissaient la garde, pensant être enfin débarrassés de lui. Elle devrait pouvoir faire la même chose : trouver tout simplement une question surprenante. Et Angela en avait justement une en tête.

Elle se retourna et vit Katharina et Alexa se diriger vers des entrées différentes du château. Apparemment, elles ne voulaient pas passer une seconde de plus ensemble.

— Excusez-moi. Juste une petite question… les interpella-t-elle.

Toutes deux s'arrêtèrent, visiblement énervées. Angela s'approcha d'elles, suivie d'Achim et de Mike qui se demandaient ce qui allait se passer. Elle se posta devant les deux femmes et demanda :

— Qui est *a* ?

— *a* ? s'étonna Katharina.

— Vous animez un nouveau jeu télévisé ? railla Alexa.

— Regardez, dit Angela en se dirigeant vers un arbuste d'ornement dont elle cassa une branche qui lui servit à tracer grossièrement un *a* dans les graviers. Le baron a griffonné cette lettre sur un bout de papier juste avant de mourir.

Les deux femmes blêmirent.

— Vous savez ce que ça veut dire ?

— Non, bredouillèrent-elles en chœur.

— Dans ce cas, je ne veux pas vous déranger plus longtemps.

Angela tourna les talons et s'éloigna des deux femmes. Elle était plutôt contente d'elle. La réaction des deux baronnes lui avait appris qu'Alexa et Katharina savaient toutes deux ce que signifiait ce *a*. L'une des deux devait être la coupable. Et l'autre savait désormais qu'elle se tenait à côté d'une meurtrière.

21

Assise à table avec Mike, Angela regardait son garde du corps savourer une part de gâteau au beurre tout juste sorti du four pendant qu'Achim essayait d'apprendre des tours à Poutine :

— Donne la patte, donne la patte. Donne la patte…

— *Puffel*, tu vas dire ça encore longtemps ?

— Jusqu'à ce qu'il donne la patte. Donne la patte !

Achim se mit à quatre pattes et montra au carlin ce qu'il fallait faire. Le chien le regarda sans comprendre mais se dit sûrement : « Mon maître a une puce au plafond. »

Mike, qui venait d'engouffrer une énorme part de gâteau, regarda ce qui restait tout en se débattant avec lui-même. Sa raison semblait lui dire : « Ce n'est pas bien. » Et son appétit semblait répondre : « Raison, tu m'exaspères ! »

— Vous en prendrez bien encore une petite part, l'encouragea Angela.

— Ça serait la quatrième…

— Dans l'Uckermark, on dit : « Jamais trois sans quatre. »

— Je suis pratiquement sûr que ce n'est pas un vrai dicton.

— Vous voulez un vrai dicton ? En voilà un : « Quand l'appétit va, tout va. »

Angela lui servit un gros morceau de gâteau au beurre. Mike la laissa faire sans prendre toutefois sa petite fourchette.

— Un peu de crème ? demanda Angela qui savait que Mike aimait encore plus la crème chantilly que les gâteaux.

Elle en déposa une bonne portion sur la part de gâteau. La vue de la crème fit taire les dernières résistances de Mike et l'appétit l'emporta sur la raison.

— Je vais faire une petite entorse aujourd'hui.

Angela adorait le voir manger ainsi. Seule ombre au tableau : depuis qu'elle s'était disputée avec Angela la marchande, elle n'avait pas pu faire de gâteau aux fruits. Par principe, elle avait décidé de ne plus se servir chez elle. Il lui faudrait bon gré mal gré acheter les fruits à la supérette du village. Plutôt mal gré que bon gré car le gérant ne vendait que des fruits qui avaient parcouru au moins mille kilomètres avant d'arriver sur ses étals. Non seulement le prochain gâteau aux fruits d'Angela serait moins bon mais en plus son bilan carbone serait désastreux. Angela était d'autant plus furieuse contre la marchande de fruits. Comme elle aurait aimé intégrer son homonyme à la liste des suspectes ! La marchande avait certes un mobile crédible : à cause de Philipp, son gagne-pain était menacé. Toutefois, après l'épisode du château, c'étaient bien Alexa et Katharina les principales suspectes. Alexa était l'héritière et le *a* était sans doute une allusion à la première lettre de son prénom. Son alibi « elle s'était endormie ivre et bourrée de somnifères sur le divan » ne tenait pas vraiment la route.

Mais qu'en était-il de Katharina ? Apparemment elle n'avait pas digéré que Philipp l'ait quittée. De plus, elle était totalement opposée à la vente du château voulue par le baron. En même temps, pourquoi avoir commis le meurtre puisque ce n'était pas elle l'héritière mais Alexa ? Katharina n'aurait jamais pu souhaiter voir sa rivale hériter du domaine. Elle aurait tout au plus pu agir sur le coup de l'émotion et verser la ciguë dans le verre de Philipp. Ciguë qu'elle tenait à faire pousser sur la propriété…

Son alibi tenait-il la route ? Peu avant la mort de Philipp, elle avait inspecté le château avec Lena. La policière avait-elle été aux côtés de Katharina pendant toute la durée de l'inspection ? Angela devait-elle lui poser la question ?

Non. Elle avait une bien meilleure idée. Mike allait s'en charger !

— Mike ?

— Non, cette fois c'est non, je ne reprendrai pas de gâteau.

— Je n'allais pas vous le proposer.

— Ouf.

— Mais si vous voulez, je vous sers la dernière part avec plaisir, dit Angela en souriant.

Et pendant que Mike soupirait et qu'Achim en toile de fond s'impatientait : « J'ai dit : "Donne la patte, pas lève la patte" » et prenait le carlin pour l'emmener à toute vitesse au jardin, Angela servit la dernière part du gâteau à Mike.

— Dites-moi Mike, qu'avez-vous de prévu ce soir ? demanda-t-elle.

— Je voulais nettoyer mon arme mais il faut d'abord que je lave le chiffon. Sinon, j'avais prévu de regarder ma série préférée, *24 heures*, et de commencer un régime, répondit-il tout en prenant une bouchée de gâteau avec sa petite fourchette.

— Vous ne voulez pas sortir avec Lena plutôt ?

Mike faillit s'étouffer avec son gâteau.

— Elle m'a chargée de vous dire qu'elle aimerait bien vous retrouver au bar à gin ce soir.

Mike fit son possible pour ne pas recracher les miettes du gâteau.

Restait à savoir si Lena voulait toujours voir Mike. Angela avait trouvé son comportement très étrange à la fin de la soirée. Presque comme si elle avait vu quelque chose au moment du meurtre… À moins qu'elle ne fût elle-même impliquée ?

Philipp l'avait blessée par mégarde lors d'une partie de chasse. Était-ce un mobile suffisant pour un meurtre ? Peut-être si la blessure avait engendré des douleurs chroniques et insupportables. À moins que la jeune policière ne fît partie des femmes ayant eu une aventure avec le baron ? Angela ne savait toujours pas avec qui Philipp avait trompé son Alexa.

La policière pourrait toujours dire si elle se trouvait avec Katharina à l'heure du crime. Si tel était bien le cas, elle aurait elle aussi un alibi.

— Lena a vraiment dit ça ?

Mike avait réussi à avaler la dernière miette du gâteau.

— Oui.

— Malheureusement je n'ai pas le temps, balbutia Mike.

— Vous venez pourtant de me dire que vous vouliez juste regarder une série à la télé.

— Oh… euh… c'est une sorte de formation continue.

— Une formation continue ?

— Eh bien Jack Bauer, le personnage de la série, est un agent, et on peut s'inspirer de ses méthodes, par exemple… (Mike constata qu'Angela riait et ajouta, vaincu :) Et ne pas sortir des prétextes aussi peu crédibles !

— Ça va vous faire du bien de voir du monde, dit Angela.

Elle espérait juste que Lena n'était pas mêlée au meurtre. Mike serait encore longtemps son garde du corps à Klein-

Freudenstadt. Il devait nouer des liens avec les habitants du village. Réussir là où Angela avait échoué malgré ses efforts. Peut-être n'était-elle pas faite pour l'amitié ?

— Pourquoi avez-vous l'air si triste tout à coup ? demanda Mike.

Angela s'étonna de s'être laissée surprendre. Elle avait pourtant des années de pratique dans l'art de cacher ses émotions. Achim était le seul à pouvoir lire ses sentiments. Que disait-il toujours à ce propos ?

« Quand j'étais adolescent, j'ai regardé la série *Star Trek* au moins vingt fois. M. Spock m'a tout appris. »

Apparemment, elle avait tellement changé en l'espace de six semaines que même Mike lisait en elle comme dans un livre ouvert. Et ce n'était pas la seule nouveauté depuis son arrivée à Klein-Freudenstadt. Avant son installation ici, elle ne s'était jamais demandé si elle allait trouver une amie. Et voilà que désormais, elle était peinée de ne pas en avoir.

Elle tenta de chasser cette pensée en s'ébrouant.

— Tout va bien ? demanda Mike.

— Oui, répondit Angela en s'efforçant de sourire sans parvenir à convaincre Mike qui n'y crut pas une seconde (bon sang, l'air de Klein-Freudenstadt nuisait à son impassibilité) mais ne chercha pas à creuser.

Il avait des problèmes plus urgents à traiter.

— Lena a au moins quinze ans de moins que moi.

— Ce qui compte, c'est l'âge qu'on a dans sa tête.

— En plus, je ne sais pas parler aux femmes.

« Sans blague, Je n'avais pas remarqué ! » faillit répondre Angela. En même temps, elle ne savait pas non plus de quoi il fallait parler lors d'un premier rendez-vous. N'ayant pas trouvé de meilleure idée, elle suggéra à Mike :

— Parlez de vos passe-temps.

— Tricoter des étuis pour mon silencieux ?

— Bon, oubliez les passe-temps.

— Je sais d'expérience que ce n'est pas une bonne idée.

— Vous pourriez lui faire des compliments.

— Comme lui dire qu'elle a une magnifique chute de reins.

— Non, pas ça.

— Que son léger strabisme est charmant ?

— Encore moins.

— Que ses yeux bleus me font penser à l'eau du Lac trouble.

— C'est mieux mais à votre place je laisserais tomber « trouble ».

— Et que j'aimerais savoir chanter.

— C'est censé être un compliment ?

— Comme ça, je pourrais lui dire en chanson combien je la trouve magnifique.

— Tiens ? C'est vrai que c'est charmant, constata Angela.

Elle aimait ce mélange de sincérité et de maladresse. Si Lena cherchait un compagnon honnête plutôt qu'un charlatan comme le baron avec qui elle avait eu une aventure ou non, Mike était le candidat idéal.

— Une chanson de Céline Dion me vient à l'esprit.

— Ne chantez surtout pas !

— Je suis un excellent tireur mais un piètre chanteur. Je ne suis pas capable de tenir la moindre note même si ma vie en dépendait.

— Vous allez trouver les mots justes, l'encouragea Angela.

— Vous croyez ?

— Il a bien réussi avec moi, lui dit-elle en désignant Achim qui montrait à Poutine comment mettre les quatre fers en l'air dans le jardin.

— Dans ce cas, c'est aussi à ma portée, répondit Mike en riant.

— Et une fois que vous aurez brisé la glace…

— Oui ?

— Vous pourrez demander à Lena si elle a bien passé l'heure qui a précédé la mort du baron avec Katharina sans que celle-ci s'absente une seconde.

— Je dois sortir avec Lena et l'interroger pour vous ? s'étonna Mike.

— Ça s'appelle « faire d'une pierre deux coups », expliqua Angela en riant.

— Vous savez quoi ? Vous êtes la patronne la plus bizarre que j'aie jamais eue.

— Vous n'êtes pas le premier à me le dire, répondit Angela en riant de plus belle.

— Bon, je vais aller me faire chic pour ce soir, dit Mike en se levant. J'espère que je vais trouver un pantalon qui me va encore.

Il quitta la pièce, nerveux et heureux. Angela ne l'avait encore jamais vu dans cet état. Elle lui souhaitait tout le bonheur du monde. Pourtant, elle s'inquiéta aussitôt. Pourvu que Lena ne lui brise pas le cœur. Par exemple, si elle était impliquée dans le meurtre…

22

Mike traversa la place du marché au soleil couchant. S'il avait été moins nerveux il aurait certainement apprécié cette vue. En grand romantique qu'il était, il aimait les couchers de soleil, les chansons d'amour et la nature. Quand il avait vu le film *Titanic* avec sa femme Nicole, il avait plus pleuré qu'elle. D'ailleurs il avait plus pleuré qu'elle en général. Ce n'était guère surprenant car à côté de Nicole, un White Walker de *Game of Thrones* était une vraie pleurnicheuse. Après sa grossesse non désirée, Nicole avait cru avoir trouvé en Mike un mec fort et elle l'avait épousé. Elle n'avait pas tardé à constater que ce n'était pas un Viking qu'elle avait pour époux mais un des hommes de Flake, un compagnon de Vic le Viking (pour reprendre ses propres termes). Peu après la naissance de leur fille Lilly, Nicole avait demandé le divorce et avait obtenu la garde. Les horaires irréguliers de Mike et ses nombreux déplacements à l'étranger n'avaient pas joué en sa faveur devant le juge. À présent qu'il avait enfin un poste plus stable, Mike comptait bien renouer progressivement avec sa fille.

Il n'était plus qu'à quelques mètres du Gin d'Aladin mais s'arrêta une dernière fois. Il inspecta sa tenue.

Le costume, la cravate, les chaussettes. Est-ce que tout allait bien ? Il s'était mis sur son trente-et-un, même si sa tenue de soirée ne se différenciait guère de ses vêtements de travail. Dans son placard, il y avait sept fois la même tenue, une pour chaque jour de la semaine. Et un slip Mickey que sa fille Lilly lui avait offert pour son anniversaire cinq ans auparavant.

Mike tira nerveusement sur les manches de sa chemise sous la veste de costume. Il avait très envie de tourner les talons et de rentrer chez lui en courant. Depuis l'échec de son mariage, il n'avait plus confiance en son goût pour les femmes. Il préférait rester chez lui, avec Netflix pour seule compagnie, plutôt que de souffrir comme à l'époque. Sa patronne lui ayant confié une mission, il ne pouvait pas se dégonfler cette fois. Il avait une obligation de résultat vis-à-vis d'Angela sans quoi elle ne lui ferait plus de gâteau.

Le Gin d'Aladin correspondait à la vision qu'avaient les propriétaires de bar allemands d'un bar à gin à New York : des banquettes en cuir, des comptoirs en bois précieux et des étagères remplies de bouteilles avec des étiquettes en anglais. Et c'était bondé ici. Il y avait des couples, des amis, des ados. Apparemment, on n'était pas trop regardant sur la protection des mineurs. Mike aperçut Lena installée à une petite table dans un coin.

Elle portait une robe rouge discrète avec une veste en cuir verte jetée sur ses épaules. Elle était superbe. Mike faillit rester pétrifié mais Lena lui fit signe avec tellement d'enthousiasme qu'il réussit finalement à mettre un pied devant l'autre.

— C'est bien que tu sois venu, dit-elle pour le saluer.

— Hmm, répondit Mike en guise d'approbation.

La beauté de Lena le laissait sans voix. Il admira son visage couvert de taches de rousseur, ses magnifiques cheveux roux…

— On commande ? Ils ont un super Gin Basil Smash ici. Tu préfères peut-être le gin tonic au concombre ?

— Hmm…

… Ces yeux incroyables…

— Ta réponse ne m'aide pas franchement, dit malicieusement Lena.

— Hmm…

… qui louchaient si gracieusement…

— Si je te demande : « Tu peux dire autre chose ? », tu répondras aussi par « Hmm » ?

Mike était conscient qu'il devait trouver une autre réponse. Mais quoi ? Qu'avait suggéré Angela déjà ? Ah oui… faire des compliments.

— Tu louches, c'est trop mignon !

— Pardon ?

Lena ne savait pas si elle devait être flattée ou vexée.

— Tes yeux sont aussi beaux que le Lac trouble.

— Tu n'es pas très doué pour les compliments ou je me trompe ?

— Tes épaules sont incroyablement larges.

— Vraiment pas doué.

— Pardon, je m'arrête, balbutia Mike, blessé.

— Tu n'es pas obligé d'arrêter. Il faudrait juste que tu améliores la qualité de tes compliments, dit Lena en souriant aimablement.

— Tu es adorable.

— Tu vois, ça vient tout doucement ! s'exclama Lena dont le sourire s'agrandit. Je vais nous chercher un gin.

Elle se leva et se dirigea vers le bar. Mike la regarda s'éloigner, fasciné. Elle était tellement différente de son ex-femme Nicole. Beaucoup plus aimable. Certes, ce n'était pas difficile. Même les molosses participant aux combats de chiens au Mexique étaient plus aimables que Nicole !

Lena se pencha par-dessus le comptoir et Mike la vit soudain grimacer de douleur. Elle posa immédiatement la main sur son épaule recouverte de la veste en cuir. S'était-elle blessée ? Ce taré de baron avait évoqué l'éraflure provoquée par la cartouche. Mike allait questionner Lena sur cette blessure et ainsi engager une vraie conversation. Mais d'abord il devait remplir la mission confiée par sa patronne et interroger Lena sur l'alibi de Katharina.

Lena prit les deux gins Basil Smash que lui tendait le barman et se dirigea vers leur table en souriant. Mike s'efforça de sourire malgré sa nervosité.

— Il va falloir travailler un peu sur ton sourire, on va s'entraîner, dit Lena si gentiment que Mike sourit plus franchement. Tu vois, c'est déjà mieux !

Mike sourit jusqu'aux oreilles.

— Trinquons à une belle soirée, proposa-t-elle.

— À une belle soirée !

Ils trinquèrent. Le gin coula dans la gorge de Mike qui se détendit aussitôt.

— Hier soir… commença-t-il.

— Oui ?

— Tu as contrôlé avec Katharina von Baugenwitz les accès au château pour l'assurance, c'est bien ça ?

— Drôle d'entrée en matière ! Avoue que la première phrase que tu arrives à sortir est un peu déconcertante.

Mike vit le sourire fabuleux de Lena se muer en une moue sceptique. Il devait évacuer rapidement la question de l'alibi pour que la soirée soit un succès.

— Elle ne pouvait pas être auprès du baron quand il est mort donc ?

— Non, confirma Lena.

Lena était donc bien l'alibi de Katharina von Baugenwitz. Mike avait obtenu l'information qu'il devait transmettre à sa patronne. La soirée privée pouvait commencer.

— Pourquoi tu veux savoir ça ? demanda la jeune femme. Pourquoi la mort de ce gros porc t'intéresse ?

— Gros porc ? s'étonna Mike. Qu'est-ce qui s'est passé exactement lors de l'accident ?

— Il m'a tiré dessus.

— Je croyais que la cartouche avait juste éraflé ton épaule.

— C'est ce qu'il aimait raconter. En réalité, il a criblé mon omoplate de plomb et mis un terme à ma carrière sportive par la même occasion.

— Merde ! Qu'est-ce que tu faisais comme sport ?

— Du tir à l'arc ! J'avais même un très bon niveau, je m'étais qualifiée pour les Jeux olympiques.

— Les Jeux olympiques ? Waouh !

Mike était impressionné.

— Tout ça pour rien, dit tristement Lena. À cause de la blessure, je n'ai pas pu y aller. (Elle but une gorgée de gin et reprit d'une voix pleine d'amertume :) Si je veux retrouver mon niveau d'avant, je dois subir une opération spéciale. À Fort Lauderdale, pratiquée par le docteur Hickman. C'est lui qui soigne Serena Williams.

— Quand est prévue l'opération ?

— Trois ans trop tard.

— Je ne suis pas sûr de te suivre…

— Parce que cette fichue opération coûte 25 000 euros et que je viens tout juste de rassembler la somme, dit Lena avant de reprendre une gorgée de gin.

— Mais c'était au baron de payer ! Il aurait dû te dédommager, s'emporta Mike.

— Il aurait dû, oui, mais il ne l'a pas fait.

— Pourquoi ?

— Parce qu'il avait de meilleurs avocats que moi. On ne m'a accordé que 875 euros.

Lena vida le reste de son gin d'un trait. Mike sentit combien elle était furieuse contre le défunt. Et c'était parfaitement justifié à ses yeux. Trois ans de douleur. Sa carrière sportive foutue.

— Je n'aurais jamais dû accepter. Quelle idiote j'ai été !

Les yeux de Lena se remplirent de larmes.

Mike aurait aimé la prendre dans ses bras.

— Désolée de me mettre à chialer pour notre premier rendez-vous, dit-elle en essuyant ses larmes avec sa manche.

— Ne sois pas désolée. On peut parler de tout. Aussi et surtout si ta douleur fait partie de ce tout. Mais si tu ne veux pas, alors parlons d'autre chose car j'aime beaucoup discuter avec toi.

— Waouh !

— Waouh ?

— Quand tu arrives à sortir plusieurs phrases d'affilée, elles sont vraiment bien.

Lena sourit à travers ses larmes.

Mike sourit à son tour.

— J'aime ton sourire, constata Lena.

Ce compliment réchauffa le cœur de Mike.

— C'est pour ça, reprit Lena en se mouchant, qu'on devrait…

— … commander un autre verre…

— Exactement. Et comme tous les gens normaux lors de leur premier rendez-vous, à partir de maintenant, on ne parle que de musique et de séries. Les blessures de l'âme, c'est pour le cinquième rendez-vous. Deux rendez-vous après le sexe.

— S… S… S… balbutia Mike.

— Exactement S… S… S.

Lena parvint même à rire un peu.

23

Angela essayait en vain de se concentrer sur une biographie de Shakespeare. Pour la douzième fois, elle lut la phrase : « Certains historiens pensent que Shakespeare était en réalité une femme du nom d'Emilia Bassano », sans même réfléchir ne serait-ce que vaguement aux conséquences de cette thèse sur les sonnets d'amour. Non seulement Angela n'arrêtait pas de penser à l'enquête mais en plus son mari faisait sa partie de Scrabble hebdomadaire *via* Skype avec son ami Tommy. Achim exprimait sa joie encore plus souvent et bruyamment que d'habitude car il avait déjà pu constituer trois mots à partir de la lettre P posée sur « Mot compte triple » : Paléontologue, Philanthrope, Pisseuse. Angela, de son côté, formait, à partir de la lettre *a*, les noms Alexa (von Baugenwitz), Angela (la marchande de fruits) et aussi Amadeus (Lena) car tel était le nom de famille de la policière.

— Prétentieux, jubila Achim.

Quand Tommy et lui étaient dans l'ivresse du jeu, la partie de Scrabble pouvait durer des heures. Plutôt que de lire indéfiniment la même phrase de son livre et d'écouter la litanie des mots commençant par la lettre P, Angela prit le carlin pour sa promenade du soir.

À peine se trouva-t-elle dans la rue avec Poutine qu'elle se sentit merveilleusement bien. Les derniers rayons du soleil couchant baignaient le monde d'une lumière dorée. De plus, elle se promenait sans garde du corps. Pour la première fois depuis seize ans. Quel sentiment de liberté ! Angela se dit que si elle avait su danser comme Julie Andrews dans *Mary Poppins*, elle aurait pu virevolter avec Poutine sur les pavés. Mais ni elle ni Poutine n'étaient particulièrement agiles, aussi se contenta-t-elle de descendre la petite rue d'un bon pas pour rejoindre la place du marché où les derniers magasins fermaient et où les habitants de Klein-Freudenstadt installés aux terrasses des cafés passaient progressivement du cappuccino à la bière ou au verre de vin blanc coupé d'eau gazeuse.

— Eh *Puffeline* ! Comment va ? entendit Angela.

Elle se retourna : Pia était assise à une petite table en compagnie de son téléphone portable. En voyant l'ado aux cheveux bleus, Angela sentit sa bonne humeur s'évaporer.

— Bien et toi ?

— Top, j'ai une bière, un joint et quelque chose à fêter.

Elle n'avait pas du tout l'air en deuil.

— Qu'est-ce que tu as à fêter ?

— J'ai 300 000 abonnés sur mon compte Instagram.

Angela n'avait jamais été une pro des réseaux sociaux. Elle avait confié la gestion de ses comptes à des personnes qualifiées. Toutefois, elle s'y connaissait suffisamment pour dire :

— 300 000, c'est plutôt pas mal.

— C'est même génial quand on a les bons.

— Et tu les as ?

— Que des gosses de riches surprotégés qui se sentent incompris et qui achètent tous les articles que je leur conseille.

— Tu gagnes de l'argent en faisant de la publicité ?

— 40 000 par mois.

Angela était stupéfaite. C'était beaucoup plus que ce qu'elle gagnait quand elle était chancelière.

— Mon numéro « Je suis une aristo rebelle » marche trop bien. Je suis un modèle pour toutes ces couilles molles.

— Ton numéro ?

— Je ne me teins pas les cheveux en bleu parce que je trouve ça beau.

— Mais parce que c'est mieux pour ta marque « Rebelle », comprit Angela.

— Je ne dis pas « Marque » mais « Brand », mais vous avez raison.

— Tu vas encore à l'école ?

— J'ai dit que je touchais 40 000 par mois.

— Donc tu ne vas plus à l'école.

Angela ne savait pas si elle était impressionnée ou dégoûtée par Pia. Elle était certaine cependant que la jeune fille était une précieuse source d'information. Pour la rallier à sa cause, elle proposa :

— Si tu veux, on peut faire un selfie ensemble pour ton compte.

— Non merci ça ira.

— Non ?

Angela ne s'attendait pas à une telle réponse. En général, dès qu'elle proposait un selfie, les gens s'agglutinaient autour d'elle. Sa popularité déclinait-elle de semaine en semaine à présent qu'elle était à la retraite ? Elle n'était pas certaine d'apprécier ce nouveau statut. Elle aimait à penser qu'elle n'était pas vaniteuse mais elle était aussi suffisamment intelligente pour savoir que ce n'était pas vrai.

— Vous êtes trop vieille pour mes abonnés.

— Je vois.

— Et pas assez stylée.

— Je vois.

— Avec ce genre de photo, je perdrais sûrement plusieurs centaines d'abonnés.

— Je vois, j'ai dit !

Pia afficha un grand sourire. Elle prenait beaucoup trop de plaisir à la provoquer.

— Dis-moi, Alexa va-t-elle vendre le château au plus offrant ? demanda Angela, renonçant à mettre l'insolente gamine dans sa poche.

— L'Américain est déjà là.

— Tu trouves donc aussi qu'elle est cupide.

— Grave. Elle est carrément vénale !

Angela vit ses soupçons confirmés.

— Mais cette pauvre cloche laisse croupir une véritable fortune.

— Comment ça ?

— Alexa se contente des 20 millions de la vente du château. Philipp était aussi bête qu'elle. Il n'a jamais voulu écouter ma mère qui avait un plan pour réhabiliter le château.

— Quel plan ?

— La famille von Baugenwitz n'a pas seulement dû céder le château aux communistes après la guerre. La moitié des musées du Brandebourg abrite des œuvres d'art lui ayant appartenu. Elles ont été saisies par la RDA et valent au moins 200 millions d'euros.

— Elles n'ont pas été restituées à la famille après la réunification ?

— Non, parce que le vieux Ferdinand von Baugenwitz a prétendument collaboré avec les nazis.

— Et les héritiers de collaborateurs n'ont légalement plus aucun droit sur les œuvres saisies, compléta Angela.

— C'est ça.

— Tu as dit que Ferdinand von Baugenwitz avait « prétendument » collaboré avec les nazis. Ce n'est pas vrai ?

— Bien sûr que si ! Et pas qu'un peu !

— Alors il n'y a pas de « prétendument » qui tienne.

— Ça dépend de l'angle sous lequel on voit les choses.

— Je ne suis pas sûre de comprendre.

— Maman avait déniché quelques historiens prêts, moyennant finance, à écrire le contraire dans un rapport d'expertise.

— Avec de tels rapports d'expertise, on a de grandes chances de récupérer les œuvres d'art en saisissant le tribunal.

— C'est ça.

— Mais Philipp préférait se débarrasser du château et partir avec Alexa, plutôt que de se lancer dans une procédure sans fin. Un tien (20 millions) vaut mieux que deux (200 millions) tu l'auras.

— C'est ça ! (Pia brandit un marteau de commissaire-priseur imaginaire.) Bravo pour les déductions mais il faudra bosser sur vos métaphores.

Angela ne réagit pas à sa pique. Elle réfléchissait. La fureur de Katharina envers son ex-mari avait deux causes : elle lui en voulait parce qu'il l'avait quittée pour la jeune Alexa et la trompait depuis longtemps mais aussi parce qu'il était opposé à son projet pour récupérer la fortune familiale et redonner au château son lustre d'antan. Si leur mariage n'avait pas échoué et s'il l'avait écoutée, Katharina serait désormais une femme très riche. Angela était d'autant plus impatiente de connaître le résultat des investigations de Mike concernant son alibi. À propos d'alibi :

— Qu'est-ce que tu faisais à l'heure où Philipp est mort ?

— Vous êtes sérieuse ? Vous voulez savoir si j'ai un alibi. Pour son suicide ?

— Je veux juste savoir si tu l'as vu peu avant sa mort, minimisa Angela.

— Non, j'ai fait un live pour mes abonnés. Je leur ai montré à quoi ressemblait une pauvre fête du vin en province. J'ai donc quelques centaines de milliers de témoins.

— C'est parfait, dit Angela qui préférait rayer des suspects de sa liste plutôt qu'en rajouter.

— Vous voulez voir ?

— Non merci, ça ira.

— Tenez, insista Pia sans tenir compte de sa réponse. J'ai mis la vidéo sur Youtube après.

Elle montra la vidéo qui, à la grande surprise d'Angela, comptabilisait déjà quelques dizaines de milliers de vus. Angela vit Pia se moquer des convives. Elle les avait filmés en train de danser la Macarena et avait appelé la séquence « Gymnastique arythmique ». De son propre beau-père en armure, elle disait :

— Voilà ce qui arrive après des siècles d'unions consanguines.

À la fin de sa vidéo, elle se penchait sur un saladier à moitié rempli de punch et proférait un jugement sans appel :

— La sangria de Ballerman est un délice à côté de ça. C'est bien pour ça que je ne me soûle qu'au Dom Pérignon. Vous devriez essayer vous aussi ! Et n'oubliez pas : l'anarchie est à portée de main.

Les formules et les bons mots n'intéressaient guère Angela mais le code temporel de la vidéo prouvait effectivement que Pia avait été occupée jusqu'à l'heure du crime à filmer et commenter la fête pour ses abonnés.

— Si vous sous-entendez que Philipp a été assassiné, et qu'on se le dise, ce porc l'a bien mérité, alors vous devriez demander à cette femme si elle a un alibi, dit Pia en montrant Marie qui sortait tout juste du supermarché avec deux sacs à provisions en toile bien remplis. Elle se trimballe le bâtard de Philipp.

— Encore un mot péjoratif… dit Angela en affichant un air menaçant qu'elle avait testé sur Silvio Berlusconi.

— Et quoi ?

— Et je dis sur tous mes comptes que tu joues la comédie pour éblouir tes abonnés, la défia Angela.

En réalité, tous ses comptes dormaient depuis qu'elle avait laissé la place à son successeur.

Pia regarda Angela en essayant de deviner si elle bluffait ou non. Le risque pour son modèle économique lui parut à l'évidence trop important :

— Dans ce cas, je vous souhaite une bonne soirée. Et vous transmettrez mes salutations à *Puffel.*

Angela aurait aimé lui décocher le regard qu'elle avait réservé en 2015 au ministre des Finances grec, Yánis Varoufákis, mais Pia avait de nouveau les yeux rivés sur son téléphone portable. Marie n'avait pas remarqué Angela qui se demanda si elle devait aborder cette femme si aimable et lui demander si elle avait un alibi pour la veille au soir. Ce serait vraiment mesquin de sa part. Non, elle allait la laisser tranquille. Mais Poutine ne l'entendait pas de cette oreille. Il se précipita vers Marie ou plus précisément vers ses sacs remplis de provisions dans lesquels il avait dû flairer quelque chose. Du saucisson ou du fromage. Ou des bouchées de hareng à l'aneth qu'il aimait tout particulièrement, allez savoir pourquoi ! Angela suivit le carlin et s'excusa auprès de Marie.

— Cette petite bête adore la nourriture.

— On est deux, dit Marie qui posa ses sacs par terre pour en sortir une tranche de jambon cuit. Mon gros ventre n'est pas uniquement dû à ma grossesse.

Angela s'en voulut d'en être encore à se demander si elle ne devait pas interroger la jeune femme sur l'identité du père de son enfant. Un vrai détective poserait la question, peu importe s'il devait se sentir minable après. C'était sans doute pour cette raison que les romans policiers avaient souvent pour héros des êtres froids et analytiques. Angela pensa à Sherlock Holmes et Hercule Poirot. Elle n'eut pas le cœur d'interroger Marie sur ce sujet. Pourtant, elle ne voulait pas passer à côté de l'occasion de faire avancer son enquête.

— Quand vous étiez enfant, vous deviez jouer à cache-cache dans tout le château ? demanda-t-elle à Marie qui s'était penchée pour caresser Poutine.

— Partout, dans les jardins, autour du lac et même sur les terres.

— Avez-vous trouvé un passage secret quelque part ?

— Bien sûr ! dit Marie en souriant.

Le cœur d'Angela se mit à battre plus vite.

— D'où partait-il ?

— Du hangar à bateaux, au bord du lac, derrière le château. Il y a une trappe au sol recouverte d'un tapis vert vif.

— Et où menait le passage secret ?

Angela était de plus en plus agitée.

— Quelque part à l'intérieur du château.

— Quelque part ?

— Il y avait une porte métallique verrouillée. Chaque fois qu'on empruntait le passage, on ne pouvait pas aller plus loin.

— Y avait-il sur la porte une sorte d'échancrure dans laquelle on aurait pu insérer un hexagramme ?

— Oui, s'étonna Marie. Comment le savez-vous ?

— L'armure de chevalier présente une excroissance en forme d'hexagramme, dit Angela en souriant fièrement.

Elle aurait pensé que Marie se réjouirait de cette révélation. Après tout, elle venait d'élucider un mystère de son enfance. Il n'en fut rien. Marie semblait plutôt sur la réserve, comme si elle avait été prise en faute.

— C'est… c'est dingue.

Si Marie avait été aussi antipathique qu'Alexa, Katharina, Pia ou la marchande de fruits, Angela l'aurait immédiatement ajoutée à la liste des suspectes même si elle ne voyait pas le rapport entre la lettre *a* et son nom. Mais qu'avait dit Achim déjà ? Nous ne sommes pas en politique ici ! Tout le monde n'a pas deux visages.

— Aïe ! cria Marie.

— Qu'est-ce qui se passe ? demanda Angela.

— Le petit donne des coups de pied dans mon ventre.

— Vous voulez que je vous aide à porter vos sacs jusque chez vous ? proposa Angela.

Elle sentait naître en elle des sentiments maternels ou même grands-maternels. En tout cas, ils étaient inhabituels. Et agréables aussi. Puisqu'elle n'arrivait pas à trouver d'amies à Klein-Freudenstadt, peut-être pourrait-elle apporter son aide à quelqu'un au moins ? Elle se surprit elle-même. Quelles drôles d'idées elle avait maintenant qu'elle ne consacrait plus toutes ses journées à la politique !

— C'est gentil à vous de proposer mais ça ne sera pas nécessaire, dit Marie avant d'ajouter : Si j'avais vraiment besoin d'aide, je vous le dirais.

Angela se demanda qui serait auprès de Marie au moment de l'accouchement. Le père, si c'était bien Philipp von Baugenwitz, était mort. Ou tout au moins absent. Marie était elle-même orpheline et sa mère de substitution, la directrice du foyer, était morte depuis longtemps. Il n'y avait donc personne de la plus vieille génération pour l'assister.

— Aurez-vous quelqu'un à vos côtés au moment de l'accouchement ? demanda-t-elle à Marie.

— Mes deux meilleures amies ont déménagé à l'Ouest pour le travail, répondit tristement Marie. J'ai moi-même vécu deux ans à Wiesbaden. J'avais trouvé une place dans une multinationale du tourisme grâce à mon *bachelor* en gestion touristique. Mais je ne me sentais pas bien là-bas. C'est ici, dans l'Uckermark, que je suis chez moi.

— Une mère ne devrait pas être seule au moment de l'accouchement.

Angela voulait simplement exprimer sa compassion mais Marie l'interpréta autrement et demanda stupéfaite :

— Vous voulez m'accompagner ?

— Euh… qui ? Moi ? balbutia Angela.

Il était rare qu'elle reste sans voix. La dernière fois, c'était six semaines auparavant, quand Achim lui avait dit : « Regarde, ce petit chien, il est pour toi ! »

À l'époque, elle s'était demandé ce qu'elle allait bien pouvoir faire d'un carlin et désormais elle ne pouvait plus se passer de son « petit lapin ».

— Pardon, dit Marie. J'ai mal compris. Ça sonnait comme une proposition.

Angela aurait pu facilement répondre : « Oui, c'est un malentendu », mais elle n'en fit rien.

— Je ne veux pas que vous vous sentiez obligée, surtout pas, s'excusa Marie.

— Non, non pas du tout.

— Vraiment ?

— Non.

— Parfait.

— Et si vous voulez… dit Angela à sa grande surprise.

— Oui ?

— Je vous accompagnerai volontiers.

Angela n'arrivait pas à croire qu'elle venait de dire une chose pareille. Et qu'en plus, ça lui faisait plaisir.

— Vous êtes sûre ? demanda Marie en riant.

Ce n'était pas un rire moqueur mais plutôt soulagé et enthousiaste.

— Ça serait vraiment sympa. J'ai la trouille de me retrouver seule avec la sage-femme. Elle est tellement sévère. Elle mesure presque deux mètres. Et elle a la voix de Chewbacca.

— Chou… qui ? demanda Angela.

— Le Wookie.

— Le quoi ?

— L'ami de Han Solo.

— Han qui ?

— C'est dans *Star Wars*.

— Ah, jamais vu !

— C'est une vraie lacune !

Angela en doutait mais garda ses réserves pour elle.

— Et si vous veniez chez moi demain soir ? Comme ça, on pourrait regarder le film en buvant du Coca et en mangeant des chips.

— Oh…

Angela était surprise.

Voilà longtemps qu'elle n'avait pas reçu une telle invitation. Elle n'en avait jamais eu, d'ailleurs.

— Seulement si vous voulez, naturellement.

— Volontiers.

— Super !

Elles se sourirent et Angela se réjouit : finalement, elle allait peut-être trouver quelqu'un de confiance à Klein-Freudenstadt. Et en plus il y aurait bientôt un bébé à qui elle pourrait offrir tout un tas de choses. Sans parler des gâteaux qu'elle ferait pour ses futurs anniversaires. Avec plein de chocolat. Et des Smarties. Le genre de gâteau fatal aux diabétiques !

— Alors à demain pour une soirée cocooning à trois ! dit Marie en prenant ses sacs.

— À trois ? demanda Angela, déconcertée.

— Avec le bébé.

— Ah oui, dit Angela en riant.

— Le petit Adrian adore les films d'action. Il me donne plein de coups de pied ! cria Marie en traversant la place avant de disparaître dans une ruelle latérale.

Et l'enthousiasme d'Angela s'échappa comme l'hélium d'un ballon qui aurait trouvé une aiguille dans une botte de foin. Adrian…

a

24

En l'espace de quelques secondes, l'euphorie retomba pour faire place à un certain abattement. Hercule Poirot et Sherlock Holmes n'avaient pas ce genre de déconvenues lors de leurs enquêtes. Pour eux, c'était plus simple. Pas de sentiments. Perdue dans ses pensées, Angela ne remarqua pas que Poutine était encore plus abattu qu'elle. Pas de bouchées de hareng pour le carlin.

— Qu'est-ce que vous faites là toute seule ? demanda une voix tonitruante, la ramenant brusquement à la réalité.

Mike, qui sortait du Gin d'Aladin, se dirigea vers elle.

— Vous ne pouvez pas sortir sans moi.

— Mais je ne suis pas toute seule, dit Angela en montrant Poutine qui fixait bêtement le garde du corps.

— Et en plus vous vous moquez de moi ?

Angela remarqua que Mike était blessé, il ne plaisantait pas avec l'honneur professionnel. Elle tenta de désamorcer la situation.

— Il ne m'est rien arrivé.

— Mais il aurait pu vous arriver quelque chose !

Elle comprit que Mike ne se souciait pas uniquement de son honneur professionnel. Ce qui lui importait avant tout, c'était elle. Ses anciens gardes du corps la traitaient comme un œuf Fabergé qu'il ne fallait surtout pas casser. Ils pensaient avant tout à leur carrière. Chez Mike, c'était différent. La sécurité de sa patronne était importante à ses yeux pour les bonnes raisons. C'était touchant.

— Promettez-moi que vous ne recommencerez plus.

— Je suis désolée, concéda Angela.

— Vous devez promettre.

— Très bien, si ça peut vous aider à vous sentir mieux, je vous le promets.

— Bien.

Mike se tut mais semblait toujours aussi furieux.

— Qu'est-ce qu'il y a ? s'enquit Angela.

— Je ne me sens pas mieux.

— Dans ce cas, je ne peux plus rien pour vous.

— Oh si, vous pouvez.

— Et comment ?

— Vous jurez.

— Vous êtes sérieux ?

— On ne peut plus sérieux.

— Vous exagérez.

— On dirait mais ce n'est pas le cas.

Pour Angela, la logique de cette réponse laissait quelque peu à désirer. De plus, elle ne voulait pas se laisser dicter sa conduite par Mike. Ce n'était pas à lui de décider ce qu'elle devait promettre ou non. Elle n'avait aucune intention de jurer qu'elle ne sortirait plus sans être accompagnée. Elle avait trop apprécié l'expérience. En même temps, elle devait aussi apaiser Mike. Elle pensa que certains politiciens agissaient en adaptant librement la maxime qu'on attribuait à Konrad Adenauer : « Que m'importent mes serments d'hier ? » Mais elle n'était pas comme ça. En tout cas, quand il s'agissait de véritables serments. Avec les fausses promesses, elle n'était pas aussi regardante, surtout durant sa jeunesse, quand elle promettait quelque chose à ses parents. Pour la première fois depuis cinquante ans, elle croisa les doigts derrière le dos, si bien que seul le carlin put voir son geste, et dit :

— Très bien, je le jure.

Mike respira à nouveau, ce qui permit aussi à Angela de reprendre son souffle. Immédiatement après, elle se remit à penser à Marie. Son bébé devait s'appeler Adrian. Il n'était donc pas impossible que le baron ait voulu désigner par ce *a* son enfant illégitime.

Angela se refusait pourtant à envisager la culpabilité de Marie. C'est pourquoi elle se concentra de toutes ses forces sur les autres suspectes.

— Katharina a-t-elle un alibi ? demanda-t-elle.

— Lena était tout le temps avec elle.

— Ah, dit Angela en hochant la tête avant de demander : Avez-vous obtenu d'autres informations ?

— Oui, que les gens normaux font l'amour lors du troisième rendez-vous, se réjouit Mike.

Angela le dévisagea avec surprise.

— Excusez-moi.

— C'est déjà fait.

Angela se réjouit avec lui. Elle allait pouvoir rayer Katharina de la liste des suspectes. Et Lena aussi, qui avait automatiquement un alibi. À moins que toutes les deux aient été ensemble…

… non il était quasiment impossible qu'elles aient été complices. Il ne restait plus que Marie et Alexa sur la liste.

C'était forcément Alexa !

Elle avait dû emprunter le passage secret pour aller à la cave. Encore fallait-il le prouver ! Quoi de mieux que de l'emprunter soi-même, et le soir même de préférence !

— Qu'est-ce qui vous fait sourire ? demanda Mike.

— Rien qui vous concerne.

— Vraiment ?

— Je le jure.

Poutine fut le seul à voir Angela croiser les doigts dans son dos.

25

— Que diable faisons-nous là ? demanda Achim, un peu essoufflé.

— Tu ne crois pas au diable, répondit Angela, tout aussi essoufflée.

— Que « Trump » faisons-nous là ?

— Nous franchissons les douves asséchées du château.

— Je sais !

Achim n'appréciait pas toujours l'humour laconique de sa femme.

— Et ne va pas me dire : « Pourquoi est-ce que tu demandes alors ? », sinon je ne t'éclairerai plus le chemin avec ma lampe de poche et tu te débrouilleras pour sortir de là dans la nuit et le brouillard.

— Il n'y a pas de brouillard, objecta Angela.

— Non, sans blague ?

Angela gravit l'autre versant du fossé en choisissant l'endroit le plus plat. Cette sortie à la faveur de la nuit sans brouillard à couper au couteau lui procurait un immense plaisir.

— Si Mike apprend ça, il va piquer une crise.

— Il dormira tranquillement dans le pavillon de jardin à notre retour. Et n'oublie pas que je suis sa supérieure.

— Peut-être mais ça ne l'empêchera pas de piquer une crise.

— Seulement s'il l'apprend, ce qui ne sera pas le cas. Comment dit-on si joliment déjà ? « L'ignorance est la condition nécessaire au bonheur des hommes. »

— Si tu veux mon avis, il y a dans ce monde trop d'ignorants qui causent le malheur des hommes, la contredit Achim. Je repose donc la question : qu'est-ce qu'on fait là ? Pourquoi ne pas aller dans le hangar à bateaux en plein jour ?

— Parce qu'Alexa von Baugenwitz ne nous autorisera jamais à le faire, expliqua Angela, qui, sortie du fossé, tendit la main à son mari pour l'aider à grimper.

— Ce qu'on est en train de faire, c'est purement et simplement une violation de domicile.

— Ce qu'on est en train de faire, c'est apporter la preuve qu'Alexa a pu quitter la cave verrouillée sans se faire remarquer après avoir versé la ciguë dans le verre de son mari. Et pour ça, il faut qu'on entre là-dedans, dit Angela en montrant le hangar à bateaux qui se trouvait à une trentaine de mètres de là.

— Tu es sûre maintenant que c'était elle ?

— Oui, répondit Angela en se dirigeant d'un pas décidé vers son but, suivie d'Achim qui ne lâchait pas le morceau.

— Dans ce cas, je peux être sûr à 81,4 %.

— Que dois-je faire pour finir de te convaincre ?

— Discuter avec moi comme si tu étais une vraie Sherlockine et pas seulement une femme, qui tout à coup s'amuse à enfreindre toutes les règles.

Angela eut l'impression d'avoir été prise en flagrant délit. Enfreindre les règles lui procurait réellement du plaisir comme lorsqu'elle allait se baigner à poil et en secret avec ses camarades au milieu de la nuit pendant les camps d'été organisés par la Jeunesse allemande libre.

— D'accord *Puffel*, si tu veux, on va passer une dernière fois toutes les suspectes en revue. Katharina n'hérite pas du château, ni du reste d'ailleurs, donc la mort de Philipp ne lui apporte rien.

— Mais il l'a trompée.

— Ce Roger Moore pour les pauvres a aussi trompé Alexa.

— Ce n'est pas un argument. Katharina aurait très bien pu le tuer par jalousie.

— Dans ce cas, elle l'aurait tué tout de suite après qu'il l'avait trompée avec Alexa et pas quelques années plus tard.

— Ça, c'est un argument, admit Achim.

— Bon, passons les autres possibilités en revue : la petite Pia…

— Tu soupçonnes une mineure ? s'étonna Achim.

— Non, je voulais l'exclure de la liste des suspectes. À l'heure du crime, elle avait un live sur Instagram avec un tas de followers.

— Je ne sais pas ce que ça veut dire.

— Qu'elle a un alibi.

Angela regarda par la fenêtre du hangar à bateaux. Elle s'attendait à voir des barques mais il n'y avait que trois pédalos en forme de cygnes entourés d'un peu de bric-à-brac et derrière, dans un coin, comme Marie l'avait décrit, un tapis vert. La trappe était cachée dessous.

— Qu'en est-il de la *bitch* ? demanda Achim. La marchande de fruits ne fait pas partie des suspectes ?

— Je suis étonnée que tu emploies ce mot.

— « Suspectes » ?

— Non, « *bitch* ».

— Je trouve qu'il est onomatopéique.

— Je crois que tu ne sais même pas ce que signifie *bitch*.

— Ça rime avec *kitsch*.

— Rien à voir.

— Tant pis.

Angela envisagea une seconde d'expliquer à Achim la signification du mot mais finit par renoncer. Il fallait procéder avec méthode et exclure provisoirement la marchande de fruits de la liste des suspectes.

— La vente du château lui ferait perdre les terres qu'elle loue et donc ses moyens de subsistance. Mais la mort du baron n'y change rien.

— Peut-être qu'elle l'ignorait.

— Tout le village était au courant qu'Alexa voulait brader le château. La marchande de fruits ne pouvait pas ne pas savoir. (Angela entra dans le hangar à bateaux humide, suivie d'Achim, bien décidé à aller jusqu'au bout de son raisonnement.) Et si la kitsch *bitch*…

— Arrête d'employer des mots dont tu ne comprends pas le sens.

— … et si la marchande de fruits avait aussi eu une aventure avec le baron ? Ce type a eu tellement d'histoires. Pourquoi pas avec elle aussi ?

— Jusqu'à présent, on n'est sûrs que pour Alexa et Katharina, dit Angela.

— Et tout porte à croire que Marie aussi. Il l'a peut-être même mise enceinte.

— On n'en sait rien, rectifia Angela.

— Tu lui as demandé si elle avait un alibi ?

— Non.

— Comment peux-tu être aussi sûre de son innocence alors ?

— C'est toi qui m'as dit qu'on ne pouvait pas soupçonner une femme enceinte de meurtre.

— Je dis aussi qu'on ne devrait pas rôder ici et tu ne m'écoutes pas.

— Pour ce qui est de Marie, j'ai une intuition féminine.

— Une intuition féminine ?

— Oui, pourquoi n'aurais-je pas d'intuition féminine ? protesta Angela.

— Je ne l'ai jamais contesté.

— Mais ?

— Depuis quand tires-tu des conclusions définitives sans t'appuyer sur des éléments concrets ?

Bonne question.

— Et depuis quand une vraie Sherlockine ne se fie-t-elle qu'à son intuition ?

— Jusqu'à présent, il n'y avait pas de vraie Sherlockine, je suis la première, tenta de parer Angela.

— Tu sais très bien ce que je veux dire.

Angela le savait et elle se sentait blessée dans son honneur de détective.

— Tu dois élucider ce meurtre de façon analytique.

Angela regarda son mari. C'était le seul être au monde dont elle acceptait la critique. Ça ne lui faisait pas plaisir. Mais elle acceptait.

— Bon d'accord, Marie rejoint la liste des suspectes.

— C'est mieux.

Angela ne voulait plus seulement trouver l'assassin, elle voulait aussi prouver l'innocence de Marie.

26

— Une dernière chose, dit Achim.

— Je suis vraiment impatiente de l'entendre, répondit Angela d'un ton acéré.

— Si tu veux vraiment résoudre l'affaire, tu dois réfléchir à tes qualités et t'appuyer sur elles.

— Mon physique ? demanda Angela sur le ton de la plaisanterie.

— Non, ce n'est pas ce que je veux dire.

— Quoi alors ?

— Ton esprit vif et pénétrant. Une telle affaire de meurtre ne peut être élucidée que par la vieille Angela, pas la jeune des camps de vacances de la Jeunesse allemande libre.

Achim la connaissait bien.

— Mais c'est tellement amusant !

— Oui, admit Achim en riant. C'est vrai.

Angela lui prit la lampe torche des mains en souriant, dirigea le faisceau sur le tapis vert et constata avec enthousiasme :

— Il n'y a pas de poussière dessus.

— Et ?

— Ça veut dire que le tapis a été déplacé récemment. Ce qui indique que le passage secret est toujours utilisé.

— Par le meurtrier ou la meurtrière.

— Soulève le tapis s'il te plaît, *Puffel*.

— Tes désirs sont des ordres, dit Achim en soulevant le tapis d'un coup.

Le geste aurait pu être élégant si Achim n'avait pas failli tomber à la renverse dans son élan. Une fois qu'il eut retrouvé l'équilibre, Angela s'écria :

— Une trappe !

En effet, il y avait bien la trappe dont Marie avait parlé. Elle était en bois. Deux poignées étaient fixées dessus au centre. Angela et Achim en prirent une chacun, ouvrirent les battants de la trappe et découvrirent un trou noir. Quand Angela l'éclaira avec la lampe torche, ils distinguèrent quelques échelons extrêmement rouillés qui descendaient le long de la paroi.

— Heureusement que nous sommes vaccinés contre le tétanos, fit remarquer Achim.

— Ça ne nous servira à rien si ces trucs tout rouillés cèdent et que nous… (Angela dirigea le faisceau vers le trou) faisons une chute de cinq mètres.

— Tu penses que le passage secret a été utilisé par l'assassin, c'est bien ça ?

— Oui.

— Dans ce cas, nous n'allons pas plus tomber que lui, dit Achim qui commença immédiatement à descendre.

Angela était inquiète pour son mari. Elle ne voulait pas le mettre en danger. S'il se blessait pendant la descente, elle ne se le pardonnerait pas.

— Je suis en bas ! cria Achim. Tu viens ?

— Je ne peux pas descendre les échelons tout en tenant la lampe, constata Angela qui regretta de ne pas s'en être rendu compte plus tôt.

— Tu n'as pas besoin de la lampe torche.

— Non ?

— Il y a de la lumière en bas !

— Quoi ? s'étonna Angela.

Achim appuya sur un interrupteur et le passage fut tout à coup aussi bien éclairé qu'un parking souterrain.

— Tu peux descendre.

Angela posa la lampe torche sur le tapis et descendit les échelons. Prudemment. Très prudemment.

— Si tu tombes, je te rattraperai.

— Si je tombe, tu seras écrasé sous mon poids.

— Tu es légère comme une plume.

— Tu crois que c'est le moment de mentir ?

— Pour moi, tu l'es en tout cas.

— Vieux charmeur, dit Angela en souriant tout en descendant le dernier échelon.

— *Vieux* charmeur ?

— Tu préfères « charmeur qui n'a pas pris une ride » ?

— C'est déjà beaucoup mieux, dit Achim en riant.

Ils pouvaient se tenir debout sans se baisser, mais c'était uniquement parce qu'ils n'étaient pas très grands.

— Marie n'a pas parlé des néons, dit Angela. Ils ont dû être installés plus tard.

— Pour que le baron puisse quitter en toute discrétion son épouse et batifoler sans se casser une guibole.

— À part toi, plus personne n'utilise les termes « batifoler » et « guibole ».

— Ça m'étonnerait !

— Alors je te garantis que personne ne les associe dans la même phrase.

— Tu pourrais bien avoir raison.

— Le passage monte légèrement, s'étonna Angela.

— Quand est-ce que nous aurons atteint le château ?

— Dans cinquante mètres environ, je pense. Mais s'il ne descend pas bientôt, nous n'atterrirons pas à la cave.

Cinquante mètres plus loin, le passage ne descendait toujours pas, ni cent mètres, ni deux cents mètres plus loin. Au contraire, la montée devint plus raide.

— Où allons-nous déboucher ? demanda Achim.

— Aucune idée mais sûrement pas dans la cave, dit Angela qui pouvait oublier sa théorie selon laquelle l'assassin en fuite se serait échappé par le passage secret.

Comment avait-elle pu se tromper à ce point ?

En abordant une affaire de meurtre comme un jeu très divertissant.

Achim avait raison : elle devait vraiment prendre tout ça beaucoup plus au sérieux.

27

Le passage débouchait sur une porte métallique. Elle n'avait pas de serrure mais une échancrure en forme de petit hexagramme.

— Ton hypothèse du gantelet se voit confirmée, constata Achim.

— J'aimerais vraiment l'avoir avec moi, s'énerva Angela.

— Non, tu n'aimerais pas.

— Je n'aimerais pas ?

— Non, sinon tu aurais dû enfiler un gantelet porté pour la dernière fois par un mort.

— Non, je n'aurais pas dû.

— Tu n'aurais pas dû ? s'étonna Achim.

— Non, en véritable gentleman, tu aurais toi-même enfilé le gantelet.

— Je n'en aurais rien fait.

— Tu n'en aurais rien fait ?

— Non, c'est toi qui prônes et incarnes l'égalité des sexes.

— C'est vrai, confirma Angela qui se concentra sur le problème auquel ils étaient présentement confrontés.

Devaient-ils repartir bredouilles ou retourner à l'air libre et s'introduire dans le château par un autre endroit, voler le gantelet et revenir avec jusqu'à la porte ?

Non, ça leur ferait perdre un temps précieux et en plus, c'était risqué.

C'était une chose de s'introduire dans un hangar à bateaux abandonné dans l'espoir d'atterrir dans une cave. Et une autre d'entrer par effraction dans un château. Ils se feraient surprendre à tous les coups. D'autant que les accès au château venaient d'être contrôlés. Angela n'osait pas imaginer les gros titres qui s'étaleraient à la une des journaux après son arrestation. Il n'était donc pas question de voler le gantelet.

Mais comment parvenir à ouvrir la porte, sinon ? Angela se baissa et gratta le sol avec la main. Il semblait glaiseux. Peut-être pouvait-on façonner une forme d'hexagramme avec l'argile mais elle n'aurait pas la consistance nécessaire pour servir de clé. Angela observa plus attentivement l'échancrure dans la porte. Avec le bout de ses cinq doigts, elle pouvait atteindre presque chaque sommet de l'hexagramme. Il n'en manquait qu'un.

— Mets un doigt sur le sixième sommet, ordonna-t-elle à Achim après avoir positionné ses cinq doigts.

— Qu'est-ce que tu veux faire ?

— Il suffit peut-être d'exercer une pression assez forte pour débloquer le système de fermeture.

— Très bien, essayons.

Ils appuyèrent tous les deux et…

… la porte ne s'ouvrit pas.

— Ça ne marche pas, constata Achim.

— Tu m'en diras tant ! répondit Angela tout en continuant à réfléchir. Les rainures de l'hexagramme s'emboîtent avec les languettes de celui du gantelet.

— C'est pourquoi la pression seule ne suffit pas, ajouta Achim.

— Mais si nous remplissons les rainures avec autre chose…

Angela se baissa, prit de l'argile et l'étala sur les rainures de l'hexagramme. Quand elle eut terminé, elle dit :

— Essayons encore une fois.

Ils exercèrent à nouveau une pression sur les six sommets de l'hexagramme et cette fois…

… la porte s'ouvrit.

— Bingo ! laissa échapper Achim.

— Tu peux le dire plus fort.

— BING…

— Mais tu n'es pas obligé.

Angela poussa la porte et un rideau écarlate en velours épais apparut.

— Le rideau cache sans doute la porte de l'autre côté.

— Tu crois vraiment qu'on doit regarder ce qu'il y a derrière ? demanda Achim, soudain mal à l'aise.

— Comme tu l'as dit, il me manque des éléments concrets. Il faut donc que nous en collections d'autres.

— Je n'aurais jamais dû dire ça.

— Trop tard !

Angela s'apprêtait à ouvrir le rideau.

— Attends, glapit Achim en la retenant par le bras.

— Pourquoi ?

— Et s'il y avait quelqu'un de l'autre côté ?

— La personne nous aurait entendus depuis longtemps.

— C'est vrai.

Angela ouvrit prudemment le rideau. Ils se trouvaient dans une chambre baroque. À gauche, une armoire imposante, au sol, des tapis anciens, et accroché au mur d'en face, un tableau représentant des jeunes femmes plantureuses qui faisaient gaiement la ronde. Un immense lit à baldaquin occupait le centre de la pièce.

Angela aperçut une photo du mariage d'Alexa et de Philipp sur une commode en chêne. Il s'agissait à l'évidence de leur chambre à coucher.

— Regarde, murmura Achim en montrant deux coupes de champagne à moitié vides.

Angela le rejoignit et déduisit :

— Alexa a un amant.

— Pas forcément. Les coupes sont peut-être là depuis hier.

— Si c'était le cas, le champagne ne pétillerait plus.

— Alors Alexa et son amant risquent de revenir d'une minute à l'autre. Nous devrions disparaître au plus vite, dit Achim nerveusement.

— Nous n'avons pas encore tous les éléments.

— Nous savons que nous nous trouvons dans la chambre d'étrangers qui peuvent nous surprendre à tout moment. Qu'est-ce qu'il te faut de plus comme éléments ?

— L'identité de l'amant par exemple, précisa Angela en regardant la bouteille dont l'étiquette indiquait « Roederer Estate ». Une marque américaine.

— Et ?

— L'amant est sans doute Marc Wood, l'investisseur qui veut acheter le château.

— Super, maintenant tu le sais. On peut y aller du coup ?

— Minute, répondit Angela qui réalisa que Philipp n'était pas le seul à avoir trompé son Alexa à tour de bras, elle ne s'était pas privée non plus.

À côté d'eux, les Clinton formaient un couple exemplaire. Alexa était tout juste veuve qu'elle roucoulait déjà avec l'investisseur Wood. Étaient-ils de mèche ? Wood servait-il de couverture à Alexa en plus de batifoler avec elle dessous.

— Est-ce qu'on pourrait enfin y aller, s'il te plaît, s'il te plaît ?

— Oui, répondit Angela qui avait recueilli assez d'éléments pour l'heure.

Il s'agissait à présent de les ordonner tranquillement à la maison. Pourtant, avant même d'avoir pu faire un pas en direction du rideau, ils entendirent la voix d'Alexa.

— *My god, Woody, that is so amazing!*

— *I myself will be on the shuttle to Mars!* retentit la voix de l'investisseur dont l'accent texan était très prononcé.

Angela et Achim regardèrent d'abord la porte derrière laquelle les voix retentissaient et qui allait s'ouvrir d'une seconde à l'autre, puis le rideau à l'autre bout de la pièce. Les deux scientifiques effectuèrent le même calcul mental et obtinrent le même résultat : ils ne l'atteindraient jamais à temps !

Angela regarda rapidement autour d'elle, à la recherche d'une issue élégante. La seule qui lui vint à l'esprit était fort inélégante.

— Sous le lit.

— Quoi ? s'écria Achim un peu trop fort.

— *Have you heard something in there too, Woody?* demanda Alexa, effrayée.

— Sous le lit, c'est parfait, murmura Achim paniqué. Il se planqua avec Angela en toute hâte juste avant que la porte ne s'ouvrît et qu'Alexa von Baugenwitz n'entrât avec le Texan.

— *Nothing in there*, dit Alexa soulagée.

— *Maybe it was a ghost*, plaisanta l'investisseur.

Sous le lit, Angela et Achim, couchés à plat ventre, retenaient leur souffle.

— *I want you right here and now*, susurra Wood.

Achim et Angela échangèrent un regard horrifié.

— *I want you hard*, répondit la veuve.

Achim et Angela virent les vêtements s'amonceler à toute vitesse à côté du lit. Ils échangèrent un regard encore plus horrifié.

Les amants se laissèrent tomber sur le lit, le matelas s'enfonça un peu plus. Angela, qui était loin d'être aussi mince qu'Achim, dut s'aplatir comme une crêpe au sol pour ne pas attirer l'attention sur elle.

Achim interrogea sa femme du regard mais elle n'avait aucune réponse à lui fournir. Devaient-ils vraiment tout écouter ou se manifester avant ? Avec toutes les conséquences que ça impliquait. Et les gros titres dans *Bild* ne seraient même pas les plus désagréables ! Non, la pire des conséquences serait qu'Angela et Achim ne pourraient plus jamais se montrer à Klein-Freudenstadt et qu'ils devraient retourner à Berlin. Le moment serait fort mal choisi : ils avaient un meurtre à élucider, Angela commençait enfin à s'acclimater et elle avait promis à Marie de l'accompagner à l'accouchement.

— *I will take you to Mars*, annonça Marc Wood.

Achim fit la grimace.

— *With my big shuttle.*

Angela fit la grimace avec Achim.

— *All night long!*

L'épineuse question de la conduite à tenir s'était résolue d'elle-même.

— *Now, I will get my shuttle ready for takeoff!*

— *Nothing takes off!* lança Angela.

— AHHHH, cria Alexa.

— *What the fuck?* cria l'Amerloque.

— *The shuttle stays in the hangar!* dit Angela qui émergea de sous le lit en rampant. Achim fit de même de l'autre côté. Alexa von Baugenwitz, apeurée, s'était déjà cachée sous la couette. L'investisseur Wood, musclé et bronzé au solarium, encore vêtu d'un slip blanc, s'empara de la bouteille de champagne pour intervenir. Au dernier moment, il suspendit son geste et dit, étonné :

— *Angela Merkel*?

— Oui, répondit Angela avec un sourire un peu crispé.

— *What... the... fucking... fuck?*

Alexa von Baugenwitz s'enveloppa habilement dans la couette et demanda à son amant :

— *Woody, can you please go outside?*

— *Okay*, répondit le Texan, dépassé, heureux de pouvoir échapper à cette situation surréaliste.

Il prit la bouteille de champagne et sortit de la chambre avec, tout en marmonnant :

— *Angela... fucking... Merkel?*

Dès qu'il fut dehors, Alexa von Baugenwitz demanda avec une fureur sacrée :

— Que diable faites-vous là ?

— Il n'est pas facile de répondre à cette question, bafouilla Achim, le visage écarlate, surtout si on la considère d'un point de vue philosophique…

Alexa lui lança un regard courroucé.

— Ou religieux. Ou scientifique. Par exemple en lien avec la rotation de la Terre, bafouillait Achim.

— La rotation de la Terre ?

— La Terre se déplace à une vitesse de 464 mètres par seconde.

— Quoi ?

— Ce qui fait 1 670 kilomètres par heure.

— Quel est le rapport ?

— À supposer que votre chambre ne se déplacerait pas avec la Terre, nous aurions pu, grâce à la rotation, filer comme un éclair, mais ce n'est pas le cas. Vous êtes, vous aussi, soumise à la rotation de la Terre et…

— Vous allez arrêter avec votre foutue rotation de la Terre !

— Il ne faut pas la sous-estimer. Sans elle, les mers ne…

— AHHH !

— Calmez-vous, suggéra Angela.

— Me calmer ! Me calmer ! Vous vous êtes introduits dans ma chambre ! Comment avez-vous fait pour entrer, d'ailleurs ?

— Nous avons emprunté le passage secret.

— Quel passage secret ?

Angela étudia sa principale suspecte. N'en avait-elle donc aucune idée ?

— Il y a une porte derrière le rideau, précisa Achim.

Il s'avança et tira le rideau pour laisser apparaître la porte.

— Que dia…

Alexa regarda la porte, bouche bée.

— Le passage secret conduit au hangar à bateaux, expliqua Achim.

— Et vous l'avez emprunté ?

— Oui.

— Pourquoi ?

Pour répondre honnêtement à cette question, il aurait fallu dire : « Parce que nous pensons que vous êtes la meurtrière et que nous voulons prouver qu'après avoir empoisonné Philipp, vous vous êtes échappée discrètement de la cave par le passage secret, malheureusement il ne débouche pas dans la cave mais vous n'en êtes pas moins suspecte ! Le fait que l'homme à qui vous voulez vendre le château soit aussi votre amant constitue un nouveau mobile. »

Il aurait été peu judicieux de formuler les choses ainsi. En même temps, il était vain de continuer à discuter de la rotation de la Terre. Angela opta pour une offensive contrôlée.

— Nous pensons que Philipp a été assassiné.

— Lui... assassiné ?

Alexa semblait choquée. Angela mit mentalement l'accent sur le verbe « sembler » car sa principale suspecte était comédienne de métier.

— D'après la police, c'était un suicide.

— Nous pensons que quelqu'un a versé le poison dans son verre.

— Mais la cave était verrouillée de l'intérieur et il était complètement seul.

— Il doit y avoir un passage secret.

— Mais ce passage-là débouche dans la chambre, dit Alexa en montrant la porte.

— Il y en a forcément un autre, insista Angela en regardant Alexa d'un air scrutateur ce qui n'échappa pas à l'intéressée.

— Attendez un peu... Vous... vous ne croyez quand même pas que j'ai tué mon Philipp !

— En tout cas vous avez un amant.

— Philipp n'a pas arrêté de me tromper, lui aussi.

— Encore un mobile...

— Je ne l'ai pas tué !

Angela observa la femme tout en essayant de se mettre à sa place. Si elle était innocente, pourquoi ne les jetait-elle pas dehors, pourquoi ne les dénonçait-elle pas pour violation de domicile ? Elle semblait réfléchir.

— Supposons que Philipp ait vraiment été assassiné, dit-elle.

— Oui ?

— Dans ce cas, je peux vous dire qui l'a tué.

L'assassin qui accuse une autre personne, c'est un classique, pensa Angela. Et pourtant, elle voulait entendre ce qu'Alexa von Baugenwitz avait à dire :

— Qui ?

— Philipp a bien dessiné une lettre sur un bout de papier avant de mourir ?

— Oui.

— Je sais qui désigne cette lettre.

— Qui ?

— Une personne qui a un mobile encore plus valable que le mien.

— Et qui est cette personne ?

Alexa hésita.

— Vous ne voulez pas le dire ?

— Cette femme est dangereuse, elle ne recule devant rien.

Alexa se mit à trembler.

Angela se demanda tout à coup si ses tremblements étaient réels ou si c'était de la comédie.

— Je vous protégerai, proposa Achim.

Il fit mine de la débarrasser de sa peur sans parvenir à la convaincre. Il est vrai que sa modeste carrure le desservait et la veuve se mit à trembler de plus belle. Angela se demanda donc si la mystérieuse femme dont parlait Alexa n'était pas véritablement l'assassin. Pour la calmer, au cas où elle jouerait la comédie, et la pousser ainsi à dévoiler le secret du *a*, Angela suggéra :

— La police peut vous aider.

— Le commissaire est un raté.

Comme Angela ne trouvait rien à objecter elle proposa :

— Je mettrai mon garde du corps à votre disposition.

Alexa réfléchit puis finit par céder.

— Très bien. La lettre désigne…

— *Honey, I will come in now*, cria Wood de l'autre côté de la porte.

— *Wait a minute!*

— *No, I am freezing!*

— *Please wait one more minute!* (Alexa regarda Angela.) Vous devez partir. Je ne peux pas parler plus longtemps. Woody pourrait tout entendre et tout ça doit absolument rester entre nous. Personne ne doit savoir. Parlons demain matin bonne heure. À l'abri des regards.

— Quand et où ?

— Le temple ouvre à six heures. Retrouvons-nous à six heures passées devant l'autel.

— D'accord.

— Et maintenant, partez !

Angela et Achim regagnèrent rapidement le passage secret. Pendant qu'Angela gravissait les derniers échelons pour rejoindre le hangar, elle se dit que soit Alexa disait la vérité et avait vraiment peur du mystérieux *a*, soit le rendez-vous à le temple était un piège.

28

Quand Angela et Achim tournèrent à l'angle de leur rue vers deux heures du matin, toutes les maisons étaient plongées dans l'obscurité. Sauf une. La leur. Devant la porte se tenait Mike. Comme un père qui attend son fils la nuit. Son fils au volant du SUV familial acheté à crédit et éraflé à plusieurs endroits de la carrosserie après une soirée trop arrosée.

— Mike n'a pas l'air franchement enthousiaste, constata Achim.

— Non, en effet.

Angela se sentait un peu coupable d'avoir dupé son garde du corps.

— On a presque envie de rebrousser chemin en le voyant, fit remarquer Achim.

— Il ne va pas nous passer un savon.

— Je n'en serais pas si sûr à ta place.

— Je suis sa supérieure hiérarchique.

— C'est son job de te protéger et il n'a pas pu le faire.

En voyant la mine sombre de Mike de plus près, Angela glissa à voix basse à son mari :

— Effectivement, je n'en suis plus si sûre.

L'espace d'une seconde, elle crut voir de la fumée s'échapper des oreilles de Mike mais ce n'était que le halo de la lumière de la cuisine à travers la fenêtre.

— Où étiez-vous ? demanda Mike d'un ton qui laissait à penser qu'il aurait préféré hurler.

— Eh bien, commença Achim, embarrassé, on ne peut répondre à cette question ni d'un point de vue philosophique, ni d'un point de vue scientifique, par exemple avec la rotation de la Terre et…

Mike le regarda comme s'il s'apprêtait vraiment à hurler.

— … je laisse à votre supérieure le soin de répondre.

Achim se posta un demi-pas derrière sa femme, laquelle opta pour la fuite en avant.

— Nous nous sommes introduits dans le château.

— Quoi ? hurla Mike pour de bon.

— Nous nous sommes introduits dans le château, répéta Achim qui était d'une nature très serviable.

— J'ai bien compris ! C'est juste que je n'arrive pas à y croire ! Quelqu'un aurait pu vous surprendre.

— C'est exactement ce qui s'est passé !

Angela regretta l'intervention d'Achim.

— Qui vous a surpris ? demanda Mike, horrifié.

— Alexa von Baugenwitz, avoua Angela.

— Et un Texan presque à poil, compléta Achim.

— Un Texan presque à…

Mike tenta de digérer ces informations surprenantes sans y parvenir.

— … poil, conclut Achim, décidément toujours prêt à aider.

Le garde du corps secoua la tête.

— Et moi qui croyais que ce poste ménagerait mes nerfs ! Quel crétin je fais !

— Il ne s'est rien passé, minimisa Angela.

— Exactement, approuva Achim. Le Texan voulait certes assommer Angela avec la bouteille de champagne.

— Qu'est-ce qu'il voulait ?

— L’assom…

— *Puffel*, n’insiste pas !

— Écoutez, je vous ai dit de ne pas sortir toute seule ! Je ne peux pas faire mon travail si vous agissez dans mon dos ! Je démissionne !

Cette nouvelle toucha Angela beaucoup plus que les volontés de démission de certains de ses ministres. Honnêtement, dans la plupart des cas, elle s’était même réjouie de ne plus les revoir. En cet instant, elle réalisa combien elle s’était attachée à Mike. Il n’avait pas le droit de démissionner !

— Ça n’arrivera plus, promit-elle, pleine de remords.

— Vous l’avez déjà dit. Vous me l’avez même juré !

— Oui, mais j’avais croisé les doigts derrière mon dos, avoua Angela qui se sentit encore plus coupable. Elle savait qu’on exigeait de Mike qu’il donne sa vie pour elle et voilà comment elle le remerciait : en lui racontant des mensonges comme une gamine.

— QUOI ?

Mike parut particulièrement blessé par la duperie.

— Elle a croisé… voulut expliquer Achim.

— Je ne suis pas sourd ! hurla Mike.

Achim, effrayé, fit un pas en arrière. Angela se sentit encore plus mal car Mike passait sa colère sur son époux, alors qu’elle aurait dû être dirigée contre elle. Avant qu’elle n’ait la chance de s’expliquer, quelqu’un cria par la fenêtre ouverte de la maison d’en face :

— Silence ou j’appelle la police !

Angela se tourna vers Mike.

— On devrait rentrer.

— Il faut que je fasse ma valise de toute façon !

— Mike, j’ai besoin de vous.

— Apparemment, non !

— Et si nous parlions de tout ça calmement, l'implora Angela tandis qu'ils entraient dans la maison.

— Pas le temps, les valises ne vont pas se faire toutes seules.

— Il me reste encore trois de ces muffins à la vanille que vous aimez tant.

— Bon d'accord, j'ai encore un tout petit peu de temps.

Ils allèrent dans la cuisine. Angela posa les muffins sur la table et Achim ouvrit une eau-de-vie à l'abricot qu'il avait lui-même distillée et en versa dans un verre sans en proposer aux autres. Il savait d'expérience que tous ceux qui avaient goûté une fois cet alcool incroyablement fort ne voulaient pas de deuxième verre.

— Je suis sincèrement désolée de vous avoir causé autant de souci.

— Qui dit que je me suis fait du souci ? répliqua Mike en jouant l'homme blessé et têtu.

— Ne démissionnez pas, je vous en supplie !

Comme Mike ne répondait pas, Angela décida de jouer sa dernière carte. Il fallait qu'elle le prenne par les sentiments. Son honneur professionnel !

— J'aurai besoin d'une protection dès demain matin. Où voulez-vous que je déniche un garde du corps aussi vite ? Vous n'envisagez quand même pas de me laisser affronter seule un danger potentiellement mortel ?

— Mortel ? dit Mike alarmé.

— M… mortel ? répéta Achim qui se resservit immédiatement d'eau-de-vie à l'abricot.

— Il se pourrait qu'Alexa von Baugenwitz nous tende un piège.

— Tu crois ? demanda Achim.

— Tout bien considéré, je pense même que c'est fort probable : elle hérite du château. Elle ne pleure pas du tout la mort de son mari. La nuit suivant son décès, elle couche même avec un autre type à qui elle a vendu le château.

— Oui, dit Achim, c'est ce qu'on appelle une veuve joyeuse.

— Je parlerais plutôt de veuve noire.

— Elle n'oserait jamais s'en prendre à toi.

— S'en prendre à nous ! Nous sommes les seuls à être au courant de sa liaison. Les seuls à la croire coupable.

— Non, une femme ne prendrait jamais un tel risque, aussi insensible fût-elle.

— Et si c'est une psychopathe ? demanda Angela.

— Tu crois que c'est le cas ?

— Encore une fois : elle ne semble pas affligée par la mort de son mari. Et se retrouve la nuit suivant sa mort au lit avec un Texan.

— C'est vrai que ça fait un peu psychopathe, frissonna Achim.

— Et c'est pourquoi j'ai besoin de vous, dit Angela à Mike.

— Ne devrais-je pas appeler des renforts ? demanda ce dernier.

Angela savait que ce serait plus sage. Elle aurait pu prendre elle-même le combiné et appeler le chef du BKA qui aurait déployé des unités entières pour la protéger mais elle n'avait aucune envie qu'ils viennent fourrer leur nez dans cette affaire. Elle voulait la résoudre toute seule, comme une vraie détective. Quel plaisir elle éprouverait si, en plus d'avoir fait ses preuves en politique et en science, elle remportait un succès en criminalistique ! Plus important encore, les habitants de Klein-Freudenstadt ne la verraient plus comme une ex-chancelière à la retraite mais comme un membre précieux de la communauté grâce à qui le village était plus sûr. Ils lui réserveraient forcément un accueil beaucoup plus chaleureux.

— Vous arriverez bien à gérer une femme, dit-elle à Mike.

— Pas celles de ma vie, soupira Mike. Mais celles que je croise dans le cadre de mon métier, oui.

— Vous voyez, nous n'avons pas besoin d'aller chercher des renforts.

— Ce job n'est vraiment pas bon pour mes nerfs.

— Mangez un muffin, ça calme, conseilla Angela en poussant un des gâteaux vers lui.

Le garde du corps ne se fit pas prier. Angela était tellement contente que Mike ne veuille plus démissionner ! Mais elle était nerveuse aussi en pensant au lendemain. Si Alexa lui tendait un piège, ce serait la preuve qu'elle était bien la meurtrière. Mais comme Mike la prendrait sur le fait, la veuve noire serait prise à son propre piège.

29

C'était une belle matinée.

C'était une funeste matinée.

Le soleil se levait sur la place du marché déserte de Klein-Freudenstadt et baignait le clocher d'une lumière rouge sang. L'air était imprégné de l'odeur alléchante des petits pains qui sortaient du four dans la boulangerie toute proche curieusement appelée Boulangerie Wurst. Mike soupira malgré les trois muffins de la veille au soir.

— Ça ouvre carrément l'appétit.

— Moi, j'aurais plutôt besoin d'un verre d'eau-de-vie, dit Achim en montrant craintivement le temple.

— Si tu en bois un troisième sans te brûler l'œsophage au deuxième degré, tu seras considéré comme un miracle de la médecine.

Dans d'autres circonstances, Achim aurait ri de la plaisanterie mais la peur l'empêchait de sourire. Mike aussi semblait nerveux. Il n'arrêtait pas de vérifier si son pistolet était bien calé dans son holster. Angela était la seule de la petite troupe à être d'humeur positive. Certes, la situation qui les attendait était potentiellement dangereuse. Mais aussi stimulante. Excitante. Tout simplement euphorisante. Ils s'apprêtaient à appréhender une meurtrière. C'était quand même autre chose que de lire une déclaration à la fin d'un sommet international.

Un seul être parmi eux avait la même humeur que d'habitude. Il trottinait au milieu de la troupe sur les pavés de la place du marché. Au départ, Angela voulait laisser le petit carlin à la maison mais il avait pété si fort qu'un autre désastre à la « tapis Flokati » menaçait.

Si quelqu'un s'était trouvé sur la place du marché, le boulanger Wurst par exemple, il aurait sans doute pensé que tous les quatre ressemblaient avec le soleil levant en toile de fond à une équipe de pilotes de course de *Fast and Furious*. Ils n'avançaient certes pas au ralenti mais plus ils approchaient du temple, plus ils progressaient lentement.

— Il n'est pas trop tard pour faire demi-tour, fit valoir Achim.

— Il ne va rien nous arriver, répondit Angela.

— Derniers mots célèbres.

Mike avait encore eu recours à son dicton préféré.

— Qu'est-ce que vous voulez dire ? demanda Achim.

— Nous en discuterons plus tard, intervint Angela qui sentait la nervosité de son mari la gagner.

— J'espère vraiment que votre plan va fonctionner, dit Mike.

— Et moi donc ! lâcha Achim.

— Il va marcher à coup sûr, affirma Angela qui cherchait aussi à dissiper ses propres doutes.

— Derniers mots célèbres, marmonna Mike.

— Arrêtez de dire ça à tout bout de champ, gémit Achim.

Angela voulait appuyer la demande son mari mais comme ils approchaient de l'entrée du temple, elle préféra se concentrer sur la mission à venir :

— Revoyons le plan une dernière fois. Je vais devant l'autel où m'attend Alexa von Baugenwitz.

— Moi, compléta Achim d'une voix chevrotante, je reste devant la porte. Et au moment où la femme avoue son crime…

— … mais avant qu'elle ne dégaine une arme pour nous menacer avec…

— … j'ouvre la porte…

— … et moi j'entre avec le pistolet dégainé, conclut Mike.

— Exact, se réjouit Angela.

Le plan était simple. C'était un vrai changement à côté de ceux qu'elle avait dû élaborer à la chancellerie. Il fallait toujours prendre en compte des centaines de variables et des milliers d'issues potentielles. Il y avait les choses qu'on savait à l'avance, les choses qu'on ne savait pas, les choses dont on savait qu'on ne les savait pas, et les choses dont on ne savait pas qu'on ne les savait pas. Et toutes ces choses pouvaient se retourner contre vous.

Ah, c'était tellement agréable de pouvoir raisonner logiquement de A à B, en ligne droite, sans qu'un alphabet sumérien entier ne vienne s'intercaler entre les deux lettres, entremêlé de sinogrammes hachurés par un fou qui aurait écrit par-dessus un alphabet morse de sa propre invention.

— Ouaf, aboya Poutine en levant la tête.

Il semblait avoir découvert quelque chose sur le clocher.

— Il y a quelque chose là-haut ? demanda Mike, alarmé.

— Une corneille ou un autre oiseau peut-être, supposa Angela.

— Et si la veuve noire avait appelé des renforts ? lâcha Achim, de plus en plus nerveux.

— Des renforts ?

— Le Texan à poil par exemple.

— Je ne veux plus entendre parler du Texan à poil, gémit Mike.

— Ça se comprend.

— Si Alexa nous menace vraiment avec une arme, c'est une psychopathe. Le Texan ne la soutiendra pas, parce qu'il n'a rien d'un psychopathe, expliqua Angela.

— Il veut aller sur Mars quand même ! objecta Achim.

— Il est de bon ton d'aller sur Mars chez les milliardaires de la Silicon Valley.

— Et si Alexa mettait moins de temps à dégainer son arme que vous à ouvrir la porte ? s'inquiéta Mike.

— On peut toujours compter sur mon Achim, dit Angela en souriant.

Sa confiance calma un peu Achim.

Ils se tenaient juste devant le temple à présent. Angela était même postée sur la Pierre des larmes que les habitants de Klein-Freudenstadt avaient autrefois dédiée à Adelheid von Baugenwitz parce qu'elle avait libéré le village de la tyrannie de son époux Balduin et qu'elle s'était ensuite donné la mort en sautant du haut du clocher. Angela inspira et expira profondément. Mike et Achim l'imitèrent. Puis elle appuya sur la poignée. Alexa von Baugenwitz avait dit vrai, la porte n'était pas fermée à clé. Pourtant, Angela hésitait à entrer dans le temple. Elle était certes impatiente à l'idée de confondre une meurtrière mais elle avait conscience de ne s'être jamais retrouvée dans une situation aussi dangereuse. Ni lors de ses visites surprises en Afghanistan pour encourager ses troupes. Ni lors des manifestations du mouvement Pegida. Ni même lorsque Silvio Berlusconi avait voulu la serrer dans ses bras. Il ne s'agissait pas uniquement de démasquer une meurtrière, il fallait aussi l'empêcher de tuer d'autres personnes. Juste au moment où elle s'apprêtait à ouvrir la porte, Poutine aboya.

— Ouaf !

Angela s'immobilisa.

— Ouaf ! Ouaf ! Ouaf !

Tous levèrent les yeux vers le clocher.

— Oh ! Oh ! dit Achim.

— Et merde ! s'exclama Mike.

Alexa von Baugenwitz était debout sur la balustrade du clocher.

Jusqu'à ce qu'elle n'y soit plus.

Et tombe.

Mike écarta Achim, Angela et Poutine de sa trajectoire, les fit coucher à terre et les protégea de son corps massif.

Alexa von Baugenwitz s'écrasa à tout juste un demi-mètre d'eux.

Sur la Pierre des larmes exactement.

30

Les pensées se bousculaient dans la tête d'Angela. *Mon Dieu, mon Dieu, elle s'est suicidée* ; *Mon Dieu, elle a failli tomber sur Achim et le tuer* ; *Moi aussi* ; *Je préfère mourir à la place d'Achim* ; *Aïe, Mike est vraiment lourd* ; *Finalement, il devrait manger un peu moins de gâteaux* ; *Ou au moins renoncer à la crème* ; et : *C'est bizarre tout ce qui nous passe par la tête dans les moments de stress intense.*

— Euh, râla Achim dont le corps mince était presque écrasé par l'imposant Mike, vous pourriez vous lever ?

— Seulement quand il n'y aura plus de danger.

— Et comment voulez-vous le savoir en restant couché sur nous ? maugréa Achim.

— Bien vu, concéda Mike qui se leva aussitôt et dégaina son pistolet.

Angela et Achim se mirent debout eux aussi quoique pas aussi prestement que Mike. Alors qu'Angela s'apprêtait à regarder la défunte Alexa von Baugenwitz, Achim mit sa main devant ses yeux.

— Tu m'expliques ce que tu es en train de faire ?

— C'est une vision trop horrible pour toi.

— Hier, nous avons assisté à l'autopsie d'un cadavre. Je n'ai pas été malade, objecta Angela.

Mike faisait tout son possible pour ne pas regarder en direction de la morte. Il était déjà un peu pâle mais semblait maître de la situation. Il remit son pistolet dans son holster, signe qu'il n'y avait apparemment plus de danger.

À cet instant, Angela remarqua que son mari tremblait. Elle prit sa main pour l'apaiser et il se calma aussitôt. Elle regarda ensuite la défunte Alexa. S'était-elle donné la mort en sautant dans le vide parce qu'elle était rongée par la culpabilité ? Comme la femme du bourreau Balduin au XVIIe siècle ? Au cours de sa carrière politique, Angela avait acquis la certitude que l'histoire ne se répétait pas. En général, l'histoire trouvait toujours quelque chose de nouveau, d'imprévu, comme si elle voulait dire aux plus intelligents des historiens : « Tralala, tralalère, on ne peut pas me prévoir, vous n'aviez qu'à étudier du concret, vous n'aviez qu'à apprendre un vrai métier, agent technico-commercial par exemple. » Mais ici à Klein-Freudenstadt, l'histoire semblait vraiment se répéter : une femme tuait son mari volage et se jetait du haut du clocher.

Angela se fit cette réflexion pendant 43 secondes, le temps qu'Achim reprenne contenance et que Mike s'évertue à ne pas regarder le corps. À la 44e seconde, Poutine se mit à aboyer.

— Qu'est-ce qui se passe ? demanda Angela.

— Ce n'est pas le chien qui va pouvoir te répondre, constata Achim.

— Chut !

— Chut ?

— Il a peut-être entendu quelque chose.

Achim, Mike et Angela tendirent l'oreille mais Poutine jappait de plus en plus fort.

— Toi aussi tu te tais ! Chut ! ordonna Angela.

Le carlin la regarda. L'espace d'un instant, Angela crut qu'il avait réagi à son autorité naturelle comme les fonctionnaires de la chancellerie. Pourtant, Poutine se remit à japper de plus belle. Elle sortit précipitamment de la poche de son blazer un biscuit pour chiens et fit ainsi taire Poutine. Le carlin se jeta sur le biscuit et à peine l'eut-il englouti qu'il la regarda avec des yeux qui disaient : « Encore, encore, donne-m'en encore, je suis tellement mignon, tu ne peux pas faire autrement que de m'en donner encore. »

Angela lui donna d'autres friandises et tendit l'oreille.

Des pas.

C'étaient des pas !

Dans le temple !

— Il y a quelqu'un, constata Mike.

Il dégaina aussitôt son pistolet.

Achim s'étant remis à trembler, Angela serra sa main un peu plus fort. Elle se dit que la personne dans le temple (il n'y avait que des suspectes) pouvait très bien avoir poussé Alexa.

— J'y vais, dit Mike en ouvrant prudemment la porte.

— Moi aussi, s'apprêtait à murmurer Angela, mais à peine eut-elle ouvert la bouche que Mike la contra :

— N'y pensez même pas.

Angela referma la bouche.

Mike entra dans le temple. Après avoir fait quelques pas, il cria :

— Eh arrêtez-vous !

Angela était désormais certaine que l'histoire ne se répétait pas ici non plus. Il y avait une meurtrière dans le temple. Peu importe la mise en garde de Mike, il fallait qu'elle aille voir. Une bonne détective démasque un assassin grâce à ses déductions géniales (de préférence) mais il arrive qu'on prenne le coupable sur le fait. Comme Angela s'était jusqu'à présent honteusement trompée dans ses déductions, la deuxième option semblait la plus sûre pour élucider l'affaire.

Angela lâcha la main d'Achim et le laissa avec Poutine fort déçu de ne plus avoir de friandises. Elle regarda furtivement à l'intérieur du temple mal éclairé. Elle vit Mike courir en direction de l'autel, puis distingua une silhouette qui s'enfuyait vers la porte latérale : elle était entièrement vêtue de noir et portait une capuche. Un fantôme de la nuit.

La silhouette ne tarda pas à disparaître. La porte se referma en claquant. Quand Mike l'eut atteinte, il secoua la poignée mais fut incapable de l'ouvrir. Il donna un coup de pied dedans en vain.

— On va contourner le temple, dit Angela à Achim.

— Tu as entendu ce que Mike avait dit, n'est-ce pas ?

— Oui.

— Mais tu ne veux pas l'écouter ?

— Bonne déduction, répondit Angela qui se mit à courir le plus vite possible. Derrière elle, elle entendit Achim se mettre en mouvement tout en murmurant :

— Pour le meilleur et pour le pire.

À peine eurent-ils tourné à l'angle du bâtiment qu'ils virent une silhouette vêtue de noir à environ vingt mètres d'eux.

— Elle vient droit sur nous, dit Achim en déglutissant.

— Oui.

Cette perspective n'enchantait guère Angela. Pour la première fois depuis le début de l'enquête, elle avait peur de son propre courage. Elle aurait aimé tourner les talons et s'enfuir en courant mais à quoi bon ? Elle serait trop lente pour échapper au fantôme. Achim, quoique plus rapide qu'elle, n'y parviendrait pas non plus. Ce qui était beaucoup plus grave car elle serait alors responsable de sa mort.

Angela entendit Poutine aboyer derrière elle. Pourrait-il la sauver ? Il se posta à côté d'elle et jappa. Il n'arrêtait plus de japper mais au lieu de menacer la silhouette qui ne se trouvait plus qu'à dix mètres environ, le carlin aboyait en fixant la poche de blazer d'Angela. Il voulait les biscuits, rien de plus. Tout à coup, ils entendirent un coup de feu.

— Nom d'un petit bonhomme ! cria Achim

— Nom de Dieu ! cria Angela qui n'aurait jamais eu idée d'utiliser l'expression « Nom d'un petit bonhomme » dans de telles circonstances.

— À l'aide ! cria la silhouette devant eux.

Elle avait une voix grave, pas du tout féminine, mais son accent n'avait rien de texan.

— Restez où vous êtes ! cria Mike qui était sorti en courant du temple et les avait rattrapés après avoir lancé le tir de sommation avec son pistolet. La silhouette, dont le visage n'était pas reconnaissable dans l'ombre du temple, resta figée, leva les mains et supplia :

— Ne tirez pas s'il vous plaît.

— Donnez-moi une bonne raison de ne pas le faire, répondit Mike.

— Parce que j'ai tellement peur que je vais me pisser dessus.

— Une bonne raison, j'ai dit.

— Je vous donne tous les objets précieux du temple. Et je n'appellerai pas la police.

— Quoi ? demanda Mike.

— Prenez la quête aussi, tant pis pour Pain pour le Monde !

— De quoi parlez-vous ?

— Vous voulez piller le temple, non ?

— Euh… non.

Mike était complètement largué. Au contraire d'Angela qui avait compris que l'homme devant elle n'était pas le fantôme du temple mais une tout autre personne :

— Vous êtes le pasteur ?

— Mais oui, qui voulez-vous que je sois ?

— Le meurtrier, suggéra Achim en guise de réponse.

— Quel meurtrier ?

— Celui d'Alexa von Baugenwitz, expliqua Angela.

Le pasteur resta sans voix.

— Et il, ou plutôt elle, a pris le large maintenant, soupira Angela.

31

— Un meurtre ? Vous plaisantez ? demanda le commissaire Hannemann tout en s'avachissant sur l'un des bancs du temple.

Ils s'étaient tous repliés à l'intérieur de l'édifice pendant qu'on emportait le corps d'Alexa von Baugenwitz. Comme il était encore tôt, il n'y avait pas de badauds mais il était préférable pour tous les protagonistes qu'Angela fût hors de vue au cas où des journalistes viendraient rôder sur les lieux du crime.

— Un meurtre, confirma Angela qui se tenait devant le commissaire.

Hannemann soupira.

— Nous avons vu une suspecte mais nous n'avons malheureusement pas pu la reconnaître.

Hannemann soupira de plus belle.

— Elle s'est enfuie du temple en courant.

Hannemann soupira comme personne n'avait soupiré auparavant.

— Vous ne pouvez pas faire autre chose que soupirer ?

— Pas quand j'écoute vos chimères.

— Non mais franchement ! protesta Achim depuis l'autel.

Il était en train de regarder les vitraux colorés où des saints tuaient des dragons, parlaient avec des animaux ou levaient simplement la tête vers le ciel.

Mais Hannemann poursuivit imperturbablement :

— Ça s'est bien passé comme ça : votre garde du corps a vu le pasteur qui a pris peur et s'est enfui ?

— Ce n'était pas le pasteur, intervint Mike qui était assis quelques rangées derrière Hannemann. Je n'ai peut-être pas vu grand-chose mais j'en suis absolument certain.

Hannemann soupira à nouveau.

— Demandez vous-même au pasteur, suggéra Angela. Il vous dira qu'il n'était pas dans le temple avec Mike.

— Impossible pour le moment. Il se change.

— Alors attendons qu'il ait fini.

— Ça va durer.

— Pourquoi ?

— Il voulait se doucher. C'est fou ce qu'il pue !

Angela préféra tenir sa langue plutôt que de dire « Vous aussi ». L'odeur qui émanait de l'homme lui rappelait fort celle de Horst Seehofer à la fin d'une longue nuit de négociations de la coalition au gouvernement.

— De toute façon, je n'ai pas le temps de l'attendre, dit Hannemann en se levant.

— Et pourquoi ?

— J'ai rendez-vous avec mon avocat pour le divorce.

— Et c'est plus important qu'un meurtre ?

— Si je ne divorce pas rapidement, c'est moi qui vais en commettre un sur la personne de mon ex-femme.

Hannemann sortit de la rangée et s'apprêtait à partir quand Angela se posta devant lui pour lui barrer la route.

— C'est le genre de rendez-vous qu'on peut facilement reporter.

— Pas quand l'avocat en question part ensuite dans sa *finca* à Mallorca pour six semaines. Ils ont la belle vie, les avocats…

— Votre vie privée ne peut quand même pas passer avant votre devoir professionnel, s'énerva Angela.

Même le jour de son 66e anniversaire, elle négociait encore à minuit avec Emmanuel Macron et Giuseppe Conte alors qu'elle aurait préféré boire un verre de champagne au bar de l'hôtel avec Achim. Macron et Conte avaient toutefois eu la délicatesse de lui offrir un bouquet de 66 roses.

— Si c'était vraiment important, je songerais naturellement à reporter mon rendez-vous.

— Un meurtre, c'est important !

— C'était un suicide, comme pour Philipp von Baugenwitz.

— Deux suicides en si peu de temps, vous ne trouvez pas ça bizarre ?

— Écoutez, je comprends que vous vous ennuyiez maintenant que vous êtes à la retraite, dit Hannemann d'un ton condescendant.

— Pardon ?

Angela crut qu'elle avait mal entendu.

— Ce n'est sûrement pas facile à gérer quand on se rend compte qu'on ne sert plus à grand-chose.

— Je ne sers plus à grand-chose ?

— Oui, vous n'avez plus de responsabilités et plus personne ne s'intéresse à vous.

Angela n'en revenait pas.

— Quand notre maire a pris sa retraite au bout de vingt ans, il a compris que tout le monde avait été gentil avec lui par intérêt, parce qu'ils attendaient tous quelque chose de lui. Ça l'a anéanti mais ce n'est pas pour autant qu'il a inventé des affaires de meurtre à résoudre.

— Je n'invente pas des affaires de meurtre.

— Non, après avoir surmonté sa frustration, il s'est cherché un passe-temps. Il observe les oiseaux. Il les trouve beaucoup plus sympas que les humains. C'est ce que vous devriez faire vous aussi.

— Je ne risque pas d'observer les oiseaux.

— On a aussi beaucoup de grenouilles dans le coin.

— Ni oiseaux ni grenouilles.

— Les arbres alors ? On peut même les enlacer.

Angela l'aurait bien giflé ! Elle était habituée aux comportements outranciers de Trump, d'Orban ou de Poutine mais qu'un petit guignol comme lui ose lui parler comme ça juste parce qu'elle n'occupait plus le poste de chancelière, c'était le pompon !

— Quoi qu'il en soit, je vais chez mon avocat maintenant et ensuite je ferai mon rapport sur le suicide…

— Combien de fois faudra-t-il vous le répéter ? Ce n'était pas un suicide !

— Je ne veux plus entendre parler de ces conneries ! dit Hannemann qui ne soupirait plus du tout. Surtout de la part d'une vieille qui ne sait plus quoi faire de sa personne.

Angela se retint de le gifler pour le bien de l'enquête et s'efforça de rester constructive :

— Allez-vous au moins interroger le pasteur ?

— Oui, oui, si j'ai le temps… répondit le commissaire tout en marchant.

Angela le regarda s'éloigner. Elle savait qu'il n'en ferait rien. Il aurait tout aussi bien pu dire : « Je vais créer un groupe de travail. » Il était inutile d'attendre quoi que ce soit de cet homme.

— Vous voulez que je lui en colle une ? demanda Mike.

« Oui, volontiers », aurait aimé répondre Angela mais ce n'était pas la solution. Elle se contenta de secouer la tête tandis que Hannemann quittait le temple.

Juste à cet instant, une voix féminine rompit le silence :

— Moi aussi, j'ai souvent envie de lui en mettre une.

Ils regardèrent tous en direction de la porte latérale par laquelle la silhouette noire s'était enfuie une demi-heure auparavant. Elle était à nouveau ouverte et Lena, vêtue de son uniforme de police, venait d'entrer.

— Comment avez-vous fait pour ouvrir la porte ? demanda Angela.

— La clé était dans la serrure de l'autre côté, répondit Lena tout en lançant un petit sourire à Mike.

Il sourit à son tour, à la fois hésitant et épris. *En voilà au moins deux qui sont encore capables de sourire*, pensa Angela. Elle était encore plus furieuse contre elle-même que contre Hannemann. Si elle avait mieux fait son travail de détective, elle n'aurait pas eu à subir les engueulades de ce guignol.

— On devrait sortir par la porte latérale, dit Lena. Le reporter du *Templiner Käseblatt* est arrivé et fait le guet devant l'entrée. Vous feriez mieux de disparaître avant qu'il ne vous voie.

— Bonne idée, dit Achim en attrapant Poutine qui reniflait dangereusement une statue de Jésus.

Mike s'approcha de Lena et demanda :

— Il n'y a personne derrière le temple ?

— Non, vous pouvez passer par là sans souci.

— Très bien.

— Tu as un peu de temps ce soir ? demanda Lena.

Mike parut surpris d'entendre une telle question alors qu'il était en service.

— Oui, je pense.

— Si on allait se baigner au lac alors ?

Mike regarda machinalement son ventre.

Lena le tapota en riant.

— En nageant, on élimine les kilos superflus.

— Je… je n'ai pas de slip de bain.

— Pas la peine.

— Non ? demanda Mike dont la rougeur soudaine indiquait qu'il avait parfaitement compris ce que Lena voulait dire.

— Non.

La policière semblait prendre un malin plaisir à le faire rougir. Elle fit signe à tout le monde de la suivre vers la sortie latérale.

— Ah, le naturisme, dit Achim à Angela. Ça ne te rappelle pas notre jeunesse en RDA ?

Lena et Mike regardèrent Angela bouche bée. À l'évidence, leurs cerveaux luttaient de toutes leurs forces pour ne pas transposer ce qu'ils avaient entendu en images.

— On pourrait redevenir professionnels ? demanda Angela.

— Avec plaisir ! s'écrièrent Mike et Lena en chœur.

— J'étais juste plongé dans mes souvenirs, grommela Achim avant de sortir du temple avec Mike et Lena.

Angela s'arrêta devant la porte et l'étudia avec attention : Mike avait donné des coups de pied dedans pour essayer de l'ouvrir. Il avait enfoncé le bois, créant une fente qui ressemblait fort à celle de la porte des oubliettes.

Angela ignorait ce que ça signifiait pour son enquête, elle pressentait juste que ça pourrait expliquer pourquoi la porte de la cave était fermée de l'intérieur. Elle prit la résolution de résoudre cette énigme dans la journée. Il était enfin temps d'assumer pleinement son rôle de détective. C'est en se montrant déterminée qu'elle parviendrait à démasquer la coupable, aussi rusée fût-elle. La meurtrière devait être plutôt maligne parce qu'elle avait réussi à faire passer le meurtre de Philipp pour un suicide mais aussi celui d'Alexa von Baugenwitz qui semblait être une répétition de ce qui s'était passé au XVIIe siècle.

Angela allait montrer au commissaire de quoi elle était capable !

Et au monde entier qu'elle servait encore à quelque chose, même à la retraite.

Elle voulait surtout se le prouver à elle-même.

32

— Tu pourrais marcher plus lentement ? demanda Achim.

— Non, répondit Angela tout en s'approchant d'un pas décidé du château éclairé par le soleil du matin.

— Poutine est franchement lourd.

— Donne-le à Mike !

— Porter Poutine ne figure pas dans ma description de poste, objecta Mike tout en regardant le carlin qui bavait.

— Vous avez juste peur qu'il ruine votre veste, dit Achim.

— Bien sûr que j'ai peur, qu'est-ce que vous croyez ?

— Vous n'avez qu'à rentrer à la maison tous les deux, dit Angela, l'air morose.

— Je n'ai pas le droit de vous laisser seule, répliqua Mike.

— Moi non plus, pas ton état, ajouta Achim.

— Mon état ? Qu'est-ce que ça veut dire ? demanda Angela, encore plus morose.

— Rien, rien, minimisa Achim.

Quand son Angela était en rogne, on pouvait très vite devenir un dommage collatéral.

— Qu'est-ce qu'on fait là déjà ? demanda Mike.

— On ne prend plus de gants, annonça Angela.

— Oh ! Oh ! laissa échapper Achim.

— Que veut dire ce « Oh ! Oh ! » ?

Achim hésitait.

— Je t'ai posé une question.

— Quand tu fonces comme ça sans réfléchir, tu ne parviens à tes fins que dans 23,8 % des cas.

— Et qu'est-ce qui se passe ensuite ?

— Je n'ai qu'une chose à dire : « transition énergétique ».

— Ah oui ! Je vois, dit Mike.

— Je vais me payer Katharina von Baugenwitz, expliqua Angela tout en se dirigeant au pas de course vers l'entrée principale.

Mike lui barra la route.

— Vous vous mettez de plus en plus en danger. On sait maintenant qu'il y a bien un assassin même si cet abruti de commissaire ne veut pas l'admettre. Je vais demander des renforts pour votre protection.

— Pas question ! protesta Angela pendant que Mike sortait son téléphone portable. Je n'ai pas besoin de chiens de garde en plus.

— Mais…

— Et je ne veux pas que les médias pensent que je suis en danger.

— Mais…

— Et si vous passez vraiment ce coup de fil, j'en passerai un aussi pour vous faire muter.

Mike fut blessé par sa réplique.

— Et aujourd'hui même, avant votre rendez-vous.

Mike fut encore plus blessé.

— Mais c'est mon devoir, dit-il pourtant.

— Vous êtes sous mes ordres, je vous rappelle.

Mike recula de quelques pas.

— C'est vrai, admit-il, non sans amertume.

— Tu as été un peu dure avec lui, murmura Achim.

Angela regarda Mike. Oui, elle avait été injuste avec lui. Le pauvre homme faisait juste son travail. Pourtant, elle était beaucoup trop en rogne pour s'excuser maintenant. Elle le ferait plus tard une fois qu'elle aurait fait sa fête à Katharina von Baugenwitz qui était devenue sa principale suspecte. Il y avait sûrement une faille dans son alibi. Elle avait sans doute eu une certaine marge de manœuvre. La gérante du château avait toutes les raisons de détester Philipp et Alexa, qui avaient fait d'elle une femme trompée. De plus, l'histoire de la famille von Baugenwitz lui importait plus qu'à n'importe quelle autre personne sur cette Terre. Au point qu'elle s'était sans doute inspirée de l'histoire d'Adelheid et de Balduin pour commettre ses meurtres.

— Quand tu es d'aussi mauvaise humeur, tes chances de réussite tombent à 17,1 %.

— La ferme, Achim !

— Et quand tu en viens à me crier dessus, elles tombent à 13,5 %.

Angela prit une profonde inspiration. Achim avait raison. Elle devrait présenter ses excuses à son mari. Plus tard. Elle détourna les yeux de son époux et vit une Tesla rouge, sans aucun doute la voiture de l'investisseur texan. Apparemment il dormait encore. Il ne faisait pas partie des suspects. Il ne pouvait pas acheter le château à présent qu'Alexa était morte. Un crime passionnel n'était pas envisageable : il passait pour un playboy qui changeait aussi souvent de femme que Boris Johnson de ministres.

— Qu'est-ce que vous faites encore là ? les interpella Katharina von Baugenwitz sortie précipitamment du château. Vous ne pouvez pas respecter notre deuil à la fin ?

Angela doutait que Katharina fût particulièrement triste. Fidèle à la résolution qu'elle avait prise, elle demanda d'un ton direct et décidé à la gérante :

— Où étiez-vous ce matin à six heures ?

— Pardon ? demanda Katharina, furieuse.

— Vous m'avez parfaitement comprise.

Les deux femmes se fusillèrent du regard.

Et derrière Angela, Achim dit doucement :

— 7,9 %

— Pour qui vous prenez-vous à la fin ? De quel droit me posez-vous une telle question ? feula Katharina.

— Pourquoi ne répondez-vous pas ? Vous avez quelque chose à cacher ?

— Il y a eu deux suicides ici. Je suis en deuil. Et vous me traitez comme une suspecte ?

— 5,6 %, marmonna Achim.

— Ce n'étaient pas des suicides, clarifia Angela. Dans le temple, il y avait une personne habillée tout en noir. Nous ne l'avons pas vue distinctement. Mais il est clair que c'est elle qui a poussé Alexa du toit.

Katharina blêmit tout à coup.

— Alors où étiez-vous ce matin à six heures ?

La gérante chancelait.

— Si je vous dis où j'étais à six heures, vous partirez ?

— À condition que votre réponse soit convaincante.

— J'étais chez Angela Kessler.

— Et de quoi avez-vous parlé ?

— Elle n'a pas payé le fermage à l'échéance.

— Elle a des dettes ?

— Je ne suis vraiment pas en état de parler de ça, dit Katharina en se détournant.

Elle était blanche comme un linge. Comme la veille quand Angela avait évoqué devant Alexa et elle le *a* griffonné par le baron. À présent, l'une d'elles avait été assassinée et l'autre avait un alibi pour le soir où Philipp avait été tué et affirmait en avoir un pour l'heure du deuxième crime. La thèse selon laquelle Katharina était la meurtrière montrait quelques faiblesses.

Mais Angela ne voulait pas lâcher Katharina si facilement. Elle allait devoir faire preuve de ténacité. Elle devait s'accrocher pour avoir ses 81,4 % de chances de succès habituelles et non les 5,6 % annoncées par Achim. Aussi montra-t-elle le *a* qu'elle avait tracé la veille dans les graviers.

— Vous savez qui Philipp a voulu désigner.

Comment cette femme déjà si pâle pouvait-elle encore blêmir ?

— Qui ? insista Angela.

— Je ne vois pas… de quoi vous voulez parler. Écoutez, je ne me sens pas bien, je dois m'allonger, dit Katharina avant de tourner les talons et de disparaître dans le château.

Angela pensa : *Ce n'est peut-être pas elle la coupable, mais elle sait quelque chose.*

— Elle a joué la comédie, décréta Achim.

— Quoi ?

— C'est elle la coupable, pas de doute.

— C'est très simple à vérifier. Vous savez ce qu'on va faire ?

— Rentrer à la maison et déposer Poutine ? espéra Achim.

— Arrêter de nous mettre en danger ? proposa Mike.

— Ni l'un ni l'autre.

— Pourquoi ça ne me surprend pas ? dit le garde du corps en soupirant presque comme Hannemann.

— Parce que ma femme nous surprendra toujours, avança Achim, non sans fierté.

— Mais je viens de dire qu'elle ne m'avait pas surpris.

— Attendez, ce qu'elle va nous dire maintenant va très certainement vous surprendre.

— On va à la ferme, dit Angela en souriant.

— La ferme ? s'étonna Mike.

— Qu'est-ce que j'avais dit ? lança Achim en lui souriant.

— Qu'est-ce que vous voulez faire dans une ferme ?

— Vérifier l'alibi de Katharina pour ce matin.

33

Angela et Mike traversèrent l'un des nombreux champs qui appartenaient au domaine du château. Achim était rentré à la maison avec Poutine pour lui donner ses croquettes du matin. Un chien ne pouvait pas se nourrir uniquement de friandises.

— Pourquoi la tenue de service des gardes du corps est-elle noire au fait ? demanda Mike qui souffrait de la température estivale.

— Les femmes de la garde rapprochée de Kadhafi avaient des tenues ultracourtes, répondit Angela.

— Je préfère ne pas vous imposer ce spectacle.

— Je suis sûre que vous allez plaire à Lena.

Mike rougit.

— Je suppose que Lena vous plaira aussi.

Mike rougit encore plus.

Angela prenait beaucoup trop de plaisir à déstabiliser le pauvre homme. Elle prit la résolution de le ménager un peu. Plus tard !

— Il faudra vous habituer, nous, les femmes de l'Est, nous aimons bien prendre l'initiative, dit-elle.

Le visage déjà rubicond de Mike se couvrit de taches rouge sombre. En d'autres circonstances, Angela se serait livrée à une petite expérience pour voir combien de taches rouges on pouvait faire apparaître sur les joues de Mike.

Mais elle était là pour se payer la femme qui labourait son champ sur son tracteur à cinquante mètres d'eux.

— Bonjour ! cria Angela par-dessus le bruit de l'engin.

Elle avança jusqu'au milieu du champ et fit de grands signes. Son homonyme ne répondit ni à ses signes ni à son salut. Elle continua à avancer sur son tracteur, se dirigeant droit sur Angela. Elle ne fit pas mine de freiner mais n'accéléra pas non plus.

— Attention de ne pas vous faire écraser, dit Mike à Angela.

— Ça ne risque pas d'arriver.

— Derniers mots célèbres.

— J'aimerais beaucoup que vous ne prononciez plus ces mots en ma présence.

Le tracteur approchait dangereusement et l'agricultrice ne semblait nullement disposée à ralentir. Pas même, alors qu'elle ne se trouvait plus qu'à dix mètres d'Angela qui ne voulut pas lui faire le plaisir de s'écarter. Campée au milieu du champ, elle rappelait par sa détermination Gary Cooper dans l'un des grands classiques du Western, *Le train sifflera trois fois.* Encore aurait-il fallu que Gary Cooper portât un pantalon noir et un blazer couleur magenta.

Angela voyait à présent le blanc des yeux de l'agricultrice et l'expression dégoûtée de son visage. Elle afficha pour sa part une expression impassible qui n'était pas loin de rappeler celle de Doc Holliday dans l'un des grands classiques du Western, *Règlement de comptes à OK Corral.* Encore aurait-il fallu que Doc Holliday formât un losange avec ses mains pour impressionner son adversaire lors de ses parties de Poker.

Le tracteur n'était plus qu'à cinq mètres de distance. Mike tripotait son pistolet. Il allait sans doute bientôt le dégainer et se poster devant le tracteur. Pour l'en empêcher, Angela aurait dû s'écarter. Pourtant, elle ne voulait pas montrer la moindre faiblesse.

Les deux femmes ne se contentaient pas de se regarder dans les yeux. Elles se livraient à un véritable duel par regards interposés. Angela n'était pas loin de rappeler Burt Lancaster avant la fusillade dans *Règlement de comptes* à *OK Corral*.

Comme Burt Lancaster, Angela gagna son duel, mais sans échanges de coups de feu. L'agricultrice arrêta son tracteur à quelques mètres seulement d'Angela. Elle était énervée parce qu'elle avait dû interrompre son labour mais surtout parce qu'elle avait perdu son duel par regards interposés.

— Qu'est-ce que vous voulez ?

— J'aimerais discuter avec vous.

— J'ai du travail.

— Je peux m'asseoir à côté de vous sur le tracteur.

L'autre Angela avait déjà dû paraître plus enthousiaste dans sa vie.

— Dans ce cas, je dois monter sur le tracteur moi aussi, marmonna Mike.

— Parce que vous croyez que je vais m'en prendre à votre chancelière ?

— Ex-chancelière, rectifia Angela.

— Mon devoir est de la protéger, dit Mike.

— Vous n'avez qu'à nous suivre, répliqua l'agricultrice.

Angela monta sur le tracteur.

— Faites ce qu'elle vous dit, demanda-t-elle à son garde du corps.

L'ex-chancelière n'eut pas le temps de s'asseoir que l'autre démarrait. Angela faillit tomber, un résultat que l'agricultrice n'avait pas seulement envisagé mais aussi espéré. C'était sans compter sur la grande expérience d'Angela qui, lors de ses voyages d'État, avait dû monter à dos de chameau ou d'éléphant. S'asseoir dans un tracteur en marche, ce n'était rien à côté. Elle prit place à côté de la femme qui fit tourner l'engin pour creuser le sillon suivant. Mike les suivait à grandes enjambées tout en respirant les gaz d'échappement.

— Cet Uckermark est encore pire que Bagdad, marmonna-t-il.

— Alors qu'est-ce que vous me voulez ? demanda l'agricultrice sans gratifier Angela d'un regard.

— Alexa von Baugenwitz a été assassinée ce matin.

— Nom de Dieu ! s'exclama l'autre Angela qui ne semblait ni particulièrement triste, ni déjà au courant du meurtre. On sait déjà qui c'est ?

— C'est justement ce que j'essaie de découvrir.

— Vous ?

L'agricultrice finit par regarder Angela en ricanant.

— Oui, moi.

— Vous vous surestimez vraiment, lâcha l'agricultrice en riant.

Cette remarque blessa Angela. D'abord elle avait dû supporter la condescendance du commissaire Hannemann et maintenant elle devait composer avec cette femme qui la trouvait ridicule. Elle allait leur montrer de quoi elle était capable !

— Je crois que Philipp von Baugenwitz a été assassiné lui aussi.

— Ça ne m'étonnerait pas.

— Non ? s'étonna Angela.

L'agricultrice était la première suspecte à ne pas rejeter d'emblée la thèse du meurtre.

— Toutes les femmes du coin sont passées dans son lit.

— Philipp le chaud lapin, marmonna Mike entre deux quintes de toux.

— Et ça ne lui posait aucun problème de faire souffrir les femmes.

— Il vous a fait souffrir, vous aussi ? demanda Angela.

L'autre Angela arrêta si brusquement le tracteur que Mike faillit lui rentrer dedans.

— Descendez.

— Je suppose que ça veut dire : « Oui, moi aussi j'ai eu une liaison avec lui. »

Angela ne voyait pas pourquoi elle ménagerait les sentiments de cette femme.

— Descendez, j'ai dit !

— Seulement si vous répondez à une dernière question.

— Je peux aussi vous pousser, vous savez.

— Ça ne va pas plaire à Mike.

— Qu'il ose me toucher ! menaça-t-elle en montrant le poing.

— Je vais faire ma demande de mutation, dit Mike en soupirant.

Angela n'en démordait pas.

— Avez-vous vu Katharina von Baugenwitz ce matin ?

— Oui, la vieille bique est venue pour me dire que les agriculteurs comme nous n'étaient pas les bienvenus à l'enterrement de Philipp.

Elle venait de confirmer l'alibi de l'ex-femme du baron. L'agricultrice n'avait donc elle non plus rien à voir avec le meurtre d'Alexa von Baugenwitz même si Philipp lui avait brisé le cœur. Angela, qui ne voulait pas en savoir plus, ne vit aucune raison de rester ici plus longtemps. À peine se fut-elle levée de son siège que l'agricultrice demanda :

— Vous voulez que je vous dise qui les a tués tous les deux ?

Angela aurait aimé répondre : « Non, bien sûr que non, j'ai juste posé la question pour m'amuser. » Elle préféra tenir sa langue.

— Qui ? demanda-t-elle plutôt.

— La traînée noire.

— Ne parlez pas de Marie comme ça.

— Je dis les choses comme elles me viennent.

— On en viendrait à préférer qu'elles ne vous viennent pas.

— Vous voulez savoir, oui ou non ?

— Allez-y, dit Angela entre ses dents.

— Il m'a laissée tomber pour elle.

— Il vous a donc bien brisé le cœur, constata Angela en descendant du tracteur.

La proximité de cette femme insupportable lui était désagréable.

— Il n'est pas question de moi mais de la Noire. Elle ne s'est pas protégée et Philipp n'aimait pas les préservatifs. Dès qu'elle lui a avoué qu'elle avait son mioche dans son ventre, il a coupé les ponts avec elle et contesté la paternité. Les avocats de Philipp ont vite fait comprendre à la Noire qu'il ne se soumettrait pas à un test de paternité. Il a continué à mener grand train et elle, à toucher le chômage… Ah, et au fait, elle a fait une tentative de suicide mais ça n'a pas marché.

Inutile pour cette femme jalouse de Marie de prononcer le mot « malheureusement », tout le monde avait compris ce qu'elle pensait. Angela avait bien envie de gifler son homonyme. Dans ce cas, il n'y avait que le losange pour la calmer. Cette posture permettait d'évacuer la colère. Angela ressentit de la compassion pour Marie. La jeune femme avait voulu mettre fin à ses jours comme sa mère de substitution bien aimée. Comme Marie avait dû se sentir seule et désespérée !

— Ensuite, s'acharna la femme, elle a dû avoir les idées plus claires et elle s'est dit que c'était mieux de le tuer lui. Et sa vieille aussi pendant qu'elle y était.

— J'en ai assez d'entendre ces accusations répugnantes, dit Angela en se tournant pour partir.

— Vous savez que les « gens bien » comme vous commettent toujours la même erreur…

— Celle d'écouter des gens comme vous ?

— Celle de ne pas voir la vérité en face au nom de la bien-pensance politique, aboya l'autre en faisant démarrer son tracteur de sorte à envoyer plusieurs nuages de gaz d'échappement dans la figure de Mike et d'Angela. Ensuite elle partit pour de bon et reprit son labour.

— Ça me fait mal de le dire mais cette femme a sans doute raison, dit Mike en haletant.

— Pardon ? s'étrangla Angela.

— Marie a un mobile. Elle a voulu se suicider, donc elle était tellement blessée qu'elle était capable de tout.

— Surtout ne pas tirer de conclusions hâtives.

— Qu'est-ce qu'il y a de hâtif là-dedans ? Qui peut être encore considérée comme suspecte à présent ?

Angela se creusa désespérément la tête. Toutes les suspectes avaient un alibi à part Marie. Ça ne pouvait être qu'elle. À part si…

— La fermière nous met délibérément sur la mauvaise piste pour que nous ne nous intéressions pas de trop près à elle.

— Elle a un alibi pour ce matin, elle aussi. La gérante du château et elle se sont vues.

— Attendez un peu. Elle n'a pas dit que Katharina était venue pour lui dire que la présence des fermiers n'était pas souhaitée aux funérailles de Philipp ?

— Oui, et alors ? demanda Mike.

— Katharina nous a dit qu'elle était allée voir la fermière pour réclamer le loyer des terres.

— Peut-être que la *Bitch* ne voulait pas qu'on sache qu'elle avait des dettes.

— Peut-être, concéda Angela, pourtant beaucoup trop méfiante pour être pleinement convaincue.

Elle marchait à côté de Mike en ruminant.

— Et si elle était de mèche avec l'ex-femme du baron ? dit-elle quand ils sortirent du champ.

— Katharina a aussi un alibi pour le premier meurtre, répondit Mike.

— C'est Lena qui le lui a fourni.

— Oui, justement.

— Vous connaissez *Le Crime de l'Orient-Express* d'Agatha Christie ?

— Non, je ne regarde que des films d'action.

— C'est aussi un livre.

— Ah, très bien, dit Mike, et Angela comprit que la lecture n'était pas son passe-temps préféré.

— À la fin du roman, il se trouve que les douze suspects ont commis le meurtre ensemble.

— Et vous pensez que Lena pourrait être impliquée dans une affaire aussi sordide ?

Le visage de Mike s'empourpra à nouveau, mais de fureur cette fois.

— Ce n'est pas impossible. Le baron a ruiné sa carrière sportive. Les trois femmes se sont peut-être associées pour se venger de tout le mal qu'il leur avait fait. Et comme Alexa voulait les dénoncer, elles se sont débarrassées d'elle aussi. Et elles se fournissent mutuellement des alibis, ça fait partie de leur pacte.

— Vous savez quoi ? dit Mike d'un ton qu'on ne devrait jamais adopter pour s'adresser à son supérieur même si la chaleur, les gaz d'échappement et le fait qu'il était à deux doigts de tomber amoureux d'une des suspectes pouvaient être considérés comme des circonstances atténuantes.

— Quoi ? demanda prudemment Angela.

— Vous devriez arrêter de jouer à la détective.

— Ce n'est pas à vous d'en décider.

— Vous n'avez pas avancé d'un iota.

— J'ai recueilli des informations.

— À partir desquelles vous avez élaboré des thèses complètement stupides.

— Elles ne sont pas stupides.

— *Le Crime de l'Orient-Express*, s'il vous plaît !

En écoutant Mike, Angela dut bien admettre que sa théorie était peut-être un peu tirée par les cheveux. L'alternative, c'était la culpabilité de Marie. Et Angela ne pouvait tout simplement pas le concevoir. Sa connaissance du genre humain ne pouvait quand même pas la tromper à ce point. Si ?

— Prenez le temps de réfléchir, dit Mike. Soit vous arrêtez de vous mettre en danger avec vos investigations d'amateur, soit je démissionne pour de bon.

Les mots de Mike lui firent l'effet d'une gifle. Jamais un subalterne ne lui avait parlé de la sorte et encore moins un subalterne à qui elle s'était attachée. Il n'était pas question pour elle de renoncer. Ni de perdre Mike. Il avait toutefois raison sur un point : elle allait bientôt devoir fournir des résultats si elle voulait qu'on la prenne au sérieux. Si elle voulait rester crédible à ses propres yeux aussi.

Angela avait appris une chose en politique : quand on ne parvient pas à résoudre un problème, il faut le considérer sous un autre angle. Par exemple : que veut vraiment le président russe quand il se pointe pour les négociations de paix en Syrie alors qu'il est évident qu'il se contrefiche de la paix ? Ou : si les sommets du G7 se terminent toujours mal, ne pourrait-on pas y renoncer tout simplement ? Ou encore : si la nourriture à la cantine de la chancellerie est toujours aussi mauvaise malgré les nombreuses plaintes, l'un des stagiaires connaît peut-être un bon traiteur ? Ainsi, quand la question « Qui est la meurtrière ? » ne trouve pas de réponse, pourquoi ne pas poser la question : « Comment la coupable a-t-elle procédé pour commettre son crime ? »

— Que diriez-vous de me laisser encore un peu de temps, jusqu'à midi seulement ? demanda Angela à Mike.

— Et après ?

— Si je n'ai rien trouvé jusque-là, j'arrête mon enquête.

— D'accord, répondit Mike, soulagé.

À l'évidence, il partait du principe qu'Angela allait échouer, qu'elle allait donc laisser sa Lena enfin tranquille et qu'il pourrait aborder son travail plus sereinement.

— Venez, dit Angela en se remettant à marcher pendant que derrière eux, l'autre Angela continuait à creuser ses sillons. L'ancienne chancelière fut prise d'un doute tout à coup. Allait-elle vraiment trouver au cours des prochaines heures comment Philipp von Baugenwitz avait été tué dans la cave verrouillée de l'intérieur ? Ou devrait-elle admettre qu'elle n'était qu'une retraitée tout à fait normale qui s'était trompée ?

34

Pour la deuxième fois de la matinée, Angela et Mike entrèrent dans la cour du château. Katharina ne sortit pas précipitamment de ses appartements pour les invectiver. La Tesla rouge de l'investisseur américain avait elle aussi disparu. Il n'y avait que Pia, assise près de la fontaine, des lunettes de soleil sur les yeux et un gobelet en carton dans la main droite. Une odeur de café flottait dans l'air et se mêlait à d'autres effluves.

— Ça sent le joint, constata Mike.

— Comme dans certains bureaux de députés au Bundestag !

— Chez les Verts ?

— Ça touche tous les groupes parlementaires.

— J'aurais dû m'en douter.

Ils se dirigèrent vers l'adolescente aux cheveux bleus. Elle prit son mégot, posé sur l'une des marches à côté d'elle, tira une dernière fois dessus et le jeta par-dessus son épaule dans la fontaine.

— Les poissons vont être particulièrement détendus, murmura Mike à Angela.

Pia leva les yeux vers eux, apparemment peu disposée à se lever. Elle but une gorgée de café.

— Vous êtes venus présenter vos condoléances pour changer ? demanda-t-elle d'un ton faussement ennuyé.

— C'est ce que tu veux entendre ?

— Je n'ai jamais aimé Alexa.

— Y a-t-il donc quelqu'un que tu aimes ?

— Ici ou ailleurs ?

— Ici pour commencer.

— Non.

— Et ailleurs ?

— Non.

— Tu es un vrai rayon de soleil, constata Mike.

— Mes fans aiment ma façon d'être.

— Tes fans ?

— Elle est influenceuse, expliqua Angela.

— Elle fait de la pub pour la mauvaise humeur ?

— On ne vous a jamais appris, à vous, les vieux, que c'est impoli de parler de quelqu'un à la troisième personne quand il est assis devant vous ?

— Excuse-nous, dit Angela.

Pia but une gorgée de café.

— Maintenant tu devrais dire « Ce n'est pas grave » ou une phrase dans cet esprit, suggéra Angela.

— Vous voulez m'éduquer ? Non, parce que je préfère vous prévenir, d'autres s'y sont déjà cassé les dents.

— Ne t'inquiète pas, ce n'est pas mon intention. (Angela regarda l'endroit où la Tesla du Texan était garée deux heures auparavant.) Wood va-t-il revenir ?

— Dès qu'il a appris la mort d'Alexa, il est parti pour l'aéroport. À l'heure qu'il est, il survole sûrement l'Atlantique à bord de son jet privé.

Angela n'était pas surprise : l'investisseur avait pris la poudre d'escampette pour ne pas être associé à la mort d'Alexa von Baugenwitz dans les médias. Voilà qui aurait nui au cours des actions de son entreprise.

— Ta mère est là ?

— Elle est allée chercher le notaire à la gare de Templin.

Avec les événements de la matinée, Angela n'avait pas encore eu le temps de se demander qui hériterait désormais des biens. Alexa était la seule héritière du baron. Jusque-là tout était clair. Mais qui allait hériter du château maintenant ? Un parent, d'Alexa logiquement. Pourtant, aucune des personnes soupçonnées par Angela n'avait un lien de famille avec l'ex-actrice. Et il était complètement exclu que l'une des suspectes se révèle être une sœur, une tante ou la mère disparue depuis longtemps d'Alexa. Ce genre de scénarios abracadabrants, c'était pour les feuilletons qu'Ursula von der Leyen aimait regarder pour se détendre ! Soit Angela se trompait complètement depuis le début et la meurtrière – ou le meurtrier finalement – était une parente d'Alexa sortie de nulle part, soit les meurtres avaient un autre mobile que l'héritage. La vengeance par exemple. Pour ce mobile, il y avait suffisamment de suspectes qui s'étaient peut-être associées pour se couvrir mutuellement. En tout cas, la thèse du *Crime de l'Orient-Express* semblait presque plausible à côté de la variante Feuilleton télévisé.

— Sait-on qui va hériter du château maintenant qu'Alexa est morte ?

Angela voulait être sûre que l'argent ne pouvait pas être le mobile.

— Certainement pas moi en tout cas.

Angela fut surprise par la réponse de Pia. Jusqu'à présent, personne n'avait laissé entendre qu'elle aurait pu profiter des meurtres. En tant que belle-fille provisoire de Philipp, elle n'était pas concernée par l'héritage. Et elle n'avait jamais eu de lien de parenté avec Alexa von Baugenwitz. De plus, Pia avait un alibi en béton pour la mort de Philipp : son live sur Instagram.

— À quelle heure as-tu appris la mort d'Alexa aujourd'hui ?

— C'est ce qu'on appelle une question tarabiscotée.

— Comment ça ? dit Angela qui pensait savoir ce qu'insinuait Pia.

Cette question en cachait une autre beaucoup plus importante.

— Vous voulez encore savoir si j'ai un alibi. Comme hier, pour la mort de Philipp.

— Et tu en as un ? demanda Angela qui ne voyait pas l'intérêt de s'obstiner avec les questions tarabiscotées.

Pia se leva, but une dernière gorgée de café et jeta le gobelet en carton dans la fontaine.

— Eh ! s'écria Mike. Va chercher ça tout de suite.

— J'ai du personnel pour ça.

— Les pauvres poissons !

Mike se précipita vers la fontaine, retroussa les manches de sa chemise et de sa veste pour repêcher le gobelet. Il récupéra le joint pendant qu'il y était.

— Qu'est-ce que j'avais dit ? J'ai du personnel pour ça ! dit Pia en désignant Mike avec nonchalance.

Angela ne se laissa pas distraire par Mike qui fusillait l'ado du regard.

— On en était à ton alibi.

— C'est ça.

— Et alors ?

— Je n'en ai pas.

Cette réponse surprit Angela, d'autant que Pia l'accompagna d'un sourire insolent.

— Qu'est-ce que tu faisais à cette heure ? insista Angela.

— C'était en plein milieu de la nuit. Je dormais encore.

Angela dut admettre que c'était tout à fait plausible. Elle n'avait jamais eu de problème pour se lever tôt même à l'âge de Pia, mais ses camarades de classe de seconde lui avaient fait comprendre un matin, encore toutes endormies, que sa devise « Les bonnes notes appartiennent à celles qui se lèvent tôt » leur tapait sur le système. Néanmoins un non-alibi plausible restait un non-alibi.

— Et avant que vous ne posiez la question, je préfère vous le dire tout de suite : je ne me filme pas en train de dormir pour faire un live sur Instagram même si mes fans masculins aimeraient bien.

Angela observa la jeune fille : elle aurait pu prendre part à un complot. Mais pourquoi l'aurait-elle fait ? Certes elle exécrait son beau-père mais si elle tuait tous ceux qu'elle détestait, elle finirait seule sur Terre. Et pourquoi les femmes au cœur brisé auraient-elles mêlé une adolescente à leur complot ? Pia n'avait fourni d'alibi à aucune d'elles. Non, la thèse du *Crime de l'Orient-Express* était déjà suffisamment bancale avec trois conspiratrices. Une quatrième la ferait basculer définitivement dans l'absurdité.

Encore une fois, en essayant de répondre à la question « Qui a tué Philipp et Alexa ? », Angela se trouvait dans l'impasse. Aussi décida-t-elle de suivre son plan initial et de se consacrer à la question : « Comment les meurtres ont-ils été commis ? »

— Tu peux nous conduire à la cave ?

— Vous voulez prendre une cuite ? Si c'est ça, je suis de la partie.

— Une jeune fille ne devrait pas boire de grand matin, décréta Mike en jetant le joint mouillé dans le gobelet tout aussi mouillé.

— Est-ce que j'ai l'air d'une fille qu'on peut avoir avec ce genre de conneries ?

— Nous n'avons pas l'intention de prendre une cuite, précisa Angela.

— Dommage. Qu'est-ce que vous voulez faire alors ?

— Tenter de découvrir comment le meurtrier potentiel s'y est pris pour commettre son crime.

— Vous n'avez vraiment rien à faire de vos journées depuis que vous êtes à la retraite ?

Angela s'habituait progressivement à ne pas être prise au sérieux avec son enquête. Elle avait souvent été sous-estimée au cours de sa vie, comme lorsque Helmut Kohl avait démissionné de la présidence d'honneur de la CDU, et ça l'avait toujours aidée. Pourquoi en serait-il autrement dans ses nouvelles fonctions ? Le lieutenant Columbo et Miss Marple avaient eux aussi toujours profité du fait que personne ne les prenait au sérieux.

— Tu peux nous y emmener ? demanda-t-elle à la jeune fille.

— Pourquoi pas ? De toute façon, je n'ai rien à faire de la journée, dit Pia en se dirigeant vers l'entrée du château.

Angela et Mike la suivirent.

— Tu n'as rien à faire ? Je croyais que tu étais influenceuse, dit Mike.

— Une heure par jour.

— Une heure ? Ce n'est pas un vrai travail.

— Combien vous gagnez ?

— Ça ne te regarde pas.

— Je me fais 40 000 par mois.

— 40…

Mike s'étrangla et se mit à tousser.

— La valeur d'un être ne se mesure pas à l'argent qu'il gagne, intervint Angela alors qu'ils pénétraient dans le hall humide du château.

— Essayez d'y croire si vous y arrivez.

Angela décida de ne pas relever et de se concentrer plutôt sur l'intérieur de l'édifice. Elle contempla à nouveau la galerie des ancêtres. Le portrait de Balduin le bourreau. De Walter, dont le visage avait été déchiqueté par un mousquet. Le plus intéressant aux yeux d'Angela était celui de Ferdinand von Baugenwitz qui lui rappelait Franz von Papen, le dernier chancelier de la République de Weimar, précurseur d'Adolf Hitler. Si Ferdinand von Baugenwitz n'avait pas collaboré avec les nazis à l'époque, ses descendants auraient pu réclamer la restitution de tous les objets d'art pour une valeur de 200 millions d'euros. Katharina avait voulu porter l'affaire devant les tribunaux à l'époque où, encore mariée à Philipp, elle aurait pu profiter de cette monumentale somme d'argent.

Quand ils débouchèrent dans le couloir où se trouvait le buste poussiéreux du maréchal Hindenburg, Mike put enfin jeter le gobelet mouillé avec son contenu dans une poubelle. Il baissa à nouveau ses manches.

— 40 000, marmonna-t-il.

— Les bons mois, ça peut monter jusqu'à 70 000, dit Pia d'un ton ni crâneur, ni provoquant, mais neutre comme parlerait un expert-comptable.

— C'est dingue, dit Mike en secouant la tête. Vraiment dingue.

— Ce n'est pas dingue mais logique : je génère du chiffre d'affaires pour l'industrie de la pub et c'est pour ça que je suis payée. C'est ce qu'on appelle l'économie de l'attention.

Angela ne participait pas à la conversation. Elle ne pourrait enseigner aucune valeur à cette jeune fille. En passant, elle regarda les trois vitrines qui contenaient chacune une arme : la masse d'armes, l'arbalète et le mousquet.

Alors qu'elle passait devant la dernière, un détail attira son attention. Elle s'arrêta.

— Regardez l'arme de Walter von Baugenwitz.

— De qui ? demanda Pia.

— Tu ne sais pas ?

— C'est maman, la férue d'histoire de la famille.

— Lors d'un duel, il a été touché par une balle et il est mort dans l'agonie.

— C'est dommage pour lui.

— La vitre est positionnée correctement, constata Angela.

— Quoi ? s'étonna le garde du corps.

— Hier, elle était de travers.

— Et ?

— Quelqu'un a peut-être sorti le mousquet et l'a remis à sa place ensuite.

Angela inspecta l'arme avec attention : le canon argenté, la poignée en bois, le cran de mire affûté. Mike se pencha aussi sur la vitrine.

— Mais il n'a pas été utilisé. Il n'y a pas de trace de poudre.

En effet, c'était troublant. Aucun coup de feu n'avait été tiré, ni pour le meurtre d'Alexa, ni pour celui de Philipp. Pourtant, Angela avait le sentiment que le mousquet avait un lien avec les crimes.

Elle suivit les autres dans le petit couloir qui menait à l'escalier conduisant à la cave. Ses yeux se posèrent sur le divan sur lequel Alexa von Baugenwitz s'était couchée, complètement ivre, le soir du premier meurtre.

— Avec Wood, elle n'était pas ivre, pensa-t-elle tout haut.

— Quoi ? demanda Mike.

— Je prenais Alexa pour une alcoolique, pourtant le jour où son mari est mort, elle était parfaitement sobre.

— Elle tenait bien l'alcool, expliqua Pia. Elle se biturait juste quand elle voulait faire passer Philipp pour un crétin. Et parfois, elle faisait semblant d'être bourrée pour lui mettre la honte devant les gens.

— Hmm, dit Angela qui s'était demandé le soir fatidique si Alexa ne jouait pas la comédie.

— Vous vous cassez trop la tête, fit remarquer Pia tout en ouvrant la porte en bois sculpté qui donnait sur l'escalier.

— Vraiment ?

— Vous connaissez le rasoir d'Ockham ?

— Quand on dispose de plusieurs thèses en compétition qui permettent de prédire exactement la même chose et qu'on ne peut les départager, la plus simple est la meilleure, jusqu'à preuve du contraire, cita Angela, nullement surprise que la jeune fille connaisse le théorème. Elle semblait au moins aussi intelligente que sa mère. Les chiens ne font pas des chats.

— Exact, dit Pia tout en allumant la lumière.

Contrairement à sa mère, lors de la première visite d'Angela, elle ne prit pas de flambeau. À l'évidence, elle ne partageait pas sa passion pour l'histoire. Ce n'était guère étonnant : les jeunes qui se consacraient aux réseaux sociaux n'avaient pas le temps de penser au passé ou à l'avenir, ils étaient pris dans le flux constant des live.

— Et quelle est la théorie la plus simple à ton avis ? demanda Angela pendant qu'ils descendaient l'escalier menant à la cave humide.

— À votre avis ? Philipp s'est suicidé et Alexa aussi.

— Alexa voulait me dévoiler le nom de l'assassin ce matin, objecta Angela.

— Quoi ? s'étonna Pia. Elle pensait que Philipp avait été assassiné ?

— Oui.

— Cool.

— Cool ? demanda Mike qui, une fois dans la cave, dut se baisser à cause du plafond bas.

— Si c'était bien un meurtre, mes vues vont exploser.

— Je me demande ce qu'ont fait tes parents pour foirer ton éducation à ce point, dit Mike, écœuré.

— Ma mère a pris le volant alors qu'elle était complètement bourrée et a embouti un arbre avec la voiture, tuant mon père au passage, dit Pia en s'efforçant d'adopter un ton désinvolte.

Pourtant sa voix tremblait un peu et Angela comprit combien la mort de son père avait dû être douloureuse pour elle à l'époque et aujourd'hui encore. Pia devait dépenser une énergie folle pour cacher sa douleur sous ses airs durs et cyniques.

Que dire de Katharina von Baugenwitz qui devait vivre avec ce sentiment de culpabilité parce qu'elle était responsable de la mort de son mari ? Pas étonnant qu'elle ait dit plusieurs fois à Angela qu'elle ferait n'importe quoi pour sa fille.

Pour la première fois, Angela eut de la peine en pensant à la gérante du château. Mais le sort de Pia l'attristait encore plus. La jeune fille avait un destin tragique comme Marie qui, déjà orpheline, avait perdu sa mère de remplacement.

— Je suis désolé d'avoir mal parlé de tes parents, s'excusa Mike.

Il avait mauvaise conscience. Il se fichait pas mal de savoir combien la jeune fille gagnait, l'argent ne pourrait jamais atténuer sa douleur.

— Pas de problème, dit Pia qui resta de marbre.

Ils s'arrêtèrent devant la porte de la cave que Mike avait fracturée la veille. Il voulait entrer le premier mais Angela l'arrêta.

— J'aimerais regarder le bois de la porte encore une fois.

Comme elle inspectait la porte de haut en bas, un détail attira son attention.

— Vous voyez ça Mike ? Le bois a éclaté en bas. C'est exactement ce qui s'est passé avec la porte du temple quand vous avez essayé en vain de l'ouvrir et que vous avez donné un coup de pied dedans.

— Oui, et alors ?

— La fente est suffisamment large pour laisser passer une souris, se réjouit Angela à l'idée de tenir enfin un indice.

— Une souris ?

— J'en avais vu une dans les oubliettes.

— Ah oui… ? répondit Mike qui ne voyait pas vraiment où Angela voulait en venir.

— L'assassin pourrait avoir cassé la porte à cet endroit.

— Mais c'est moi qui l'ai fracturée hier.

— Vous avez heurté la porte avec votre épaule, à cette hauteur environ, dit Angela en montrant un point sur le chambranle.

— C'est vrai, confirma Mike.

— De plus, la porte du temple est certes aussi lourde que celle-ci mais en donnant un coup de pied dedans, vous avez fait une fente largement plus grande. Notre carlin aurait pu s'y glisser.

— Qu'est-ce que vous essayez de nous dire ? demanda Pia.

— Que la personne qui a fait la fente ici n'a pas autant de force que Mike. Beaucoup moins même… c'était peut-être une femme.

— Et pourquoi aurait-elle donné un coup de pied dans la porte ? demanda Pia.

Angela réfléchit.

— Elle a peut-être cherché à entrer dans la cave une fois celle-ci verrouillée de l'intérieur, dit Angela pour qui c'était la seule explication concluante.

— Et pourquoi aurait-elle voulu entrer ?

— J'ai ma petite idée, dit Angela dont le cerveau tournait à plein régime comme quand elle avait imaginé le plan de sauvetage de la zone Euro que personne, hormis elle et quelques rares experts, n'avait compris.

Angela ouvrit complètement la porte et inspecta le sol entre la porte et la table où ils avaient retrouvé le baron mort.

— N'entrez pas tout de suite, demanda-t-elle aux deux autres.

— Pourquoi ?

— À cause des traces de pas.

— Il y en a plein, constata Pia en montrant les dalles en pierre.

Les empreintes des chaussures de toutes les personnes présentes sur la scène de crime étaient visibles dans la poussière : celles d'Angela, de Mike, du commissaire Hannemann, de Lena, de Katharina von Baugenwitz et des croque-morts qui avaient transporté le corps dans l'armure.

— Elles s'entremêlent toutes. Il est impossible de les attribuer à telle ou telle personne, fit remarquer Mike.

— Il y en a toutefois qui se distinguent de toutes les autres.

— Lesquelles ?

— Celles de Philipp.

Angela montra une empreinte de bottes. Elle avança prudemment sur les dalles en pierre et reconstitua l'itinéraire suivi par le baron lors de la nuit en question.

— D'après ses empreintes, il est allé deux fois de la porte à la table et une fois de la table à la porte. Il s'est arrêté juste devant, même.

Elle montra deux empreintes de bottes qui se trouvaient contre la face interne de la porte.

— Il est donc allé et venu entre la porte et la table. Quel intérêt ?

— Je vous explique tout de suite mais je dois d'abord m'assurer de quelque chose.

Angela fit signe aux deux autres d'entrer dans la cave.

— Faites attention de ne pas effacer les empreintes laissées par le baron.

— Oh non, on ne voudrait surtout pas détruire les preuves essentielles récoltées par la détective, dit Pia d'un air faussement horrifié.

Angela lui lança un regard sévère comme elle en décochait autrefois à ses collaborateurs qui bavardaient pendant les conseils des ministres. Au lieu d'afficher un sourire penaud et de se taire comme les ministres pris en faute, Pia continua à parler.

— On peut savoir à quoi ça nous mène, tout ça ?

— Nous cherchons d'autres empreintes, dit Angela en passant devant la table avec les autres.

L'encrier cassé était toujours par terre. L'encre noire sur la dalle en pierre avait séché.

— Il ne faut pas chercher bien longtemps, dit Pia en montrant des empreintes qui menaient au fond de la cave et qui n'avaient pas été recouvertes par d'autres.

— Ce sont des chaussures de femme, constata Mike.

— Vous êtes un expert de l'identification d'empreintes, commenta Pia.

— Merci, répondit Mike qui n'avait pas perçu l'ironie.

Ce qui encouragea Pia à le titiller un peu plus.

— Vous aimez donc porter des chaussures de femmes ?

— Pardon ?

— Il n'y a pas de honte à avoir.

— Je n'ai pas du tout honte.

— C'est parfait. Vous assumez les fluctuations de votre identité de genre.

— Quoi ?

— Votre identité de genre fluctue en fonction des circonstances. Vous êtes *gender fluid.*

— Pardon ?

— Vous voulez que je vous fasse un dessin avec une légende sans oublier les points médians ?

— Surtout pas !

Angela tressaillit en pensant au point médian. Pas parce que le concept lui posait problème mais parce que le *a* lui revint tout à coup à l'esprit. Mais pourquoi ? Quel était le rapport entre le point médian « · » et l'indice laissé par le baron ?

— À quelle femme appartiennent ces empreintes ? demanda Mike pour oublier l'idée saugrenue de Pia selon laquelle il aimait porter des chaussures de dame.

— C'est très simple de répondre à cette question, dit Angela.

— Nous savons donc qui est la meurtrière ? se réjouit Mike.

— Malheureusement non.

— Je ne suis pas sûr de vous suivre.

— Ce sont les empreintes de mes chaussures, expliqua Angela.

— Mais bien sûr, dit Mike en se tapant le front.

— Ah bon ? s'étonna Pia.

— J'ai arpenté toute la cave quand nous avons découvert le cadavre.

Angela montra le tonneau de vin et repensa à l'image qui lui était venue à l'esprit : l'assassin caché à l'intérieur en train de nager sur place.

— Je cherchais un passage secret par lequel l'assassin aurait pu s'échapper.

— Un passage secret ? On n'est pas à Poudlard ici ! dit Pia avec un rire arrogant.

— Mais il y a bien un passage secret dans le château. Il mène du hangar à bateaux à la chambre d'Alexa.

— Vraiment ? s'étonna Pia.

— Sauf qu'il ne peut pas expliquer comment l'assassin a pu s'échapper de la cave.

— Puisqu'il ne mène pas à la cave, en conclut Pia.

— Exactement. Aucun passage secret ne mène à la cave.

— Pourquoi avez-vous pensé qu'il y en avait un ?

— Parce que j'ai vu une souris. Mais elle a dû se faufiler à l'intérieur par la fente dans la porte avant que nous arrivions. Et ensuite, elle a couru dans tous les sens, apeurée, quand je l'ai chassée de sa cachette, dit Angela en souriant, persuadée d'avoir rassemblé suffisamment d'éléments pour élaborer une théorie.

— Vous êtes sûre ? demanda Mike.

— Oui, parce qu'il n'y a pas d'autres empreintes que les miennes ici. S'il y avait eu un passage secret, la meurtrière aurait laissé des traces au fond de la cave.

— C'est plausible, reconnut Mike.

— Ce qui signifie qu'elle est entrée par la porte, mais une fois seulement. La deuxième fois, elle n'a pas pu alors que c'était son intention.

— Une deuxième fois ?

— Retournons près de la table, proposa Angela en essayant de ne pas adopter un ton trop triomphant. Je vais vous expliquer ce qui s'est passé ici la nuit du meurtre.

35

Ils se mirent tous les trois autour de la table sur laquelle il n'y avait plus la feuille avec le *a*, au grand regret d'Angela. Pourquoi le point médian lui avait-il rappelé la lettre de l'alphabet ? Que cherchait à lui dire son subconscient ?

— Comment s'est passé le meurtre ? demanda Mike avec impatience.

— Allez, racontez, insista Pia.

— Ça s'est passé comme ça, dit Angela qui chassa le point médian de ses pensées. Philipp a eu une conversation avec la meurtrière ici même. (Elle s'assit.) Il avait le verre de vin devant lui. À un moment, elle a versé la ciguë dans le gobelet.

— Et il n'a rien remarqué ? s'étonna Pia.

— Seulement quand il a bu, à cause du goût amer.

— Mais c'était trop tard, fit remarquer Mike.

— Non, la médecin légiste m'a dit qu'une gorgée n'aurait pas suffi à le tuer. Comme la ciguë se dilue dans le vin, il faut boire au minimum trois gorgées.

— Pourquoi a-t-il continué à boire ?

— Parce que la meurtrière le menaçait avec une arme.

— Ah non ! Vous ne pensez pas au mousquet quand même ? dit Pia.

— Si, justement. Ça explique pourquoi le plateau de verre était mal mis hier. La meurtrière l'a replacé correctement plus tard.

— Mais il portait une armure, fit remarquer Mike. C'est au moins aussi efficace qu'un gilet pare-balles. Un tir de mousquet n'aurait pas pu le tuer.

— Il avait remonté sa visière sinon il n'aurait pas pu boire.

— Et se prendre une balle de mousquet dans le visage, c'est atroce, dit Mike en frémissant.

— Comme Walter von Baugenwitz lors du duel. Il a littéralement agonisé. On le voit bien sur le tableau.

— À choisir, mieux vaut boire le poison et en finir au plus vite, conclut Mike en frémissant encore plus.

— C'est exactement ce qu'a dû faire Philipp.

— D'accord, concéda Pia, mais ça n'explique toujours pas pourquoi la porte était verrouillée de l'intérieur.

— Une fois que Philipp a bu, la meurtrière a quitté la cave, satisfaite. Elle était sûre qu'il allait mourir d'une minute à l'autre, elle avait réussi son coup.

— Et ensuite ?

— Mais Philipp a rassemblé ses avant-dernières forces pour se lever (Angela se mit debout), il s'est traîné jusqu'à la porte (Angela fit de même) et l'a verrouillée de l'intérieur.

Angela montra les empreintes au sol juste devant la porte.

— Pourquoi aurait-il fait ça ? voulut savoir Pia.

— Parce qu'il voulait encore écrire le nom de la coupable et empêcher qu'elle ne détruise l'indice après sa mort.

— Je comprends, dit Mike.

— Dans un dernier sursaut d'énergie, il a regagné la table.

— Et la meurtrière ? demanda Pia.

— Quand elle a compris ce qu'il voulait faire, il était déjà trop tard. Elle est revenue en courant mais la porte était déjà fermée à clé. Dans la panique, elle a secoué la poignée de toutes ses forces si bien que lorsque Mike a essayé d'entrer dans la cave, elle est tombée.

— Mais la poignée était encore en place quand la meurtrière a renoncé.

— Oui, c'est pour ça que la meurtrière a fini par renoncer et a donné un coup de pied dans la porte, folle de rage. Mais ça n'a été d'aucune utilité. En tout cas pour la meurtrière.

— Pour qui alors ?

— Pour la souris qui est entrée dans la cave par la fente, dit Angela en souriant.

— Ça paraît plausible, s'étonna Mike.

— Il y a quand même un truc que je ne comprends pas, intervint Pia.

— Quoi ?

— Vous avez dit que la meurtrière avait pris le mousquet.

— C'est avec le mousquet qu'elle a forcé Philipp à boire le vin empoisonné.

— Pourquoi ne s'en est-elle pas servie pour faire exploser la porte ?

— Si elle avait fait ça, personne n'aurait cru à un suicide.

— Pas même ce crétin de commissaire, fit remarquer Mike.

— C'était donc juste une menace en l'air, le coup du mousquet, dit Pia en poursuivant le raisonnement.

— Philipp ne pouvait pas savoir.

— Mais en renonçant, la meurtrière a couru le risque que Philipp écrive son nom.

— Elle a entendu le bruit de l'armure au moment où Philipp s'est effondré sur la table puis l'encrier est tombé par terre et s'est cassé. Elle a sans doute pensé qu'il n'avait pas eu le temps d'écrire son nom.

— Et elle ne s'est pas trompée.

— Si.

— Sérieux ? s'étonna Pia. Dans ce cas, on devrait savoir depuis longtemps qui l'a tué.

— Il a juste eu le temps d'écrire un peu.

— Un peu ?

— Il a écrit ça, indiqua Angela en traçant le *a* avec la pointe de sa chaussure dans la poussière.

Pia regarda la lettre.

— Tu sais ce que ça pourrait signifier ? demanda Angela.

— Bien sûr.

— Quoi ?

— Que c'est Alexa, forcément ! dit Pia avec conviction. Ensuite, elle s'est sentie tellement coupable qu'elle s'est jetée du clocher. Comme la vieille à l'époque, comment elle s'appelle déjà ?

— Adelheid von Baugenwitz.

— Exactement ! Vous savez ce que mon taré de prof d'histoire disait toujours ?

— Non.

— L'histoire se répète.

— Non, elle ne se répète jamais et surtout pas dans ce cas. Dans le temple, nous avons vu une personne entièrement vêtue de noir s'enfuir devant nous.

— Nous pensons que cette personne a poussé Alexa du haut du clocher, compléta Mike.

— Pas tout à fait, rectifia Angela. Elle l'a menacée avec le mousquet pour la faire monter dans la tour et l'a forcée à se jeter du haut du clocher. Exactement comme elle a contraint Philipp à boire la ciguë. Mais cette fois, quand elle a remis le mousquet dans la vitrine, elle a replacé la plaque de verre correctement.

— Top ! Deux meurtres, se réjouit Pia. De mieux en mieux !

— De mieux en mieux ? répéta Mike en faisant la grimace pendant qu'Angela réalisait le danger qui se profilait.

— Gare à toi si tu postes tout ça sur les réseaux sociaux !

— Vous menacez encore de dire à mes abonnés que je suis une *fake* ?

Apparemment, cette perspective n'enchantait pas Pia.

— Exactement !

— D'accord, je prends le risque. Le coup des deux meurtres, c'est juste trop bien.

— Tu devrais songer à consulter un psy, fit remarquer Mike.

— J'en ai déjà eu trois.

— Laisse-moi deviner, ils sont tous en reconversion professionnelle depuis, marmonna Mike.

— Je vais te faire une proposition Pia, annonça Angela.

— Laquelle ?

— Tu pourras poster tout ce que tu voudras une fois que nous aurons arrêté la meurtrière.

— Est-ce que je pourrai dire que c'est moi qui l'ai démasquée ? demanda Pia après avoir réfléchi un instant.

— Tu veux mener l'enquête avec nous ? s'étonna Angela.

— Je ne suis pas folle au point de me mettre en danger. Je veux juste pouvoir le poster.

Angela réfléchit à sa proposition. Si elle parvenait à démasquer la meurtrière, elle ne voudrait surtout pas faire la une des journaux. Elle ne voyait aucun inconvénient à ce que d'autres récoltent les lauriers de la gloire à sa place. Non qu'elle ne fût pas vaniteuse mais il lui suffisait de savoir que c'était elle qui avait tiré les ficelles dans les coulisses.

— D'accord.

— Ne me décevez pas, répondit Pia.

— Ah oui, je vois le genre. Tu ne veux rien faire mais tu te permets d'avoir des exigences, lança Mike.

— Je ne fais pas « rien », je vous donne un tuyau.

— Quoi ? demanda Angela.

— Le mousquet, la ciguë, le saut dans le vide du haut du temple, tout ça va ensemble.

— Et comment ?

— La tarée qui a fait ça doit être branchée à fond sur l'histoire de la famille von Baugenwitz.

— Comme ta mère ? demanda Angela.

— Ne dites pas n'importe quoi ! répliqua Pia, furieuse tout à coup. Vous savez pertinemment à qui je pense.

Angela le savait.

À la seule personne qui n'avait pas d'alibi.

Marie, la guide touristique.

Le rasoir d'Ockham.

Quand on dispose de plusieurs thèses en compétition permettant de prédire exactement les mêmes choses, la plus simple est la meilleure.

36

— Impressionnante, dit Mike, ou plutôt voulut dire Mike.

Son auditoire comprit « Impfffrechiogngn » car il avait enfourné en même temps un gros morceau de génoise fourrée avec une portion de crème chantilly. Quand Angela avait servi le gâteau sur la terrasse de son jardin, il avait d'abord refusé mais elle avait fait remarquer qu'il avait bien mérité une récompense après cette rude matinée et il n'avait rien trouvé à objecter.

Achim leur servit du thé pendant que Poutine somnolait sur un coin de pelouse ensoleillé entre les nains de jardin Hobbit et les roses sauvages qu'Angela aimait tant. Sur son balcon à Berlin, toutes les plantes dépérissaient parce qu'elle n'était jamais là. Mais dans ce merveilleux jardin, elle ne se lassait pas de regarder les fleurs avec les abeilles qui déposaient du pollen et les papillons qui virevoltaient autour. Prendre soin de ses plantes lui procurait autant de joie que faire des gâteaux. Elle n'était d'ailleurs pas très satisfaite du dernier. Pendant 94 % du temps, elle avait pensé avec tristesse que tous les indices accusaient Marie. Durant les 6 % restants, elle s'était énervée de ne pas avoir pu faire une tarte aux cerises faute de pouvoir acheter des fruits frais ailleurs que chez cette raciste d'Angela.

— Impfffrechiogngn ? demanda Achim.

Mike se souvint tout à coup qu'il était impoli de parler la bouche pleine. Il avala rapidement le morceau de gâteau et répondit :

— Votre femme est vraiment impressionnante.

— Ah oui ? fit Achim en plissant le front.

— Enfin pas en tant que femme naturellement, précisa Mike, embarrassé.

Angela trouva qu'il aurait pu leur épargner cette précision.

— Elle n'a rien de séduisant…

Celle-là encore plus.

— Quant à son âge…

— Je pense que mon mari a compris, l'interrompit Angela.

— D'accord, dit Mike, gêné, tout en engouffrant un gros morceau de génoise.

Angela réalisa pour la première fois qu'il ne mangeait pas seulement par gourmandise mais aussi pour calmer son stress.

— Franchement, je n'ai toujours pas saisi ce que vous vouliez dire, s'obstina Achim en posant la théière sur le réchaud et en s'asseyant dans un fauteuil de jardin.

Angela leva les yeux au ciel.

— N'allez surtout pas croire que je suis intéressé par une relation avec une femme au soir de sa vie…

Au soir de sa vie ? Angela n'était pas certaine d'avoir bien entendu…

— Ce n'est pas ce que je voulais dire, rectifia Achim.

— Quoi alors ?

— Je veux juste savoir ce que vous avez trouvé impressionnant.

— La façon dont votre femme a déduit ce qui s'était passé dans la cave. Quel raisonnement imparable !

Angela était tellement flattée qu'elle lui servit une autre part de gâteau.

— Je dois vous présenter mes excuses, lui dit Mike. Je vous ai vraiment sous-estimée.

— L'histoire de ma vie, répondit Angela en souriant.

Elle aimait être sous-estimée. À présent, elle était certaine que cela l'aiderait pour la suite de son enquête comme lors de ses débuts en politique.

— Vous êtes tout simplement géniale ! poursuivit Mike.

Le genre de compliment qu'Angela n'avait jamais entendu en politique.

— Oui, ma femme est réellement impressionnante, reconnut Achim avec fierté.

— Bon, arrêtez maintenant ! les réprimanda Angela.

— Tu n'as aucune envie qu'on arrête, avoue ! ricana Achim.

Comme d'habitude, il voyait clair dans son jeu.

— Si, mentit Angela.

— Ton intelligence est impressionnante, continua Achim en la regardant amoureusement. Ta beauté est impressionnante.

Mike reprit une bouchée de gâteau.

— Tu es une femme très désirable.

Mike fut pris d'une quinte de toux.

— Je crois que ça suffit, les compliments, pour le moment, décréta Angela. Parlons plutôt de l'enquête.

— Bonne idée, approuva Mike tout en essayant d'enlever une tache sur sa chemise avec une serviette. On s'occupe de la guide alors ?

Angela savait qu'il était grand temps de commencer à enquêter sur Marie. Pourtant, elle ne voulait pas de l'aide de Mike. Si Marie était bien la coupable, elle devrait l'amener habilement à s'empêtrer dans ses contradictions.

— J'ai une autre mission à vous confier.

— Une autre mission ? s'étonna Mike.

— Nous devons exclure toutes les autres options d'abord.

— Oh non ! Vous n'allez quand même pas me resservir ces conneries de *Crime de l'Orient-Express* ?

— Mais si, précisément.

Mike secoua la tête.

— Vous sortez bien avec Lena ce soir ? Vous en profiterez pour vérifier une dernière fois tous les alibis. Nous devons exclure une bonne fois pour toutes l'hypothèse d'une vengeance commune orchestrée par la policière, la gérante du château et l'agricultrice.

— Je dois vraiment interroger Lena ?

Cette perspective ne réjouissait pas Mike.

— C'est aussi dans votre intérêt.

— Dans mon intérêt ?

— Vous ne voulez quand même pas vous baigner nu avec une femme et réaliser après coup que c'est une criminelle ?

— Je ne veux pas me baigner nu, prévint Mike en rougissant à nouveau.

— Qu'est-ce que vous pouvez être prudes, vous, les Allemands de l'Ouest, fit remarquer Achim.

Angela ne put s'empêcher de rire.

— Qu'est-ce que tu en penses, *Puffeline* ? Toi et moi, on devrait peut-être…

— Pour toi aussi j'ai une mission, l'interrompit Angela, notamment parce que Mike, ne sachant plus où se mettre, regardait sur le côté.

— Quoi comme mission ? demanda Achim.

— Tu vas surveiller le notaire.

— Et pourquoi ça ?

— Peut-être y a-t-il bien parmi les suspectes une héritière secrète ?

— Tu te raccroches vraiment à toutes les branches, comprit Achim.

— Quoi ? On ne peut rien exclure à ce stade de l'enquête, répondit Angela, gênée.

— Tout ça parce que tu ne veux pas que la future maman atterrisse en prison.

— Oui…

Angela eut la gorge serrée en pensant au bébé qui serait pris en charge par l'assistance publique. Tout ça par sa faute.

Achim se leva, contourna la table et déposa un tendre baiser sur sa joue.

— Vous êtes vraiment trop gentille pour ce monde, commenta Mike.

Encore un compliment qu'Angela n'avait jamais entendu en politique.

La vie à Klein-Freudenstadt la transformait chaque jour un peu plus.

37

Le secteur socialement défavorisé de Klein-Freudenstadt n'avait rien à voir avec les quartiers sensibles des grandes villes. Il comprenait deux fermes rectangulaires avec un toit de chaume, situées au bord de la route secondaire à la sortie de la ville. Le propriétaire, un héritier parti s'installer à Stuttgart, avait aménagé dans chacune d'elles six studios de quarante mètres carrés qui avaient plutôt mal vieilli car il n'entreprenait que les réparations strictement nécessaires.

Un bouquet de fleurs de son jardin dans les mains, Angela contempla la ferme réaménagée dans laquelle Marie vivait. Une gouttière était tombée. Des champignons poussaient sur le chaume. Ce n'était pas bon signe. Le jardin à l'avant était en friche, envahi par les mauvaises herbes et les fleurs sauvages. Peut-être y avait-il des plants de ciguë derrière la maison.

Angela jeta un coup d'œil sur le côté mais ne vit qu'une corde à linge où séchaient des draps, des vêtements, des dessous. Devait-elle s'aventurer dans le jardin pour y chercher la plante létale ?

Non, Marie était certes la principale suspecte mais Angela voulait justement prouver son innocence. Elle ne s'attendait pas à passer une soirée agréable même si la guide était innocente. La jeune femme enceinte serait certainement blessée d'apprendre qu'Angela la soupçonnait. Marie ne voudrait plus de sa présence au moment de l'accouchement. Elles ne deviendraient pas amies. Angela ne ferait pas de gâteaux d'anniversaire au petit Adrian.

Angela se demanda si elle ne devrait pas plutôt faire demi-tour. Achim et Mike seraient furieux d'apprendre qu'elle avait pris des risques sans être accompagnée de sa protection rapprochée. Angela leur avait bien sûr promis de rester à la maison pendant que l'un sonderait Lena et l'autre le notaire. Les deux hommes avaient bien sûr vérifié si, en jurant, elle n'avait pas croisé les doigts derrière le dos. Angela n'en avait rien fait. Elle ne s'était pas parjurée pour autant puisqu'elle avait croisé son gros orteil avec celui d'à côté. Elle avait déjà eu recours à ce stratagème quand elle avait promis, en pleine crise financière, à la population allemande que son épargne était en sécurité.

Angela était mal à l'aise. Devait-elle sonner ou faire demi-tour et aller couper les roses de son jardin ? Elle se souvint d'une technique qu'elle avait utilisée plusieurs fois dans les situations difficiles : ne pas se focaliser sur les conséquences négatives d'une situation mais visualiser une issue positive. Certes, l'issue positive était plutôt rare. Avec le président russe, elle n'était jamais parvenue à négocier un véritable traité de paix pour l'Ukraine ; de Trump, elle n'avait jamais obtenu plus de trois mots intelligibles d'affilée et elle n'avait jamais pu empêcher Berlusconi de couvrir ses joues de bisous baveux quand il la saluait. Pourtant, cette technique permettait à Angela d'aborder ces rencontres avec un état d'esprit complètement différent. Pour se donner du courage, elle imagina donc le déroulement de la soirée : Marie serait innocente car le baron n'était pas le père de son enfant. Ce n'était qu'une rumeur infondée. Marie n'aurait plus aucun mobile. Une fois ce fait établi, les deux femmes passeraient une soirée agréable devant *Star Wars*. Une soirée qui pourrait être le début d'une merveilleuse amitié.

Même si elle ne sautait toujours pas de joie, Angela parvint à surmonter son appréhension. Elle allait appuyer sur la sonnette quand elle entendit Marie crier depuis la fenêtre :

— Entrez, la porte est ouverte. J'habite au dernier étage, sous les toits.

La jeune femme enceinte lui sourit si chaleureusement qu'Angela considéra tout à coup que l'issue positive visualisée n'était peut-être pas complètement irréaliste. Elle ouvrit la porte et entra d'un pas presque enjoué dans la maison.

38

Mike, au volant de la voiture électrique honnie, regardait l'écran de son téléphone portable tout en conduisant. Google Maps devait lui permettre de trouver l'endroit précis où Lena lui avait donné rendez-vous au bord du lac, sauf que la couverture du réseau était très mauvaise dans l'Uckermark. Mike envisagea de s'en plaindre auprès de sa supérieure : pourquoi n'avait-elle pas profité de ses mandats pour développer le réseau sur tout le territoire allemand ? Arrivé au bord du lac, il sortit de la voiture exiguë et partit à la recherche de Lena. Au bout de quelques pas, il aperçut un appontement. Il distingua une personne dessus mais, avec la lumière du soleil dans les yeux, il fut incapable de l'identifier. Pourvu que ça soit Lena et pas un quelconque pêcheur qui lui expliquerait que la jetée qu'il cherchait se trouvait de l'autre côté du lac. Sinon, il n'aurait pas un quart d'heure de retard mais trente à quarante minutes. Pour son deuxième rendez-vous. Lena voudrait-elle d'un troisième rendez-vous avec un homme si peu fiable ? Troisième rendez-vous qu'il attendait avec impatience !

Mike pressa le pas. *Mon Dieu, faites que ça ne soit pas un pêcheur en mal de compagnie.*

À une trentaine de mètres de la jetée, il reconnut la silhouette sportive de Lena sans toutefois distinguer son visage. Il voulait à la fois se détendre, parce qu'il ne s'était pas trompé, et aller plus vite, parce qu'il était pressé de rejoindre Lena. Ces deux sentiments contradictoires se neutralisèrent si bien qu'il continua à avancer au même rythme. Lena le salua avec un sourire éblouissant. Elle portait un short et un tee-shirt. Elle avait posé à côté d'elle un panier de pique-nique contenant du fromage, du pain et une bouteille de vin rouge. Elle avait apparemment prévu de passer toute la soirée avec lui. C'était une excellente nouvelle sauf qu'avec toutes les parts de gâteau qu'il avait avalées, il ne pouvait pas se permettre de boire du vin, de manger du pain, et encore moins du fromage. Sa balance n'y survivrait pas le lendemain ! En même temps, il ne pouvait pas parler de ses problèmes de poids à une femme.

— Te voilà ! cria Lena d'une voix pleine d'entrain.

Mike chassa vite ses sombres pensées. Il était heureux de la voir, d'autant qu'elle semblait se réjouir aussi de sa présence. Depuis quand n'était-ce pas arrivé ? Qu'une personne soit à ce point contente de le voir ? Hormis sa petite fille, naturellement. Depuis beaucoup trop longtemps.

— J'ai essayé avec Google Maps, dit-il en guise d'excuse pour son retard.

— Ça ne marchera pas avant 2050 dans le coin.

Mike sourit.

— Et si on faisait un petit plongeon dans le lac pour commencer ? Ça nous rafraîchirait.

Mike eut tout à coup très chaud dans son costume. Il craignait cependant d'avoir encore plus chaud s'il acceptait. Aussi eut-il recours au même argument que la veille :

— Je n'ai pas de slip de bain.

— T'es mignon, répondit Lena.

Il ne s'attendait pas à un tel compliment après avoir annoncé qu'il n'avait pas de slip de bain.

Sans attendre sa réponse, Lena enleva son t-shirt. Pris de court, Mike fit tout son possible pour ne pas regarder. Pourtant, il regarda. Mais au lieu de profiter de la situation pour reluquer ses seins, comme l'aurait fait n'importe quel homme à sa place, il se concentra sur l'épaule couverte de cicatrices de Lena. Tout ça à cause du baron qui lui avait tiré dessus par mégarde. Pas étonnant qu'elle ait dû renoncer à ses rêves d'olympiades. Philipp von Baugenwitz avait de la chance d'être mort, sinon Mike ne se serait pas contenté de lui passer un savon, il le lui aurait fait avaler en prime.

Lena couvrit son épaule avec sa main.

— Les hommes regardent ailleurs normalement.

— Pardon, dit Mike qui fixa aussitôt le sol. Il ne voulait pas faire comme les autres hommes.

— C'est pas grave.

Mike ne trouvait pas les mots. Il aurait aimé la consoler mais il ne savait pas comment s'y prendre. Il doutait même que ce fût possible.

— Je vais dans l'eau, annonça Lena, rompant ainsi le silence.

Du coin de l'œil, Mike la vit enlever son short mais il força immédiatement sa pupille à se concentrer sur les planches de l'appontement. Il entendit un « plouf ».

— Alors qu'est-ce que tu attends ? cria Lena.

Il osa enfin regarder dans sa direction. Son sourire étincelait comme le soleil à la surface de l'eau. Encore une fois, il resta sans voix. Il était envoûté par sa beauté.

— Si tu ne me rejoins pas bientôt, je vais nager toute seule, dit Lena en riant.

Elle barbotait sur place.

Mike était tourneboulé. Il voulait prendre cette femme dans ses bras, l'embrasser, la protéger de toute l'iniquité du monde, en particulier des cartouches de fusil. Mais il était tellement pudique !

— Si tu me rejoins, tu seras récompensé par un baiser.

Lena se mit à nager. Mike la regarda s'éloigner. Il réfléchit puis se secoua.

— Oh, et puis zut !

Il se déshabilla en un clin d'œil (jamais il n'avait été aussi rapide), prit son élan et se jeta dans l'eau la tête la première.

39

Dans la cage d'escalier, la tapisserie se détachait à plusieurs endroits, les marches craquaient, quant à la main courante, elle n'inspirait aucune confiance à Angela. Dans les appartements, on s'affairait pour le repas du soir. Ça sentait les pommes de terre sautées, le curry indien, tous les plats imaginables. Arrivée à l'étage mansardé, Angela vit Marie devant la porte de l'appartement de gauche. Elle avait un tablier portant l'inscription « Maman poule veille sur son poussin ». C'était sans doute le cadeau d'une amie qui voulait la préparer aux dix-huit prochaines années. Marie accueillit Angela avec un enthousiasme qui montrait combien elle se réjouissait de sa venue.

— Bienvenue dans mon petit royaume !

Angela lui tendit le bouquet de fleurs. Marie huma leur parfum.

— Elles sont magnifiques !

Angela entra dans le studio au son de *I Will Survive* de Gloria Gaynor. Dès le couloir, où un portemanteau Ikea et une plante semblaient prendre tout l'espace, Angela constata que le terme « appartement » était tout relatif. Par la porte entrebâillée, elle jeta un coup d'œil furtif dans la salle de bains minuscule. Les carreaux vert vif avaient dû être en vogue il y a bien longtemps. Quelques pas plus loin, elle entra déjà dans le séjour qui faisait aussi office de chambre. Un petit coin cuisine, un lit, un clic-clac, un fauteuil abîmé, une armoire, une table à manger et une table à langer occupaient la pièce. Il restait environ trois mètres carrés pour se tenir debout dans la pièce. À condition de ne pas être un géant comme Mike car une grande partie du séjour était sous les pentes du toit. À coup sûr, le propriétaire avait volontairement oublié de retrancher les pentes des combles de la surface. À cet instant, Angela réalisa qu'elle avait certes parlé pendant tous ses mandats des allocations-chômage mais qu'elle n'était jamais allée une seule fois dans l'appartement d'un allocataire. En prenant sa retraite, elle s'était réjouie de quitter la bulle berlinoise pour entrer en contact avec des gens normaux. Pour la première fois, elle avait le sentiment de le faire.

— Je suis en train de nous préparer une tarte à l'oignon. C'est le plat parfait pour une soirée vidéo, dit Marie en se postant devant le plan de travail.

Angela regarda la pâte étalée, les ingrédients, les oignons et les dés de lard.

— Quelle bonne idée ! Je peux vous aider ?

— Oh non, vous êtes mon invitée.

Angela n'insista pas. Quand elle recevait, elle préférait se passer de l'aide de ses convives. Il fallait déjà gérer Achim qui, en essayant de lui donner un coup de main, lui faisait perdre encore plus de temps ! En regardant autour d'elle, elle vit une vieille photo sur un tableau aide-mémoire. C'était l'avant-cour du château dans les années 1980. Pratiquement méconnaissable. Le château était gris, il n'avait pas encore été restauré. Une joyeuse bande d'enfants posait devant la fontaine. Au milieu d'eux se tenait Thea, l'éducatrice et la mère de remplacement de Marie, qui s'était suicidée. À en juger par son regard comblé, les orphelins étaient toute sa vie. Le rire des enfants montrait combien ils se sentaient bien avec elle. Angela se dit qu'ils avaient sans doute été plus heureux là-bas que les occupants actuels. La seule enfant noire de la troupe affichait un sourire radieux. Thea avait réussi à préserver Marie des moqueries relatives à sa couleur de peau. Quelle femme !

Les yeux d'Angela se posèrent sur la table à langer. Elle pouvait désormais interroger Marie sur l'identité du père sans trop de circonlocutions. S'il ne s'agissait pas de Philipp von Baugenwitz, elle pourrait profiter du reste de la soirée.

— Vous avez déjà la table à langer ? demanda-t-elle.

— Oui, c'est moi qui l'ai fabriquée, dit Marie, non sans fierté.

— Le père ne vous a pas aidée ?

Le sourire de Marie s'effaça aussitôt.

— Qui est-ce ?

— Je ne veux pas en parler.

Marie se détourna et prit un gros couteau de cuisine bien tranchant pour couper les oignons.

— Philipp ?

Marie regarda Angela. L'air furieux. Les traits marqués par la douleur.

— Excusez-moi mais au village, le bruit court que…

Marie redoubla d'énergie pour couper les oignons.

— Et vous… (Angela se sentait mal avant même d'avoir dit la suite)… eh bien, vous connaissiez le passage secret qui mène à la chambre de Philipp. Et comme le tapis qui cache la trappe n'était pas poussiéreux, j'ai pensé que vous l'aviez peut-être emprunté.

— J’ai dit : je… ne… veux… pas… en parler !

Elle coupa les oignons à toute vitesse. Les larmes aux yeux, mais pas à cause des oignons. Avec une telle rage que pour la première fois, Angela eut peur de la femme au couteau.

40

Watson.

Achim réalisait tout doucement qu'il n'était pas Sherlock Holmes mais Watson. Il devrait s'en contenter. Retraite ou pas, la répartition des rôles resterait la même au sein de son foyer : Angela était Frodon Sacquet, lui, Samsagace Gamegie. Angela était le capitaine Kirk, lui, pas même Spock, mais plutôt Montgomery Scott. Et Angela était Sherlockine et lui Watson.

Achim s'arrêta au milieu de la place du marché et se demanda si ça l'ennuyait. Leur installation à Klein-Freudenstadt était censée changer beaucoup de choses. Et c'était bien le cas : ne passait-il pas beaucoup plus de temps qu'autrefois avec sa femme ? Alors peu lui importait s'il n'était que Watson.

Et d'ailleurs, pourquoi « que Watson » ? Le docteur Watson avait beaucoup de qualités qu'il possédait aussi à son humble avis. C'était un homme fidèle et loyal, très endurant, et un excellent duelliste. Certes, les performances d'Achim en combat physique laissaient quelque peu à désirer. Mais le backgammon, les échecs et ce cher Scrabble n'étaient-ils pas aussi des duels d'un genre particulier ? Et comment ! Pas plus tard que la veille, Achim avait battu son meilleur ami au Scrabble en posant « Pollakiurie » sur le mot compte triple. Il défiait quiconque de faire mieux que lui.

Oui, Achim n'était peut-être pas Sherlock mais il voulait être le meilleur Watson sur Terre en dehors des romans policiers.

Motivé par le défi qu'il venait de se lancer, il se dirigea vers un café qui se trouvait juste en face de l'Hôtel du lac. Comme c'était le seul établissement de la ville, l'exécuteur testamentaire avait forcément loué une chambre dans la maison à colombages rose.

Achim Watson chercha une place confortable sur la terrasse du café. En attendant l'arrivée du notaire, il boirait un thé rooibos aromatisé au caramel et parcourrait un ouvrage de médecine sur les mycoses. Il voulait y souligner en rouge tous les termes qu'il pourrait ressortir lors de sa prochaine partie de Scrabble et qui lui permettraient de triompher. À peine s'était-il assis qu'il vit un homme grand et maigre, d'environ soixante-dix ans, vêtu d'un costume gris, se diriger vers l'hôtel en traînant une valise à roulettes. C'était forcément l'exécuteur testamentaire. L'hôtel était principalement fréquenté par des cyclotouristes qui avaient fait un petit détour.

Achim regarda avec nostalgie la théière de la vieille dame à la table d'à côté mais se leva consciencieusement et se dirigea vers l'homme. Le notaire n'eut pas le temps de soulever sa valise pour gravir les marches du perron que déjà Achim le rejoignait et le saluait :

— Bonjour, je m'appelle Achim Sauer.

— Je m'appelle Wolf Stark, répondit l'homme d'une voix d'outre-tombe tout à fait digne d'un exécuteur testamentaire.

— Cadavres réjouissez-vous dans vos cercueils, avec Wolf Stark votre héritage sera géré sans écueil.

— Pardon ?

Le notaire dévisagea son interlocuteur qu'il rangea à n'en pas douter dans la catégorie des fous. À l'évidence, il n'avait pas d'humour. À moins que son sens de l'humour n'ait aucun point commun avec celui d'Achim. Ce qui n'étonna guère ce dernier. Le métier de notaire ne procure pas la même joie de vivre que le métier de chimiste quantique.

— Excusez-moi, je pensais que c'était une bonne entrée en matière, dit Achim.

— À croire que vous vous êtes trompé.

— On dirait, admit Achim en essayant de détendre l'homme avec un sourire.

Son sourire s'était rarement heurté à une telle indifférence. Mais Achim ne se démonta pas.

— Vous êtes bien l'exécuteur testamentaire de la famille von Baugenwitz ?

— Ça ne vous regarde pas.

— Mais c'est bien vous ?

L'homme maigre se tut. En cet instant, il avait l'aura d'un croque-mort, s'occupant de son propre cas.

— Je prends votre silence pour une confirmation.

— Qui êtes-vous à la fin ? Vous êtes médecin ?

— Qu'est-ce qui vous fait penser ça ? demanda Achim, surpris.

— Le livre que vous avez à la main, répondit Stark en montrant l'ouvrage sur les mycoses.

Achim regarda brièvement le manuel.

— Non, non, je cherche juste des termes.

— Des termes désignant des types de mycose ?

— C'est ça.

— Et vous n'êtes vraiment pas médecin ?

— Je suis chimiste quantique.

— Vous êtes bizarre.

— On me l'a dit très souvent, vous n'avez pas idée.

— Si, si, j'ai ma petite idée.

— En fait, je cherche juste des mots pour le Scrabble dans mon livre.

— Vous jouez au Scrabble vous aussi ?

Le visage du notaire s'illumina tout à coup.

— C'est ma passion.

— À moi aussi, s'enthousiasma le notaire dont les lèvres fines esquissèrent un semblant de sourire. Je joue même en ligne.

— Moi aussi !

— Non ?

— Si !

— On a peut-être joué l'un contre l'autre, qui sait ?

— Quel pseudo avez-vous choisi ? demanda Achim.

— Exécuteur.

Achim eut ainsi la confirmation que les juristes maniaient certes très bien les mots mais étaient complètement dépourvus d'imagination.

— Et vous ?

— Lord Voldemots.

— Vol de mots ?

— C'est une allusion à Harry Potter.

— Ah.

Apparemment, Stark ne s'était jusqu'à présent jamais intéressé à la littérature populaire, sans doute beaucoup trop terre à terre pour lui.

— Nous ne nous sommes jamais affrontés, constata Achim. Je pourrais vous inviter à une partie de Scrabble. Qu'en dites-vous ?

— J'en dis que c'est une excellente idée, se réjouit Stark dont les lèvres dessinèrent un vrai sourire cette fois. Et pardonnez-moi d'avoir été aussi revêche.

— Ne vous en faites pas. Je peux vous poser une question ?

— Un ami de Scrabble peut me poser toutes les questions qu'il souhaite.

— Qui va hériter des biens de la famille von Baugenwitz ?

— Presque toutes les questions.

— Et si je vous donne quelques mots très intéressants à placer sur les cases « mot compte triple » ?

— Des noms de mycose ?

— Non, des termes qu'on utilise en chimie quantique. Avec de tels concepts, vous êtes sûr de gagner toutes les parties ou presque.

— C'est tentant, concéda Stark qui prit le temps de réfléchir quelques secondes. Posez des questions, je verrai si je peux y répondre sans trahir le secret professionnel.

— Alexa von Baugenwitz a-t-elle des héritiers qui vont hériter du château ?

— Je peux vous dire une chose : le château n'a jamais appartenu à Alexa von Baugenwitz.

— Mais Philipp a dû le lui léguer. C'était sa femme quand même !

— Ils avaient un contrat de mariage tous les deux. Alexa a simplement hérité d'une rente mensuelle.

Achim était surpris. Ni lui en sa qualité de Watson, ni Angela en sa qualité de Sherlockine ne s'attendaient à ça. Il avait pour mission de s'assurer qu'aucun héritier d'Alexa inconnu jusqu'à ce jour ne puisse être le coupable potentiel. Mais une autre question s'imposait à présent.

— Qui hérite des biens de Philipp alors ?

— Je ne peux pas donner de noms.

— Mais vous pouvez bien dire, sans entrer dans les détails, quel lien il faut avoir avec Philipp pour revendiquer son héritage ? dit Achim pour tendre une perche au notaire.

— En effet.

— Et ?

— Dans un tel cas, c'est l'enfant du défunt qui hérite.

— Mais Philipp von Baugenwitz n'avait pas d'enfant.

— Je ne peux pas donner de noms malheureusement.

— Mais je peux essayer de les deviner ?

— Oui, évidemment.

— Bien, se réjouit Achim.

— En revanche, je ne pourrai ni confirmer ni infirmer.

— Moins bien.

Achim réfléchit se demandant de qui il pouvait bien s'agir. Seule la rumeur qui courait au village lui revint à l'esprit. Marie portait dans son ventre le rejeton de Philipp. Pourtant même si les bruits étaient fondés, c'était un enfant illégitime. Il ne pouvait donc pas hériter si ?

— J'ai encore une question d'ordre général.

— Je vous écoute.

— Un enfant illégitime peut-il hériter ?

— C'est bien ce que je dis : les joueurs de Scrabble sont indéniablement intelligents !

41

Marie posa le couteau sur la planche à découper et tint son ventre. Elle était tellement agitée que sa nervosité était contagieuse. Le bébé bougeait. L'espace d'un instant, Angela craignit que Marie ne fût prise de contractions. Elle lui avait certes promis de l'accompagner à l'hôpital et même jusqu'en salle d'accouchement mais entre se dire prêt à faire quelque chose et le faire vraiment, il y avait tout un monde. Angela repensa tout à coup à la crise des réfugiés quand elle avait dit devant les journalistes : « Nous allons y arriver. » Elle aurait dû formuler sa phrase différemment. D'une façon beaucoup plus ouverte : « Ne serait-ce pas merveilleux si nous y arrivions ? » Ou : « Ce serait bien le comble si nous échouions. » Ou encore : « Mesdames et messieurs les journalistes, tout est dit. Le café et les gâteaux vous attendent dehors. »

— Tout va bien ? demanda Angela.

— Oui, répondit Marie qui n'avait pas l'air d'aller bien du tout.

Elle inspira et expira profondément plusieurs fois. Puis elle essuya la sueur de son front avec la manche de son haut qu'elle retroussa ensuite.

Angela vit la cicatrice au poignet de Marie. Elle eut la gorge serrée : la pauvre femme avait bien tenté de se suicider.

Marie remarqua qu'Angela fixait sa cicatrice. Elles restèrent toutes deux silencieuses pendant un long moment.

— C'est encore tout récent, n'est-ce pas ? demanda Angela avec précaution.

Marie garda le silence.

L'absence de réponse peut aussi être une forme de réponse.

Angela se demanda si elle devait poser d'autres questions et en vint à la conclusion que si elle voulait prouver l'innocence de Marie, ce qu'elle souhaitait de tout cœur, elle n'avait pas d'autre choix.

— C'est parce que Philipp vous a quittée ?

Pas de réponse ; encore une fois, une réponse en soi.

— Mais c'était avant que vous sachiez que vous étiez enceinte de lui.

— Jamais je ne ferais de mal à mon enfant ! s'exclama Marie, les yeux étincelants de colère.

— Jamais je n'aurais cru une chose pareille, dit Angela en levant les mains.

— Bon.

— La mort de Philipp semble vous affecter, hasarda Angela.

Marie n'était plus seulement furieuse, elle était triste aussi. Sans doute avait-elle encore des sentiments pour Philipp. Peut-être pensait-elle aussi à son fils qui ne connaîtrait jamais son père.

— Mais la mort d'Alexa vous laisse indifférente.

— Dès qu'elle a appris pour l'enfant, elle s'est mise à me haïr. Elle m'a dit qu'elle m'arracherait les yeux. Elle voulait tout faire pour que nous quittions Klein-Freudenstadt. Je ne vois pas pourquoi je pleurerais pour elle.

Angela réalisa que Marie venait de confirmer que l'enfant dans son ventre était bien celui de Philipp.

— Je crois qu'ils ont été assassinés tous les deux, se contenta-t-elle de dire.

— Quoi ?

Marie était choquée. Restait à savoir pourquoi : parce qu'elle ignorait tout des meurtres ou parce que c'était elle qui les avait commis et qu'on venait de la démasquer ? La dernière hypothèse ne semblait plus aussi farfelue.

Il n'existait qu'un moyen pour réfuter cette thèse. Angela repensa aux paroles inoubliables du gardien de but Oliver Kahn. Comment oublier sa visite dans les vestiaires de l'équipe de foot nationale ? Une petite serviette nouée autour de la taille pour seul atour, le gardien avait dit à Angela : « Il ne faut rien lâcher, ne jamais rien lâcher ! »

— Nous pensons que la meurtrière connaît très bien l'histoire de Klein-Freudenstadt, avança Angela d'une voix calme.

— Vous pensez que je…

— Pas moi.

— Merci, lâcha Marie d'un ton hargneux.

— Toutefois, je ne peux pas écarter d'un geste les raisons à l'origine de ce soupçon. Philipp vous a abandonnée alors que vous étiez enceinte. Il refusait de reconnaître son fils. Et Alexa voulait vous chasser, vous et votre enfant, de votre ville natale.

Marie regarda son ventre. Ses yeux se remplirent de larmes de désespoir et de colère.

— De plus, sa famille a réclamé le château dans lequel vous aviez grandi. L'orphelinat a dû fermer. Votre chère Thea ne s'en est pas remise et s'est suicidée.

Marie s'appuya d'une main sur le plan de travail à tout juste trois centimètres de la planche à découper avec le couteau. Angela pourrait-elle la devancer si nécessaire ?

Non, bien sûr que non.

À présent, Angela souhaitait de tout cœur l'innocence de Marie, pas seulement pour la femme enceinte et son enfant mais aussi pour elle. Pourtant après avoir formulé tous les mobiles à haute voix, elle n'y croyait plus vraiment.

Ne rien lâcher, ne jamais rien lâcher !

— Et le défunt a même laissé un indice qui vous accuse.

— Un indice ?

— Je peux prendre ça pour vous montrer ?

Angela se dirigea vers la planche avec l'oignon émincé dans l'espoir de former le *a* avec une lamelle d'oignon mais aussi de s'intercaler entre Marie et le couteau.

— Oui, dit Marie en enlevant le couteau de la planche.

Peut-être voulait-elle simplement éviter qu'Angela ne se coupe par mégarde avec. Mais Angela avait du mal à y croire.

Ne rien lâcher...

Angela ne put s'empêcher de sourire en repensant à la devise d'Oliver Kahn car Achim s'était plaint à l'époque : « Pourquoi faut-il toujours que tu ailles dans les vestiaires de ces joueurs de foot bien bâtis et musclés ? »

Incroyable ce qui pouvait lui passer par la tête dans les situations dangereuses.

— Qu'est-ce qu'il y a de drôle ? demanda Marie, irritée par le sourire d'Angela comme quiconque – meurtrier ou non – à sa place.

... *Ne jamais rien lâcher.*

Angela forma un *a* à l'aide des oignons sur la planche.

— Qu'est-ce que c'est ? demanda Marie, le couteau toujours à la main.

— C'est ce qu'a laissé Philipp avant de mourir.

— Des oignons ?

— Non, non ! La lettre.

— Ah, et qu'est-ce que ça signifie ?

— C'est l'indice dont je vous ai parlé.

— Et qu'est-ce qu'il a à voir avec moi ?

— Le *a* désigne votre fils, Adrian.

Marie regarda Angela. Longuement. Puis elle se mit à rire à gorge déployée. Le couteau à la main.

42

— Qu'est-ce qu'il y a de drôle ? demanda Angela, irritée à son tour.

Et elle se demanda si elle aurait une chance de s'échapper. La porte n'était pas loin. Marie, enceinte jusqu'aux yeux, n'était sans doute pas très rapide. En même temps, Angela n'était pas sportive. Ah, si seulement elle avait engagé un coach sportif comme Emmanuel Macron ! Mais à l'époque où elle était encore au gouvernement, elle s'était contentée de faire appel à un physiothérapeute qui l'avait torturée avec ses exercices pour le dos.

— Ça, dit Marie qui peinait à reprendre son souffle.

Elle montra le *a* formé à l'aide de lamelles d'oignons.

— Je ne comprends pas.

— Ça ne m'étonne pas, fit remarquer Marie en posant le couteau sur le côté.

Un geste qui soulagea énormément Angela. Bien sûr, Marie pourrait le reprendre à tout moment et s'en servir… mais pour l'heure, le danger semblait s'être éloigné.

— Si Philipp avait voulu faire allusion à notre enfant, il aurait écrit ça.

Marie dessina la lettre « B » avec les lamelles d'oignon.

— Je ne comprends toujours pas.

— Quand il a appris pour le bébé, dit Marie en caressant son ventre, il a tenu à ce qu'il s'appelle Benedikt.

— Je croyais qu'il ne voulait pas le reconnaître.

— Pas publiquement en tout cas. Mais il voulait décider de son prénom. Il était comme ça…

— Pour vous, c'était hors de question.

— Naturellement. Et je ne lui ai jamais dit que j'allais appeler notre bébé Adrian.

Le *a* ne faisait donc pas référence au prénom de l'enfant. En tout cas, si Marie disait bien la vérité.

— Regardez.

Marie prit son téléphone portable et montra à Angela un texto de Philipp datant du jour de sa mort.

J'ai changé d'avis. Je ne reconnaîtrai jamais publiquement le petit Benedikt mais je lui verserai tous les mois 1 000 euros. J.

Marie n'avait pas menti : le baron, qui avait apparemment le don d'utiliser les mauvais smileys, n'avait jamais su que son fils s'appellerait Adrian.

— Vous avez refusé l'argent ?

— Pour moi, je l'aurais refusé. Mais pour le bébé, je l'ai naturellement accepté.

Marie montra à Angela le texto dans lequel elle avait transmis son numéro de compte au baron.

— Maintenant qu'il est mort, je ne peux plus compter dessus.

— Benedikt, dit Angela en regardant le « B » qui n'était pas un « *a* » et éprouva un immense soulagement. Pas tant parce qu'elle n'était plus en danger que parce que Marie était innocente.

— Vous pensez toujours que je suis une meurtrière ?

Angela eut honte. Malgré la sympathie qu'elle ressentait pour la jeune femme enceinte, elle l'avait soupçonnée.

— Je suis désolée.

— C'est bon.

— Je vais y aller, dit Angela qui ne pensait plus mériter l'hospitalité de la jeune femme.

— Vous êtes sourde ?

— Euh… pourquoi ?

— J'ai dit : « C'est bon. »

— Mais je me suis beaucoup trop immiscée dans votre intimité.

— Oui, encore plus que le conseiller du Pôle emploi. Je n'aurais jamais cru que c'était possible.

— Et j'ai osé vous soupçonner. Je vois bien que ça vous a blessée.

— Et comment !

— Comment pouvez-vous dire que c'est bon, alors ?

Marie se dirigea vers le tableau aide-mémoire et tapota la photo.

— Vous savez ce que Thea disait toujours ?

— Non, quoi ?

— Chacun a le droit à une deuxième chance.

— Et vous estimez que j'y ai droit moi aussi ?

— C'est comme ça que j'ai été éduquée.

Angela était touchée. Elle regarda Thea sur la photo avec plus d'attention. L'éducatrice souriait au milieu des enfants. En la voyant, elle se demanda si une chancelière de la trempe de Thea n'aurait pas été plus inspirante qu'elle.

— Personne n'est parfait, fit remarquer Marie en souriant.

— C'est vrai, admit Angela en souriant aussi.

— Et c'est très bien comme ça.
— C'est vrai aussi.
— Et maintenant ? Tarte à l'oignon et *Star Wars* ?
— Tarte à l'oignon et *Star Wars*.
Angela, enfin libérée, rit de bon cœur.

43

Tout en remuant le lait qu'il venait de verser dans son thé rooibos aromatisé au caramel, Achim pensait à sa femme. Angela serait triste d'apprendre que la guide touristique avait un mobile si Philipp était bien le père de son enfant. Angela portait Marie dans son cœur et son cœur était grand.

Oui, Angela était une femme sensible même si Achim était le seul être au monde à le savoir. Angela elle-même n'en était pas consciente. Elle pensait s'être endurcie après toutes ces années passées en politique. Achim, lui, savait que ce n'était pas le cas. Sa *Puffeline* était devenue encore plus vulnérable avec le temps parce qu'elle avait dû cacher et contrôler ses sentiments pendant si longtemps. Comme une digue derrière laquelle l'eau se serait accumulée, n'attendant qu'une faille pour s'engouffrer dedans et inonder les Pays-Bas. La Belgique aussi. Et une partie de la Rhénanie du Nord-Westphalie. Jusqu'à Hamm en Westphalie.

Achim se dit que si Marie était bien la meurtrière, Angela pleurerait pour la première fois de ce millénaire. Ça lui ferait peut-être du bien d'ailleurs, de laisser libre cours à ses larmes.

— Si vous continuez à remuer, le lait va se transformer en fromage, fit remarquer le notaire, assis en face de lui au café.

Il avait presque vidé sa tasse de thé rooibos-caramel.

Achim cessa de remuer.

— Vous n'avez pas encore posé toutes les questions importantes, vous savez, commenta l'homme.

— Quelles questions aurais-je dû poser ?

— C'est à vous de trouver.

Stark découpa avec une fourchette le beignet boule recouvert d'un glaçage qu'il avait acheté dans une boulangerie. Le serveur lui avait certes fait remarquer qu'il était interdit de consommer au café des desserts achetés ailleurs mais Stark avait cité des articles de loi, détaillé les sous-articles et évoqué un jugement de principe du tribunal de région d'Erlangen pour le faire taire.

Le serveur surmené avait fini par renoncer.

— Mangez, mangez, mais ne dites pas à mon chef que je vous ai autorisé à le faire.

Achim fixa les morceaux de beignet dégoulinant de confiture tout en réfléchissant aux questions qu'il pourrait poser. Un Sherlock l'aurait su depuis longtemps et Sherlockine aussi bien sûr. Mais un Watson était aussi un bon enquêteur. En tout cas meilleur que l'inspecteur Lestrade. Lui qui était le meilleur Watson du monde en dehors des romans d'Arthur Conan Doyle devait être en mesure de poser les bonnes questions.

Motivé, Achim stimula ses neurones avec une gorgée de thé. Il avait trouvé que l'enfant illégitime allait hériter de l'argent. Que sa mère gérerait pour lui. Donc c'était pratiquement le sien. Jusque-là, tout était clair. Stark ne dévoilerait pas le montant de la somme héritée. Mais peut-être…

— Un enfant illégitime hérite vraiment de tout ?

— Ça dépend.

— De quoi ?

— S'il est le seul enfant.

— Philipp n'avait pas d'autre enfant.

Stark eut un sourire narquois et prit un huitième de beignet avec sa fourchette.

— Il a un autre enfant ?

— Délicieux, ce beignet ! Ce boulanger Wurst est le meilleur du coin, s'enthousiasma Stark.

— N'allez pas dire ça à ma femme !

— La prochaine fois, je prendrai deux beignets d'un coup, lança Stark en clignant de l'œil.

— Vous avez quelque chose dans l'œil ? demanda Achim déconcerté.

— Vous n'êtes pas très réceptif aux messages subtils, pas vrai ?

— C'était quoi le message subtil ?

— Deux beignets d'un coup.

— Des beignets ?

— Deux d'un coup.

— Deux ?

— D'aucuns diraient dans cette situation « Bingo » ! Moi je préfère dire « Scrabble ».

— Philipp von Baugenwitz a deux enfants ?

Achim n'en revenait pas.

— C'est vous qui l'avez dit.

Stark sourit tout en savourant un huitième de beignet.

44

Quand il avait pris ce poste dans l'Uckermark, Mike n'aurait jamais cru qu'il enquêterait sur une affaire de meurtres, qu'il mangerait plein de gâteaux et augmenterait son indice de masse corporelle ou qu'il devrait ramasser les crottes de Poutine. Mais surtout, il n'aurait pas imaginé une seconde qu'il se baignerait nu dans un lac. Avec une femme magnifique, nue elle aussi, qui, à moins de trente ans, était sensiblement plus jeune que lui.

— Tu vois, ce n'est pas si difficile que ça !

Le rire de Lena était si charmant que Mike en oublia sa pudeur. Il barbota sur place tout près d'elle et rit à son tour.

— Non, c'est vrai.

En effet, il ne s'était jamais senti aussi léger.

— Approche-toi, dit Lena d'un ton aguicheur.

— Euh, tu crois ?

— Je t'ai promis un baiser non ? Et je n'ai pas un si long cou.

Tout à coup, il n'était plus seulement léger mais fébrile aussi.

— Tu rougis, constata Lena en riant.

— Non, non, c'est juste quand je suis dans l'eau. Le sang me monte à la tête.

— T'es trop mignon !

Lena nagea jusqu'à Mike, prit son visage dans ses mains et l'embrassa. C'était un merveilleux baiser, à la fois passionné et tendre. Il avait connu la passion avec son ex-femme mais jamais la tendresse. Plutôt les assiettes qui volent. Les vases fracassés. Les brosses à WC qu'on se lance à la figure. Même celles du WC à côté de la chambre d'amis.

— Pourquoi est-ce que tu fais la grimace ?

— Je viens de penser à mon ex-femme.

Comme trop souvent dans sa vie, Mike fut incapable de mentir.

— C'est pas très gentil, répondit Lena en prenant quelque peu ses distances.

— J'ai repensé à ses baisers.

— Encore moins gentil.

— Et je me suis dit que j'aimais beaucoup mieux les tiens.

— D'accord, concéda Lena, un peu troublée. C'est toujours ça.

Mike la regarda et se surprit lui-même. Comment faisait-il pour toujours gâcher les bons moments ? Quel idiot il faisait ! Un champion en la matière. Si les championnats du monde de l'idiotie existaient, les autres idiots ne participeraient même pas à la compétition qu'ils estimeraient perdue d'avance face à Mike. Ils n'avaient aucune chance contre lui. Même Kanye West resterait à la maison.

— On pique-nique ? demanda Lena.

Mike, conscient que ce n'était pas le moment de parler des conséquences qu'auraient le fromage et le vin sur son indice de masse corporelle, se contenta de hocher la tête. Ses yeux se posèrent sur l'épaule de Lena. Les gouttes d'eau sur la cicatrice brillaient dans la lumière du soir.

— Tu as toujours mal ?

— Oui.

Mike aurait tellement aimé soulager la douleur de cette femme merveilleuse.

— Pourquoi tu me regardes comme ça ?

Lena avait perdu son assurance tout à coup.

Mike ne répondit pas.

— À quoi penses-tu ?

— J'aimerais tellement soulager ta douleur, dit-il, incapable de mentir encore une fois.

Lena eut un sourire hésitant.

— J'ai réuni la somme nécessaire pour l'opération à Fort Lauderdale. Elle aura lieu dans deux mois.

— C'est vraiment beaucoup d'argent, soupira Mike qui trouvait injuste qu'une opération puisse coûter aussi cher.

— Oui, dit-elle d'une voix peu assurée.

Puis elle se tut. Mike eut comme l'impression qu'elle se sentait…

… coupable.

— Qu'est-ce qu'il y a ? demanda Lena d'une voix encore plus hésitante.

— Rien, rien… répondit Mike d'un ton pas franchement convaincant.

Tout à coup, il se demanda d'où venait l'argent. Les policiers normaux avaient du mal à épargner une telle somme. Une opération aux États-Unis n'était pas le genre d'investissement pour lequel on pouvait obtenir un prêt auprès de la banque. Devait-il interroger Lena ?

Mike n'eut même pas besoin de poser la question. Apparemment, son expression en disait long.

— C'est mes affaires, lâcha Lena. Ça ne te regarde pas !

Après quoi, elle nagea jusqu'à la jetée. Il ne la suivit pas. Il nagea un peu sur place. Soudain, cette femme ne lui inspirait plus du tout confiance. Comme sa femme autrefois mais pas du tout pour les mêmes raisons. Il n’avait jamais cru son ex quand elle lui disait qu’elle était restée jusqu’à quatre heures du matin chez sa meilleure amie et que si elle sentait l’après-rasage, c’était parce qu’elle avait fait la bise au mari de sa copine pour le saluer. Non, s’il n’avait plus confiance en Lena, c’était parce qu’aucun policier normal n’avait soudain 25 000 euros à disposition.

45

Angela était surprise qu'une soirée ayant si mal commencé pût se dérouler aussi bien. La tarte à l'oignon était délicieuse, meilleure que certains menus trois étoiles des réceptions officielles. À côté des escargots au gorgonzola servis chez François Hollande, elle était même succulente. Le vin, qu'Angela avait bu seule naturellement, était lui aussi étonnamment bon. Quant au film de *Star Wars*, il lui avait plu contre toute attente. Certes, il ne fallait pas trop creuser. Luke Skywalker avait strictement parlant commis un crime de guerre. En détruisant l'étoile de la mort, il avait provoqué une série de dommages collatéraux car sur la station ne travaillaient pas que des soldats de l'Empire mais aussi de simples techniciens de surface. Et Angela avait apprécié le flirt entre la princesse Leia et Luke jusqu'au moment où Marie lui avait appris que tous deux étaient frères et sœurs. À partir de là, elle avait croisé les doigts pour Han Solo. Il avait un certain charme malgré son air vicieux. Un peu comme George Bush mais en beaucoup plus intelligent.

À présent, elle se trouvait avec Marie devant la porte, la lune presque pleine brillait et les étoiles étincelaient comme elles étincelleraient à Berlin quand seules les voitures électriques seraient autorisées à rouler et que l'industrie lourde respecterait enfin les normes relatives aux émissions de CO_2, ce que même Greta Thunberg n'osait envisager.

— Je peux vous raccompagner chez vous, proposa Marie.

— Ce n'est pas la peine, répondit Angela en souriant. Si je me suis installée à Klein-Freudenstadt, c'est justement pour pouvoir flâner seule dans les rues.

— C'est vous qui croyez que tous deux ont été assassinés. Pas moi.

Angela aurait préféré que Marie ne le lui rappelât pas. Depuis qu'elle avait découvert le cadavre de Philipp von Baugenwitz dans la cave, elle n'avait eu de répit que pendant ces quelques heures passées à regarder *Star Wars* et à manger de la tarte à l'oignon. Prenait-elle un risque en rentrant seule à la maison ? Elle était la dernière personne à représenter un danger pour la meurtrière. La coupable la prenait-elle au sérieux au point d'attenter à sa vie malgré les risques que cela comportait ? Angela estima que c'était peu probable. Elle n'avait pas suffisamment progressé dans son enquête. La meurtrière ne se sentait pas acculée. Et quand bien même elle courrait le risque de se faire attaquer pendant les dix minutes de trajet jusque chez elle, elle n'aurait pas l'indélicatesse d'exposer Marie à un tel danger. Ce serait irresponsable de sa part.

— Non, la meurtrière ne peut pas être stupide à ce point, répondit Angela en croisant les doigts.

— Comme vous voudrez mais nous devons absolument prévoir une autre soirée vidéo.

— Volontiers, se réjouit Angela.

Elle constata qu'elle n'avait pas été la seule à apprécier la soirée. Elle avait bien trouvé une amie dans sa ville d'adoption !

— La prochaine fois, nous regarderons *Mange, prie, aime*.

— Trois propositions tentantes.

— Je peux vous serrer dans mes bras ?

Sa demande surprit tout autant Angela qu'elle la réjouit.

— Allez-y.

Marie l'étreignit chaleureusement. C'était une sensation agréable, qui fut aussitôt remplacée par une autre, pas moins agréable mais inhabituelle et même un peu déconcertante. Le bébé donna des coups de pied dans le ventre de Marie, qu'Angela sentit aussi contre le sien. Une fois. Deux fois. Trois fois.

— Adrian vous aime aussi ! s'esclaffa Marie.

Angela rougit. De joie. Pouvait-on avoir des sentiments grands-maternels quand on n'était pas grand-mère ?

— Je suis vraiment heureuse que vous ayez accepté de m'accompagner le jour de l'accouchement.

Si Angela avait été prise de court la première fois, elle se sentait mieux parée après la soirée qu'elle venait de passer et les trois coups de pied dans le ventre. Elle se réjouissait de pouvoir soutenir Marie dans un moment aussi important.

— Moi aussi.

— Je vous souhaite une très bonne nuit.

— Merci, à vous aussi.

Les deux femmes échangèrent un sourire radieux. Puis Angela s'éloigna. Quelques instants plus tard, elle entendit la porte se refermer. Marie était rentrée. Le cœur léger, Angela remonta la petite route éclairée par la lune, les étoiles et quelques lampadaires. Elle longea des jardins, des fossés, des arbres et quelques rares maisons dont les occupants semblaient déjà dormir. Angela savoura l'air printanier du soir tout en repensant aux coups de pied qu'Adrian lui avait donnés en guise d'adieu.

Le miracle de la vie.

Jamais elle n'aurait cru faire une telle expérience à son âge.

Cet endroit était vraiment propice aux surprises.

Et la prochaine s'annonçait déjà pour Angela.

Une flèche passa en sifflant à quelques centimètres d'elle avant de s'enfoncer dans un tronc d'arbre en vibrant.

46

Cours ! lui cria son instinct dont elle apprécia l'excellent conseil sans toutefois pouvoir l'appliquer. Tétanisée, elle fixait la flèche qui bourdonnait et frétillait encore dans le tronc d'arbre.

Cours ! cria à nouveau son instinct, plus fort cette fois. Plus facile à dire qu'à faire. Ses jambes ne lui obéissaient pas, elle était comme paralysée.

Qu'est-ce que t'attends, idiote ? La deuxième flèche ? cria l'instinct. Sans remettre en cause le bien-fondé de ses interventions, Angela se dit qu'il n'avait pas à lui parler sur ce ton. Elle n'eut pas le temps de le réprimander. Une deuxième flèche passa si près d'elle que le courant d'air souleva ses cheveux. La pointe s'enfonça dans le même tronc d'arbre.

COURS ! hurla son instinct. Angela savait qu'elle devait enfin suivre son conseil. Le hic, c'est que la course à pied n'était pas vraiment son fort. C'était quand, la dernière fois qu'elle avait piqué un sprint ? Ah oui, le jour de la chute du mur, quand Achim l'avait appelée : « Viens vite, tu ne devineras jamais ce que vient de dire le vieux Schabowski[1] ! Tout le monde peut se rendre à l'Ouest ! »

1. Günter Schabowski, porte-parole du gouvernement est-allemand, connu pour avoir précipité la chute du mur de Berlin. Le 9 novembre 1989, interrogé lors d'une conférence de presse sur la date à laquelle les Allemands de l'Est seront autorisés à voyager à l'Ouest, il répond d'une manière un peu confuse : « Pour autant que je sache… immédiatement », provoquant la ruée des Berlinois de l'Est vers le mur de Berlin. Dépassés, les gardes en ouvriront les accès.

À l'époque, la distance à couvrir, de la cuisine au salon, était fort modeste. Mais cette fois, elle jouait carrément le rôle de la proie ! C'est elle qu'on pourchassait.

COUOUOURS !

Angela aurait préféré pouvoir sauver sa peau par d'autres moyens. Pourquoi, au lieu de lui intimer de courir, l'instinct ne lui disait-il pas : « Préside une réunion de crise », « Explique la théorie des cordes », ou « Détaille pour la énième fois les gestes barrière » ?

T'ES SOURDE ? hurla l'instinct.

Angela sortit enfin de son état de sidération et se mit en mouvement. Juste avant que la troisième flèche ne l'atteigne. Elle passa en sifflant derrière son dos et rejoignit ses sœurs sur le tronc d'arbre.

Angela n'avait jamais couru aussi vite même si elle savait pertinemment qu'elle n'était pas particulièrement rapide. Elle repensa aux vidéos de Donald Duck qu'Achim aimait regarder sur Youtube. Dans le dessin animé, elle aurait d'abord été doublée par un adepte de la marche nordique. Puis par une tortue. Et enfin, par une tortue adepte de la marche nordique.

ARRÊTE DE PENSER À CES CONNERIES ET CONCENTRE-TOI SUR TA COURSE !

Angela comprit tout à coup pourquoi elle avait des pensées aussi saugrenues dans les situations de danger : elles la distrayaient de sa peur de la mort.

Une flèche atterrit à ses pieds sur un petit carré d'herbe entre elle et le fossé.

REBROUSSE CHEMIN, DÉPÊCHE ! paniqua l'instinct. Angela fixa la flèche en haletant et réalisa que son instinct ne lui était pas d'une grande aide. Une flèche l'atteindrait tôt ou tard, et essoufflée comme elle l'était, plutôt tôt que tard.

Angela regarda fébrilement autour d'elle à la recherche d'une issue. Elle vit le fossé. Un plan prit forme dans son esprit. En sautant dans le fossé, elle échapperait momentanément aux flèches, ce qui lui laisserait le temps de passer un appel d'urgence avec son portable. Aussitôt dit, aussitôt fait. Angela sauta dans le fossé.

Comme la plupart des plans élaborés dans l'urgence, celui d'Angela montra quelques faiblesses dans son exécution. Ainsi n'avait-elle pas pris en compte la profondeur du fossé. Elle avait de l'eau jusqu'au deuxième bouton de son blazer.

Elle plongea la main dans la poche de sa veste mais c'était trop tard : son téléphone portable avait déjà pris l'eau et ne lui était plus d'aucune utilité. C'était l'inconvénient quand on échangeait un portable professionnel dernier cri et étanche contre un vieux modèle Nokia complètement dépassé.

Que faire alors ? Sortir du fossé par l'autre versant et se remettre à courir ? De cette façon, elle aurait sans doute 0,5 % de chances de survivre. La seule solution qui vint à l'esprit paniqué d'Angela fut de s'immerger complètement dans l'eau sale dans l'espoir que le tireur ne la trouve pas.

Une fois accroupie dans l'eau, Angela réalisa qu'elle aurait dû se munir auparavant d'un brin de paille ou d'une tige de roseau pour s'en servir de tuba. Devait-elle remonter à la surface ? Non, c'était trop dangereux.

Combien de temps pourrait-elle tenir sous l'eau ? Angela effectua le calcul. Cinquante secondes ? Soixante dans le meilleur des cas.

Ainsi passerait-elle la dernière minute de sa vie : dans un fossé rempli d'eau saumâtre. D'ailleurs, elle préférait ne pas savoir ce qu'il y avait dedans.

Si elle ne s'était pas trouvée sous l'eau, Angela aurait ri de l'ironie de la situation. Pendant toute sa carrière politique et ses mandats de chancelière, jamais elle n'avait été réellement en danger malgré les nombreux ennemis qu'elle avait en Allemagne et à l'étranger. Il fallait qu'elle vienne s'installer à Klein-Freudenstadt dans l'Uckermark pour être victime d'un attentat.

Quitte à mourir, autant le faire avec un minimum de dignité ! Pas toute pantelante après être restée sous l'eau jusqu'à la dernière seconde, mais la tête haute en regardant l'assassin droit dans les yeux. Au moins aurait-elle résolu l'affaire avant de s'écrouler au sol le cœur transpercé par une flèche.

Angela n'attendit donc pas de manquer d'air, elle refit surface au bout de trente secondes seulement. Dégoulinante. Les cheveux mouillés collés contre la peau de son visage.

Elle resta un moment immobile, debout dans le fossé. Elle ne vit personne, n'entendit pas la moindre flèche fendre l'air mais plutôt un bruit s'apparentant à celui d'une voiture qui approchait. Et tout de suite après, des pas qui s'éloignaient rapidement. Apparemment l'assassin avait pris la fuite.

Angela faillit lever les bras en l'air pour fêter l'événement comme autrefois au stade de Rio de Janeiro quand Mario Götze avait conduit son équipe à la victoire et que l'Allemagne avait gagné le Mondial de foot. La voiture freina brusquement devant le fossé. L'assassin avait-il appelé des renforts ? La thèse du *Crime de l'Orient-Express* semblait la plus plausible.

Le cœur d'Angela battait la chamade. Quoi qu'il advienne, elle regarderait son destin en face.

Le faisceau d'une lampe torche l'aveugla tout à coup. Incapable de distinguer le visage du porteur de la lampe, elle reconnut parfaitement sa voix.

— Je crois que je préfère ne pas savoir ce que vous faites dans le fossé.

— Non, répondit Angela, profondément soulagée. Vous ne voulez pas le savoir, Mike.

47

Arrivés devant la maison à colombages, ils descendirent de la petite voiture électrique. Le garde du corps avait enveloppé Angela dans une couverture dès qu'elle était sortie du fossé.

— Il ne faut pas dire à Achim que j'ai été en danger de mort ce soir, murmura Angela à l'adresse de Mike tandis qu'ils approchaient de la porte.

Mike se contenta de hocher la tête. Après lui avoir expliqué qu'il l'avait retrouvée en géolocalisant son téléphone portable, précisant qu'elle ne lui avait pas laissé le choix puisqu'encore une fois elle avait fugué sans prévenir, il n'avait plus ouvert la bouche de tout le trajet. Son silence obstiné n'avait cependant rien de réprobateur, il trahissait seulement sa profonde inquiétude. Pas étonnant après cette attaque ! Il était clair que l'enquête avait pris un tour très sérieux. Il ne s'agissait plus de jouer au détective. Mais il n'y avait pas que ça. Mike semblait préoccupé par autre chose. Son rendez-vous avec Lena peut-être ?

La… tireuse à l'arc.

Angela, qui grelottait quelques secondes auparavant, eut très chaud tout à coup. Naturellement ! Qui d'autre que Lena se servirait d'un arc et de flèches comme arme ? Comment n'y avait-elle pas pensé plus tôt ? Certes, quand on courait pour sauver sa peau, on n'était pas assez lucide pour analyser les choses.

Angela regarda Mike. Devait-elle lui parler de Lena ? À peine se fut-elle posé la question qu'Achim ouvrit la porte.

— Bonté divine, qu'est-ce qui s'est passé ? demanda-t-il en voyant son épouse dégoulinante.

Angela était incapable de mentir à Achim. Pour des broutilles, si. Ça ne lui posait aucun problème. Mais quand il s'agissait de quelque chose d'important, elle ne pouvait pas raconter des mensonges à cet homme merveilleux. Pourtant, il ne fallait pas qu'il apprenne la vérité. Il se rendrait malade à force de s'inquiéter pour elle.

Désemparée, elle regarda Mike. Il comprit immédiatement qu'il devait trouver une excuse pour sa patronne. Angela savait que Mike ne mentait jamais pour ses supérieurs même quand ils insistaient. Pour Angela, il n'hésita pas une seconde.

— Je voulais passer prendre votre femme. Mais comme ces foutues voitures électriques ne font pas de bruit, elle m'a vu beaucoup trop tard et était tellement effrayée qu'elle a sauté dans le fossé.

— Ma pauvre !

Achim prit sa femme dans ses bras et la serra fort. Peu lui importait qu'elle fût encore trempée. Angela jeta un coup d'œil furtif à Mike. Il lui fit un bref signe de tête qui signifiait « De rien ». À cet instant, Angela comprit qu'Achim et elle avaient gagné le cœur de Mike comme il avait gagné le leur.

Achim conduisit Angela dans la salle de bains où elle put enlever ses vêtements mouillés et prendre une douche chaude. Après quoi elle mit les affaires que son mari avait préparées pour elle : son pyjama mauve en soie préféré et son peignoir blanc en éponge qu'elle avait acheté vingt ans auparavant dans un hôtel au Tyrol. Même s'il était franchement effiloché, elle n'avait jamais voulu le remplacer. Il était trop douillet.

Ainsi emmitouflée, Angela entra dans la cuisine où elle trouva Mike en train de boire un thé et de méditer. On voyait carrément les nuages noirs s'amonceler au-dessus de sa tête. Quand Angela s'assit à table avec lui, Poutine vint se blottir contre son peignoir. Achim lui servit une tasse de thé rooibos-caramel. Alors qu'elle buvait sa première gorgée, Mike dit :

— Il faut qu'on arrête avec ça.

— Avec quoi ? s'enquit Achim.

Angela comprit immédiatement ce que Mike voulait dire.

— L'enquête doit être menée par des professionnels.

— Comme le commissaire Hannemann ? demanda Achim.

— J'ai dit des professionnels.

— Lena, la policière ?

Les nuages noirs au-dessus de la tête de Mike se muèrent en ouragan. À l'évidence, il soupçonnait Lena lui aussi.

— Nous ne pouvons pas abandonner maintenant, objecta Achim. Nous sommes tout près de la résolution de l'affaire. J'ai parlé avec le notaire. Alexa von Baugenwitz n'a hérité ni du château, ni des terres. Ils avaient signé un contrat de mariage.

— C'est quelqu'un d'autre qui hérite ? s'étonna Angela.

— L'enfant illégitime de Marie.

Angela était très surprise. Son amie enceinte – oui, elle considérait vraiment Marie comme une amie – aurait eu un mobile supplémentaire. Avec le SMS que Philipp lui avait envoyé, elle pouvait prouver qu'il était le père du petit Adrian et revendiquer l'héritage.

— Marie est innocente, répondit-elle pourtant avec conviction.

— Elle a donc un alibi ? voulut savoir Achim.

— Non, dut admettre Angela.

— Comment peux-tu dire qu'elle est innocente alors ?

— Je ne fais qu'écouter mon cœur.

— Ton cœur ?

— Oui.

— Pas seulement ton intuition ?

— Non.

— Alors elle est innocente.

— Tu me crois ?

— Il n'y a qu'une chose au monde que je vénère encore plus que ta raison.

— C'est quoi ?

— Ton cœur.

Angela sourit pour la première fois depuis qu'on l'avait prise pour cible.

— Ensuite, nous devrons nous occuper de l'autre héritier.

— Quel autre héritier ? demanda Angela, très étonnée.

— Le baron avait un autre enfant.

— Qui ? demanda Angela, tout excitée.

— Malheureusement, le notaire n'a pas voulu dévoiler son nom.

— Lena ?

— Pour l'âge, ça pourrait tout juste coller.

— J'ai dit que nous devrions confier l'enquête à des pros, les interrompit Mike sans ménagement. C'est une affaire pour le BKA.

— Pour le BKA ? s'étonna Achim. Il s'agit d'un crime local. Le BKA se pointerait si quelqu'un voulait tuer Angela. Dieu merci, ce n'est pas le cas.

Au lieu de continuer à argumenter, Mike détourna les yeux. Son attitude interpella Achim. Il reporta son attention sur Angela. Elle aussi regardait ailleurs tout en caressant Poutine d'une main, l'air gêné.

— J'ai dit : heureusement ce n'est pas le cas, insista Achim.

— Poutine doit aller au dodo, annonça Angela en caressant le chien de plus belle.

— Angela ?

— Il a besoin de dormir…

— Tu as été agressée ?

— Je l'emmène dans sa corbeille.

— Oh mon Dieu !

Achim se mit à trembler. Angela lut la panique dans ses yeux. Et aussitôt, elle s'inquiéta. Pas pour elle mais pour son mari. Comment se débrouillerait-il si elle se faisait tuer ? Elle avait toujours su qu'elle devrait lui survivre. Certes, elle ne supporterait pas de le perdre elle non plus, mais lui s'effondrerait littéralement si elle partait avant lui.

Hantée par ces pensées, Angela fit tomber sa tasse, laquelle se fracassa sur les carreaux. Poutine délaissa le peignoir pour aller laper le thé. Angela n'y prêta pas vraiment attention. Elle ne souhaitait qu'une chose, rassurer son mari, lui faire oublier sa peur.

— Vous avez raison, Mike. Arrêtons de jouer aux détectives. Je vais appeler le BKA.

48

Angela appartenait à un groupe exclusif de personnalités, vingt pour toute l'Allemagne, qui disposaient des coordonnées privées du chef du BKA : un numéro de téléphone et une adresse e-mail permettant d'obtenir une réponse immédiate de sa part. À n'importe quelle heure du jour et de la nuit.

Angela avait d'abord songé à l'appeler puis s'était ravisée. Elle trouvait plus judicieux de détailler par écrit les éléments que son enquête lui avait permis de recueillir. Toujours vêtue de son peignoir blanc, elle s'assit à son secrétaire dans son petit bureau. Il était rempli de livres qu'elle n'avait pas eu le temps de lire pendant ses années à la chancellerie : des biographies de Shakespeare, des romans d'Elena Ferrante, et les œuvres complètes de Jane Austen dont certaines dans des éditions anciennes.

Dans son e-mail au chef du BKA, Angela décrivit les meurtres. Elle nomma toutes les personnes pouvant être considérées comme suspectes : Katharina von Baugenwitz, sa fille Pia, l'agricultrice Angela Kessler, la policière Lena Amadeus, et à regret, Marie. Elle recensa aussi les alibis de chacune, sans oublier de mentionner que Katharina, Lena et Angela la marchande de fruits s'étaient mutuellement donné des alibis. Pia n'en avait pas pour le meurtre d'Alexa et Marie n'en avait pour aucun des deux crimes. Sur le papier, ça s'annonçait plutôt mal pour Marie. Mais Angela était persuadée que le BKA prouverait son innocence.

Elle mentionna aussi l'attaque dont elle avait été victime. Elle avait même demandé à Mike de la ramener sur les lieux pour enlever les flèches après les avoir photographiées. Elle joindrait les photos à son e-mail. En récupérant les flèches, ils avaient constaté qu'elles étaient trop petites pour un arc. Elles devaient sans doute aller avec l'arbalète qui était exposée à côté du mousquet au château. Cet élément innocentait-il Lena ? À moins qu'il ne l'incrimine encore plus : Lena allait et venait dans le château comme s'il lui appartenait déjà ?

Angela prit la résolution de ne pas réfléchir davantage à l'une ou l'autre théorie. Le BKA devait désormais se charger de l'enquête, elle rendait son tablier de détective.

Une fois qu'elle eut entré toutes les informations, elle relut son e-mail du début à la fin. Elle procédait toujours ainsi pour les messages importants. Elle avait d'ailleurs l'intime conviction qu'on pourrait réduire de moitié les conflits dans le monde s'il était interdit d'envoyer la première version d'un e-mail, d'un SMS ou d'un message. Angela prenait toujours soin de vérifier l'adresse e-mail également. Rien de pire qu'un e-mail qui atterrit dans les mauvaises mains. Sauf peut-être quand on attend pendant des jours une réponse et qu'on reçoit pour finir le message « *Undelivered e-mail returned to sender* ».

Elle entreprit de relire son e-mail une deuxième fois, deux précautions valent mieux qu'une, pensa-t-elle. Soudain, un détail la frappa. En fixant l'écran, elle comprit tout à coup pourquoi l'allusion au point médian l'avait interpellée quand elle avait inspecté la cave. Pourquoi ce signe lui avait fait penser à l'indice laissé par le baron. Et aussi le message qu'il voulait faire passer avec cet indice.

Angela connaissait désormais l'identité de la meurtrière.

Elle recula sa chaise, prit une profonde inspiration et passa au crible tous les événements à la lumière de sa dernière découverte. Après quoi elle décida de ne pas envoyer l'e-mail au chef du BKA. Elle pourrait élucider l'affaire elle-même finalement.

Pour ce faire, elle devait rassembler quelques informations générales sur l'ordre de succession légale, vérifier encore une fois un des nombreux alibis et inviter toutes les suspectes à un goûter le lendemain après-midi. Goûter au cours duquel elle verrait jusqu'où pouvait aller une mère pour son enfant.

49

— Merde, qu'il est bon ! s'exclama Angela la marchande de fruits, après avoir goûté le gâteau au chocolat d'Angela l'ex-chancelière, laquelle n'aurait jamais cru qu'elle se réjouirait un jour des compliments de cette femme.

Elles étaient toutes deux installées avec les autres suspectes autour d'une grande table dans le merveilleux jardin d'Angela. Achim servait le thé et le café, Mike se tenait quant à lui un peu à l'écart et observait la scène à travers ses lunettes de soleil. Poutine haletait, assis à côté de Katharina von Baugenwitz, dans l'espoir d'avoir lui aussi sa part du gâteau.

Les autres suspectes ne touchèrent pas au dessert. Pia fut la seule à boire un peu de café. Pour le reste, elle était aussi peu loquace que les autres et n'avait fait qu'un seul commentaire ironique depuis son arrivée. Il concernait les nains de jardin Hobbit d'Achim. Elle les avait photographiés pour une story Instagram. Ils étaient pour elle la preuve que l'humanité ne méritait pas de vivre.

À l'évidence, toutes les femmes étaient mal à l'aise. Mike était allé les chercher une par une et les avait priées de venir à la demande expresse d'Angela. Elles n'avaient pas eu d'autre option que de le suivre. Il est vrai qu'il avait su les motiver en évoquant de nouveaux éléments concernant la succession du baron. Un fait qui les intéressait toutes au plus haut point. Sauf Marie. Elle avait accepté l'invitation d'Angela simplement parce qu'elle lui avait fait plaisir. Jusqu'au moment où elle avait découvert les autres convives dans le jardin.

Angela tapota son verre avec une fourchette à gâteaux. Tous les regards se tournèrent vers elle.

— Bienvenue dans ma nouvelle maison.

Pas de réponse. Pas de sourire. À part celui de Marie.

— Ou plutôt notre nouvelle maison, précisa-t-elle en montrant Achim.

Pas de réponse. Pas de sourire. À part celui de Marie, qui s'attendrit de voir Achim s'incliner devant ces dames.

— Je vous ai priées de venir pour vous parler des meurtres de Philipp et d'Alexa von Baugenwitz.

Angela s'était attendue à des protestations. Les suspectes auraient pu lui faire remarquer qu'il s'agissait de suicides. Mais aucune ne parla. Katharina, Lena et la marchande de fruits fixaient la table dressée. Pia fit glisser son portable dans un grand sac à bandoulière qu'elle avait posé au pied de la table. Et Marie cessa elle aussi de sourire. Elles avaient toutes compris que le commissaire Hannemann se trompait complètement avec sa thèse des suicides.

— J'aimerais d'abord vous expliquer comment les meurtres ont été perpétrés puis me demander avec vous à qui pourraient profiter ces crimes et qui peut donc être considérée comme suspecte.

— Je croyais que vous vouliez nous donner de nouveaux éléments sur la succession, intervint la marchande de fruits.

— C'est en lien étroit avec les meurtres.

— Je veux juste savoir ce que vont devenir mes terres.

— J'ai du mal à vous croire, répliqua Angela en souriant.

— Ça rime à quoi tout ça ? s'emporta l'agricultrice. On soupçonne automatiquement la personne qui n'est pas membre du bon parti.

— Tout comme vous soupçonnez automatiquement la femme de couleur, rétorqua Angela.

Marie tressaillit en entendant le commentaire d'Angela qui regretta aussitôt de s'être laissée aller à cette remarque. Elle voulut encourager du regard la jeune femme enceinte mais vit que Marie se tenait le ventre, les traits déformés par la douleur. Apparemment, le petit Adrian, qui avait dû percevoir la nervosité de sa mère, donnait de grands coups de pied dans son ventre.

— Est-ce qu'on va enfin apprendre quelque chose d'intéressant ? râla Pia.

— Oui, répondit Angela qui expliqua comment s'était déroulé le premier meurtre : le baron avait remarqué qu'on avait versé de la ciguë dans son vin. La meurtrière l'avait forcé à boire le contenu du verre en le menaçant avec le mousquet. Le baron avait obéi parce qu'il préférait mourir empoisonné plutôt que dans d'atroces souffrances, défiguré par le mousquet comme son ancêtre Walter von Baugenwitz. La meurtrière avait alors quitté la cave, persuadée d'avoir réussi son coup, le baron avait rassemblé ses dernières forces pour verrouiller la porte de l'intérieur, que la meurtrière avait tenté en vain d'ouvrir pour empêcher que sa victime ne laisse un indice sur son identité.

Tout en relatant les faits, Angela comprit pourquoi les grands détectives comme Sherlock Holmes, Hercule Poirot ou Miss Marple faisaient de longs monologues à la fin de leur enquête. Angela, qui avait toujours prôné l'efficacité, s'était maintes fois demandé en lisant des romans policiers pourquoi les détectives soignaient à ce point la révélation de l'identité du coupable. Pourquoi ne se contentaient-ils pas de dire : « C'est Mme Pervenche. Avec le Chandelier. Dans la Bibliothèque » ? À présent Angela connaissait la réponse. Les explications à rallonge avaient quelque chose de jouissif.

Si elle parvenait réellement à démasquer la coupable à cette table, elle rejoindrait les détectives légendaires tels que Sherlock Holmes et Hercule Poirot.

Miss… Merkel ?

Miss Merkel.

Ça sonnait bien.

— Qu'est-ce qui vous faire sourire ? demanda la marchande de fruits agacée. Je croyais qu'on parlait de meurtres !

Angela se maudit : une vraie détective ne pouvait pas se permettre de laisser ses pensées vagabonder. C'était d'autant plus grave qu'elle venait de se faire rappeler à l'ordre par la marchande de fruits. Elle se concentra et reprit :

— Avant de mourir, Philipp a pu laisser un indice concernant l'identité de la meurtrière.

— Quel indice ? demanda Lena d'une voix cassée.

Elle semblait encore plus mal à l'aise que Marie qui se tenait toujours le ventre.

Angela n'était pas surprise que Lena ait posé la question. Elle avait déjà montré le *a* à Marie, à Pia et à Katharina. Quant à son homonyme, elle cherchait surtout la confrontation. L'élucidation de l'affaire n'était pas sa priorité.

— Celui-ci, dit Angela en présentant une feuille A4 sur laquelle figurait la lettre.

— Et qu'est-ce que ça signifie ? demanda Lena.

Il n'était guère étonnant que la question ne vînt pas de la marchande de fruits. Elle était certes agressive mais elle était suffisamment intelligente pour savoir que son prénom commençait par cette lettre et qu'une question de sa part pourrait attirer malencontreusement l'attention sur elle.

— Nous allons y revenir. Mais d'abord, Alexa von Baugenwitz savait qui cette lettre désignait. Elle m'avait donné rendez-vous dans le temple pour me dévoiler son identité.

— Et c'est pour ça qu'elle est morte elle aussi, dit Pia d'un ton faussement ennuyé.

— Exactement. La meurtrière a découvert qu'Achim et moi avions parlé à Alexa la nuit au château et que nous nous étions donné rendez-vous au temple le lendemain.

— Vous êtes allés au château pendant la nuit ? s'étonna la marchande de fruits.

— Juste au moment où Alexa von Baugenwitz voulait faire l'amour avec son amant le Texan.

— Sérieux ? Vous appelez vraiment ça « faire l'amour » ? ricana Pia.

— Oui, c'est une très belle expression.

— Complètement débile surtout !

— Tu es vraiment insolente, jeune fille.

— Et toi, tu es un fin observateur, le vieux.

Les yeux d'Achim s'assombrirent.

— Ne réponds pas à ses provocations, *Puffel*, le supplia Angela.

L'exposé des faits ne se déroulait pas tout à fait comme prévu.

— Oui, *Puffel*, ne réponds pas à ses provocations, se délecta Pia.

Achim prit une profonde inspiration, se redressa et reprit :

— Quoi qu'il en soit, Alexa et le Texan étaient sur le lit, et nous sous le lit.

Achim récolta des regards étonnés. Sauf de la part de Pia.

— C'est trop pervers pour moi, commenta-t-elle.

— Ça n'a rien à voir avec la perversité, protesta Achim.

— Toi-même, tu ne crois pas à ce que tu dis.

— Tu… tu…

— Je ?

— On s'éloigne beaucoup trop souvent du sujet, râla la marchande de fruits. C'est presque pire que dans une réunion du parti.

— Oui, intervint Katharina von Baugenwitz. Si Philipp a bien été assassiné, alors c'est Alexa la coupable. L'indice désigne incontestablement la première lettre de son prénom. Et ensuite, elle s'est jetée du clocher, rongée par la culpabilité.

— Comme autrefois Adelheid von Baugenwitz après avoir assassiné son époux, Balduin le bourreau ? demanda Angela.

— Exactement.

— C'est plausible.

— Ah, vous voyez !

— Sauf qu'il y a un hic.

— Et quel hic s'il vous plaît ?

— Nous avons vu une personne dans le temple. Elle était entièrement habillée de noir et s'est enfuie devant nous. Malheureusement, nous n'avons pas pu l'identifier. Plus tard dans l'après-midi, j'ai constaté que le plateau en verre sur la vitrine où se trouvait le mousquet avait été remis dans la bonne position par rapport à la veille. Ça signifie que la meurtrière a menacé Alexa avec le mousquet pour la faire monter tout en haut du clocher et sauter dans le vide, comme elle avait forcé Philipp à boire la ciguë.

Personne ne pipa mot autour de la table. Toutes les femmes avaient compris que la thèse du suicide d'Alexa ne tenait plus. Au bout d'un moment, Lena prit la parole :

— Si la meurtrière a surpris votre conversation avec Alexa dans la chambre à coucher, ça signifie que c'est une résidente du château. Sinon, elle n'aurait pas pu être au courant.

— C'est ce que j'ai pensé aussi, reconnut Angela.

Lena lança un regard mal assuré à Katharina, laquelle fixait le sol où Poutine était couché à ses pieds, frustré de ne pas avoir profité du bon gâteau.

— Dans ce cas, je ne suis plus concernée, annonça la marchande de fruits en se levant. Je peux emporter un peu de gâteau à la maison ?

— Pas si vite, intervint Angela. Quelqu'un aurait très bien pu se rendre au château sans pour autant y habiter.

— Et comment ? voulut savoir l'agricultrice qui se rassit.

— En empruntant un passage secret par exemple.

Angela regarda Marie en lui souriant aimablement pour lui signifier qu'elle ne la soupçonnait pas. Mais la jeune femme se tenait encore le ventre.

— Il n'y en a qu'un et il ne conduit pas à la cave.

— Donc le coup du passage secret, c'est bidon, dit la marchande de fruits agacée.

— Oui, reconnut Angela tout en regardant Lena. Mais l'une d'entre vous connaît peut-être les failles dans la sécurité du château.

— Il n'y a pas de failles, balbutia Lena. C'est ce que j'ai certifié à l'assurance.

La jeune policière regarda Mike d'un air implorant. Mais il resta professionnel et ne manifesta aucune émotion.

— En effet, c'est ce que vous avez fait, confirma Angela.

— Parfaitement, dit Lena en regardant Angela.

— Parce que vous êtes de mèche avec Katharina von Baugenwitz.

50

Lena et Katharina blêmirent. La marchande de fruits plissa le front. Marie resta bouche bée. Même Pia renonça à son air blasé habituel et parut sincèrement surprise. Achim et Mike semblaient tout aussi étonnés. Angela n'avait pas dévoilé à ses deux compagnons l'identité de la meurtrière. Elle s'était contentée de dire qu'elle avait élucidé l'affaire. Elle ne voulait pas que l'un des deux agisse trop hâtivement.

— Katharina von Baugenwitz, dit Angela en se tournant vers l'aristocrate. C'est Lena qui vous a donné un alibi pour la nuit où votre ex-mari a été assassiné.

— C'est vrai, reconnut la gérante du château qui reprit immédiatement contenance.

— Parce que Lena a fait un tour du château avec vous et qu'elle a confirmé qu'il n'y avait pas de faille dans le dispositif de sécurité.

— C'est vrai aussi.

Katharina leva le menton comme pour dire : « Essaie donc de m'attaquer, tu n'as aucune chance. »

— Sauf que le dispositif de sécurité présente bien des failles, n'est-ce pas Lena ?

Lena pâlit encore un peu plus.

— Cette nuit-là, vous étiez bouleversée quand vous avez quitté le château.

Lena avait les larmes aux yeux.

— Dis la vérité Lena, lui demanda Mike.

Il n'y avait aucune trace de colère ou de réprobation dans sa voix, juste de la douceur. Cet homme grand et fort était incapable de cacher ses sentiments plus longtemps.

— Ce n'est pas ce que vous pensez…

— Ça ne l'est jamais, dit Angela.

— Lena pourrait très bien s'être introduite dans le château par une faille et nous avoir espionnés avec Alexa, intervint Achim Watson.

— Je n'ai rien fait ! protesta Lena qui ne put retenir ses larmes plus longtemps.

Mike semblait partagé. D'un côté il aurait aimé prendre dans ses bras la jeune femme en pleurs. De l'autre, il la soupçonnait d'avoir tiré sur sa patronne avec des flèches.

— Ça n'a rien à voir, sanglota Lena qui prit son visage dans ses mains.

— En effet, confirma Angela à la surprise générale. Ce n'est pas Lena qui a entendu notre conversation avec Alexa.

— Est-ce qu'on a une chance d'apprendre aujourd'hui qui c'était ? demanda Pia, qui ne parvenait plus vraiment à cacher sa curiosité derrière ses airs faussement énervés.

— C'était bien une résidente du château, dit Angela en se tournant vers la gérante. N'est-ce pas Katharina von Baugenwitz ?

L'intéressée ne répondit rien.

— Je ne voudrais pas dire… intervint la marchande de fruits.

— Dans ce cas, ne dites rien, suggéra Achim.

— Mais madame ne peut pas avoir tué Alexa, fit remarquer l'agricultrice sans se démonter. Le matin en question, elle était aux champs avec moi.

— Vraiment ? demanda Angela en souriant.

— Je vous l'ai dit hier quand vous étiez assise à côté de moi sur le tracteur.

— Exact, confirma Angela dont le sourire s'agrandit.

— Ah, arrêtez avec ça ! Vous ne pensez quand même pas qu'on est toutes de mèche !

— Vous avez toutes les trois un mobile, expliqua Achim Watson. Vous ne vouliez pas qu'on vende vos terres. De plus, vous avez eu une liaison avec Philipp et il vous a brisé le cœur. Lena, quant à elle, a été gravement blessée par le tir de Philipp. Son rêve de Jeux olympiques s'est envolé et il n'a même pas voulu prendre en charge le coût de l'opération. Et Katharina von Baugenwitz voulait se venger parce qu'il l'avait quittée pour Alexa.

Angela observait son mari pendant qu'il développait la théorie du *Crime de l'Orient-Express*. Elle réalisa qu'à l'instar des grands détectives, elle avait à ses côtés quelqu'un de très compétent mais qui n'était qu'à 90 % dans le champ. Un assistant qui avait toujours un petit temps de retard sur l'enquête ou qui tirait les mauvaises conclusions à partir des indices. Holmes et Watson. Miss Marple et Mister Stringer. Miss Merkel et Mister Puffel.

— Et la voilà qui sourit encore ! râla son homonyme. Alors qu'on médit sur moi en m'accusant d'avoir participé à un complot.

— On médit de quelqu'un, rectifia Achim.

— Continue et je t'en fous une.

Achim fit un pas en arrière.

— Humm.

Mike se racla bruyamment la gorge en fixant l'agricultrice d'un air menaçant.

— Viens donc si tu oses ! répliqua-t-elle.

Mais en se détournant aussitôt, elle montra qu'elle n'avait guère envie que Mike réponde à son invitation.

Angela s'en voulut de s'être encore une fois écartée du sujet. Elle devait absolument se concentrer.

— Sérieux ? lâcha Pia. Vous croyez qu'elles ont travaillé ensemble toutes les trois ?

— Tu connais *Le Crime de l'Orient-Express* ? demanda Achim.

— C'est un film, non ?

— Et un roman aussi, dans lequel il n'y a pas un coupable mais plusieurs. Comme dans le cas présent. Et le nom de cette femme commence par la lettre que le baron a écrite, dit Achim en montrant la marchande de fruits.

— Tu vas vraiment en prendre une cette fois ! s'énerva l'agricultrice en bondissant de sa chaise.

Mike se prépara à la neutraliser. Mais Angela s'interposa et dit :

— Ça ne s'est pas passé comme ça, *Puffel.*

— Non ?

— Non.

— Tu viens de dire que Lena et Katharina von Baugenwitz avaient travaillé ensemble.

— Oui, et c'est vrai. Mais pas de cette façon. (Elle s'adressa à la policière.) Katharina von Baugenwitz vous a donné 25 000 euros pour financer votre opération. C'est bien ça ?

— Oui, avoua Lena qui se mit à pleurer à chaudes larmes.

Mike s'approcha d'elle. Son premier réflexe aurait été de la prendre dans ses bras pour la consoler. Pourtant, il se ravisa et s'immobilisa. Angela prit une profonde inspiration puis annonça :

— Les meurtres ont été commis par une seule personne.

— Une seule ? s'étonna Achim.

— *Puffel* ?

— Oui ?

— Laisse-moi parler.

— C'est ce que je fais, *Puffeline*.

La tension autour de la table était telle que Pia ne fit pas de commentaire sur les surnoms.

— Chère Katharina von Baugenwitz, dit Angela à la gérante du château. Mon mari a déjà évoqué certains de vos mobiles possibles.

— Pourquoi, il y en a d'autres ? s'étonna Achim.

— *Puffel* ?

— C'est bon, je te laisse parler.

— Il y a 200 millions d'autres mobiles. N'est-ce pas, madame ?

— Que voulez-vous dire ?

— Vous vous êtes toujours opposée à la vente du château. Vous vouliez que Philipp poursuive l'État en justice et obtienne la restitution de tous les biens de la famille dont la valeur s'élève à 200 millions d'euros. Vous aviez même chargé des historiens de rédiger des rapports d'expertise pour le procès. Ainsi, vous auriez eu de sérieuses chances de récupérer les biens. Mais contrairement à vous, Philipp se fichait pas mal de l'histoire de sa famille. L'argent de la vente du château lui suffisait.

— C'est exact, reconnut Katharina. Philipp était un crétin. Le gouvernement n'aurait eu aucune chance contre nous. Nous aurions pu prouver que le grand-père de Philipp n'avait pas collaboré avec les nazis. Et ensuite nous aurions gagné.

— Prouver ou masquer les faits, si bien qu'il aurait été impossible de démêler le vrai du faux.

— Il n'y a plus de différence aujourd'hui.

— C'est vrai malheureusement, soupira Angela.

— On peut faire arrêter cette femme maintenant ? demanda Mike qui ne pouvait plus supporter de voir Lena sangloter.

— Vous ne pouvez pas m'arrêter ! objecta Katharina.

— Ah non ? demanda Mike.

— Philipp m'a versé une somme dérisoire au moment du divorce, si bien que j'ai dû continuer à travailler pour lui. J'ai eu la bêtise de signer un contrat de mariage avec lui. En tant qu'ex-femme, je n'ai droit à rien.

— Et donc il vous est impossible de revendiquer les 200 millions, compléta Angela.

— C'est ça. Vous pouvez donc arrêter avec ces absurdités.

— C'est vrai. Vous n'aurez pas l'argent.

— C'est bien ce que je dis.

— Vous non, mais votre fille, oui.

51

— Moi ? s'étonna Pia.

— Et le petit Adrian.

— Qui est donc Adrian ? demanda la marchande de fruits.

— Mon… fils… dit Marie, surprise.

— Il ne manquait plus que ça ! Pourquoi son morveux hériterait-il des terres que je cultive ?

— Les enfants illégitimes bénéficient de la réserve héréditaire, expliqua Mister Puffel, reprenant les termes du notaire.

Marie avait visiblement du mal à intégrer l'information.

— Mais pourquoi devrais-je hériter ? demanda Pia à Angela. Je ne suis pas son enfant illégitime.

— D'abord j'ai pensé que tu n'avais aucun droit sur l'héritage puisqu'après le divorce, tu n'étais plus la belle-fille de Philipp von Baugenwitz.

— Mais… ?

— Je crois que tu l'es toujours.

Pia regarda sa mère. Angela constata que la jeune fille était désemparée. Pour la première fois depuis qu'elle l'avait rencontrée.

Katharina réfléchit à sa réponse. Longuement.

— Il t'a adoptée quand tu étais petite, dit-elle enfin. Tu seras donc toujours sa belle-fille. Le divorce n'a rien changé.

— Tu ne m'en as jamais parlé… fit remarquer Pia doucement.

— Philipp et moi nous étions mis d'accord, tu ne devais jamais apprendre qu'il t'avait adoptée. Je lui ai expliqué combien tu aimais ton père biologique et que tu ne devais pas avoir l'impression qu'il le remplaçait.

— Mais tu voulais me mettre à l'abri du besoin au cas où Philipp viendrait à mourir.

— Oui, c'est ce que je voulais. Et c'est uniquement pour cette raison qu'il t'a adoptée.

— De mieux en mieux, râla l'autre Angela. En plus du petit bâtard, la merdeuse hérite des biens du baron.

— Aïe ! cria Marie en se tenant le ventre.

Pourvu que les contractions ne commencent pas maintenant, pensa Angela. À l'évidence, les injures de la marchande de fruits stressaient la femme enceinte au plus haut point. Sans doute était-elle aussi perturbée par le fait que son fils hérite du baron. Avant qu'Angela ne puisse rappeler à l'ordre l'agricultrice, Mike intervint :

— Pouvons-nous enfin appeler la police ?

— Pas encore, dit Angela en levant la main. J'aimerais avoir des aveux. Katharina von Baugenwitz, avez-vous tué votre ex-mari Philipp von Baugenwitz et son épouse Alexa ?

La gérante du château ne répondit pas. Elle posa les yeux sur sa fille. Pia regarda sa mère d'un air implorant. Katharina prit une profonde inspiration et dit :

— Oui, c'est moi qui ai commis les meurtres.

Personne ne pipa mot autour de la table.

Au bout d'une minute, la marchande de fruits rompit le silence.

— Bon, je vais enfin pouvoir rentrer chez moi.

— Un instant, la retint Achim. Vous vous êtes rendue complice de madame.

— Et comment ça ?

— Vous lui avez fourni un alibi.

— C'est… vrai, reconnut l'agricultrice, décontenancée. Mais elle était vraiment chez moi quand Alexa a été tuée. Comment est-ce possible ?

— Comme vous pouvez le constater, nous ne sommes pas encore à la fin de l'histoire. Nous devons encore élucider ce mystère. (Elle montra la feuille avec le *a*.) Ceci n'a rien à voir avec le nom « Katharina ».

52

— C'est quoi alors ? demanda la marchande de fruits.

— Vous connaissez le point médian ?

— Vous cherchez encore à m'énerver avec cette connerie ?

— La dernière fois que je suis allée à la cave, Pia a fait une remarque amusante sur l'identité de genre. N'est-ce pas Pia ?

— Si vous le dites.

— Elle a aussi mentionné le fameux point médian. J'ai eu l'intuition qu'il avait un lien avec l'indice que Philipp avait laissé. Malheureusement, je n'ai pas tout de suite compris lequel.

— J'ai déjà avoué, l'interrompit Katharina von Baugenwitz. Je n'ai aucune envie d'écouter vos explications interminables et suffisantes.

— Vous avez avoué, certes. Mais vous avez toujours vos deux alibis.

— Je lui ai donné 25 000 euros, dit Katharina en montrant Lena qui pleurait discrètement.

— Ma carrière, tout ce que j'avais construit… ma vie.

— Et à celle-là, j'ai promis que je lui ferais grâce du fermage si elle me couvrait, lança Katharina en désignant d'un geste nerveux la marchande de fruits.

— Pardon ? s'écria l'agricultrice, indignée. C'est n'importe quoi !

— Inutile de nier plus longtemps ! la houspilla la gérante du château.

— Je ne nie rien du tout !

La marchande de fruits voulut se jeter sur Katharina von Baugenwitz. Mais Angela s'interposa.

— Ça va peut-être vous surprendre mais je vous crois.

— Je reconnais que ça m'étonne !

— Lena a bien reçu la somme de 25 000 euros de la part de Mme von Baugenwitz. La contrepartie n'était pas un alibi mais une fausse déclaration à l'assurance. C'était beaucoup plus avantageux que de revoir tous les dispositifs de sécurité du château pour lesquels il aurait fallu débourser des centaines de milliers d'euros. Lena avait absolument besoin de cet argent pour l'opération. Elle voulait enfin se débarrasser de ses atroces souffrances et pourquoi pas retenter sa chance et se qualifier pour les Jeux olympiques. C'est pourquoi elle a accepté le marché ce soir-là, expliqua Angela en regardant la jeune policière avec compassion. Pourtant, sa mauvaise conscience n'a pas tardé à la rattraper. Quand elle a quitté le château, elle était bouleversée. C'est bien ça, Lena ?

— Je n'aurais jamais dû faire ça, reconnut la jeune femme en regardant Angela.

— En effet, vous n'auriez pas dû.

La détresse de la jeune femme brisa le cœur de Mike. Angela se tourna vers lui et dit :

— Prenez-la donc dans vos bras, apportez-lui un peu de réconfort.

— Elle n'était au courant de rien ? Elle n'a rien à voir avec les meurtres ?

— Non, elle s'est juste laissé corrompre dans un moment de faiblesse.

Mike s'accroupit devant Lena et la prit dans ses bras.

— Je ne sais pas où vous voulez en venir, intervint Katharina von Baugenwitz. Je ne comprends pas pourquoi vous cherchez à protéger Lena et la fermière. Mais la police aura ma version des faits et elle sera toute différente.

— Je veux bien vous croire. Dans ce cas, je parlerai du point médian au commissaire.

— Vous allez arrêter avec vos théories sans queue ni tête ! explosa Katharina.

— Ce ne sont pas des théories sans queue ni tête. Je sais désormais ce que voulait me dire mon intuition.

— Qu'est-ce qu'elle voulait te dire ? demanda Achim, curieux.

— Le point médian est un symbole, pas une lettre.

— Sans blague ? se moqua la marchande de fruits.

— C'est aussi le cas ici, annonça Angela en brandissant la feuille A4 avec le *a*. Ceci n'est pas une lettre mais un symbole.

— Le symbole de quoi ? demanda Achim.

— Eh bien de…

— Aïeeee ! cria Marie.

Tous les regards se tournèrent vers la jeune femme enceinte qui se tordait sur sa chaise, les yeux écarquillés et les traits déformés par la douleur. La sueur perlait sur son front.

— Qu'est-ce qui se passe, Marie ? demanda Angela, inquiète.

— Le bébé… il arrive !

53

L'annonce de l'identité de la meurtrière, le coup d'éclat final, devrait attendre. Il y avait plus important que les meurtres : une nouvelle vie !

Angela chargea Mike de veiller à ce que personne ne quitte le jardin. Elle accompagna Marie jusqu'à la chambre où elle l'aida à s'allonger sur le lit. Les contractions avaient commencé.

— Nous allons appeler une ambulance pour vous conduire à l'hôpital, dit Angela.

— Non, pas l'hôpital, je n'arriverai jamais à temps. La maison de naissance de la sage-femme est plus près.

— À combien de kilomètres ?

— Une vingtaine, je pense, répondit Marie, prise d'une nouvelle contraction.

Angela se dirigea vers la fenêtre qui donnait sur le jardin, l'ouvrit et interpella Mike.

— Préparez la voiture. Nous devons emmener Marie à Templin.

— Euh… c'est-à-dire que… balbutia Mike, assis à côté de Lena qu'il tenait toujours dans ses bras.

— Pourquoi ai-je le sentiment que ce que vous apprêtez à me dire ne va pas me plaire ?

— Parce que c'est le cas.

— Et qu'est-ce qui ne va pas me plaire ?

— La voiture électrique n'est pas rechargée.

— Pourquoi ?

— Je suis désolé, j'ai oublié hier avec tous ces événements.

Angela ferma la fenêtre et se dirigea vers Marie qui avait une nouvelle contraction.

— L'hôpital semble être la seule solution.

— Appelez ma sage-femme, haleta Marie entre deux contractions. Il faut qu'elle vienne. (Elle tendit son portable à Angela après avoir appuyé sur le numéro.) Tenez.

Angela entendit la tonalité. Elle se demanda si elle ne devait pas convaincre Marie d'aller à la clinique même si elle devait accoucher dans l'ambulance. Mais une future maman avait le droit de décider de l'endroit où elle voulait mettre au monde son enfant. Peu importe si cet endroit était la chambre à coucher d'Angela.

— Brunsen, répondit une femme à la voix grave à l'autre bout du fil.

— Bonjour, je suis Angela Merkel.

— Mais oui bien sûr !

— Ne raccrochez pas !

— Angela Merkel n'a sûrement pas besoin d'une sage-femme !

— Je vous assure que c'est bien moi.

— Prouvez-le !

— Vous devriez reconnaître ma voix.

— N'importe quel chansonnier, même le plus médiocre, est capable de l'imiter.

— C'est vrai, admit Angela.

— Alors ?

Comment Angela pouvait-elle prouver qu'elle était bien Angela ? Elle regarda Marie. Une nouvelle contraction se préparait.

— Je ne peux pas le prouver.

— Dans ce cas, je vais raccrocher.

— Mais je suis avec Marie Horstmann et le travail a commencé… (Angela approcha le téléphone portable de Marie juste au moment où elle poussa un gémissement.) Et nous ne pouvons pas nous rendre dans votre maison de naissance. Il faut que vous veniez ici !

— S'il vous plaît ! cria Marie.

— Je suis tout près de Klein-Freudenstadt. Envoyez-moi l'adresse exacte sur WhatsApp, dit la vieille dame avant de raccrocher.

Marie, soulagée, tenta de sourire sans vraiment y parvenir. Angela s'assit à côté d'elle au bord du lit.

— Ça va bien se passer.

— Comment pouvez-vous en être si sûre ? Il y a une meurtrière dans le jardin. Elle ne recule devant rien pour mettre la main sur l'héritage. Et mon bébé… mon bébé… est l'héritier.

Angela dut admettre que c'était inquiétant. En même temps, la meurtrière serait bientôt sous les verrous. Elle prit la main de Marie et lui dit :

— N'aie pas peur.

— On se tutoie maintenant ? s'étonna Marie.

— Comme c'est moi la plus vieille, je peux proposer qu'on se tutoie, dit Angela en souriant. Au fait, je m'appelle Angela.

Marie ne put s'empêcher de rire. Toutefois, elle retrouva vite son sérieux et demanda :

— Tu es sûre que ça va aller ?

— Je suis là, auprès de toi.

Marie lui sourit avec gratitude. Et pour rassurer sa nouvelle amie, Angela dit d'une voix claire et ferme :

— On va y arriver !

54

Peu de temps après, la sage-femme arriva. C'était une femme forte au visage buriné. À peine entrée dans la maison, Mme Brunsen donna des ordres pour qu'on lui amenât tout ce dont elle avait besoin. Angela et Achim, ayant apporté le matériel nécessaire, se tenaient désormais à côté de Marie.

— Que faites-vous encore là ? les houspilla la sage-femme.

— Je me demande bien, dit Achim qui s'empressa de sortir.

— J'ai promis à Marie d'être à ses côtés pour la naissance, expliqua Angela.

— C'est tout à fait honorable. Mais nous n'avons pas ici un environnement stérile comme à la maison de naissance. Il serait donc préférable que nous ne restions que toutes les deux, dit la sage-femme en se tournant vers Marie.

Marie, le front baigné de sueur, réfléchit quelques secondes puis hocha la tête. Au lieu d'être soulagée de ne pas assister à la naissance, Angela ressentit une pointe de déception. Mais elle sourit à Marie.

— Vous allez y arriver, dit-elle.

Ensuite, elle retourna au jardin où la marchande de fruits engouffrait sa troisième part de gâteau au chocolat.

— Est-ce qu'on peut enfin reprendre ? demanda-t-elle, la bouche pleine.

— Oui, confirma Angela qui, encore en pensées avec Marie, ne développa pas davantage.

— C'est pour aujourd'hui ou pour demain ?

— Pour aujourd'hui. (Angela se ressaisit.) Où en étais-je, *Puffel* ?

— À « ce n'est pas une lettre mais un symbole ».

— Exactement. (Angela avait retrouvé le fil. Il était temps de passer aux choses sérieuses.) L'indice laissé par Philipp pour désigner la coupable est un symbole. Je l'ai compris hier en écrivant un e-mail.

— Un e-mail ? demanda Katharina von Baugenwitz avec mépris.

— Oui, quand on écrit un e-mail, on doit entrer l'adresse du destinataire.

— Vous m'en direz tant ! railla la marchande de fruits.

— Et chaque adresse comporte ce symbole, dit Angela en montrant la feuille de papier avec le *a* dessiné.

— Mais seulement si le *a* figure dans l'adresse du destinataire, intervint Achim.

— Non, ce symbole figure dans chaque adresse.

— Quoi ?

— Regardez bien.

Angela prit un stylo et traça un cercle autour du *a*. Jusqu'à ce que tout le monde puisse voir ce qu'elle voulait dire.

@

— Philipp est mort avant d'avoir pu dessiner le cercle autour de la lettre.

Toutes les personnes présentes semblaient stupéfaites. À part Katharina von Baugenwitz.

Angela se tourna vers elle :

— Vous avez toujours su ce que signifiait ce signe. Quand j'ai tracé la lettre dans les graviers, Alexa et vous étiez choquées.

— J'ai cru qu'il voulait désigner Alexa, répliqua Katharina.

— Non.

— Vous ne croyez tout de même pas que Philipp avait l'intention d'écrire un e-mail entier, se moqua l'aristocrate.

— Il savait qu'il n'avait plus le temps d'écrire un mot en entier. C'est pourquoi il a choisi ce symbole pour désigner la coupable. On l'utilise beaucoup sur les réseaux sociaux, notamment sur…

— Instagram, claironna Achim.

Tous les regards se posèrent sur Pia.

55

— Combien de fois vais-je devoir le répéter ? s'écria Katharina au désespoir. C'est moi qui les ai tués.

— Vous avez des alibis et ils seront confirmés, quoi que vous affirmiez.

Katharina lança un regard désespéré à sa fille.

— Le soir où nous avons fait connaissance, vous m'avez dit que vous feriez tout pour votre fille.

— Oui…

— Vous seriez donc prête à avouer un meurtre que vous n'avez pas commis.

Katharina ne répondit pas.

— Quand nous avons voulu aller dans la cave, la nuit du premier meurtre, et que la porte était verrouillée, vous avez été prise de panique. Vous saviez parfaitement ce dont votre fille était capable.

Toujours pas de réponse.

— Et vous avez tout de suite compris que Pia avait maquillé le meurtre de Philipp en suicide. C'est pourquoi, vous avez eu la présence d'esprit de nous dire que votre ex-mari voulait en finir.

Katharina fixait le sol. Angela se tourna vers Pia.

— Tu voulais l'héritage.

— Vous avez déjà oublié ? J'ai une vidéo comme alibi, répliqua Pia d'un ton glacial qui fit frissonner Achim à côté d'Angela.

— Je l'ai regardée à nouveau cette nuit.

Angela sortit son nouveau téléphone portable de la veste de son blazer et montra la vidéo que Pia avait postée pour ses abonnés lors de la fête du vin. On voyait l'ado aux cheveux bleus se moquer des convives quand elle parlait de gymnastique arythmique en filmant les gens qui dansaient sur *Macarena*. Philipp, dans son armure, en avait aussi pris pour son grade, avec son commentaire cinglant : « Voilà ce qui arrive après des siècles d'unions consanguines. » À la fin de la vidéo, elle se penchait sur le saladier à moitié rempli de punch-Baugenwitz et décrétait : « La sangria de Ballerman est un délice à côté de ça. C'est bien pour ça que je ne me soûle qu'au Dom Pérignon. Vous devriez essayer vous aussi ! Et n'oubliez pas : l'anarchie est à portée de main. »

— C'est d'un mauvais goût ! jugea Achim.

— Le code temporel prouve que j'étais à la fête au moment où Philipp a été assassiné dans la cave.

— Ç'aurait été le cas s'il n'avait pas été falsifié, objecta Angela.

— Falsifié ? répéta Pia, l'air rebelle.

— Tu as cru que ni le commissaire ni moi n'aurions l'idée de vérifier parce que les vieux comme nous ne connaissent rien aux réseaux sociaux.

Pia ne put s'empêcher de ricaner dédaigneusement.

— Et tu avais raison. Je n'ai songé à cette possibilité qu'après avoir découvert ce que le symbole signifiait.

— Tu as confié la vidéo à des experts en informatique ? demanda Achim.

— Ça n'a pas été nécessaire.

— Pourquoi ? s'étonna Achim.

— Tu te souviens quand nous avons bu le punch ?

— Malheureusement oui. Ce truc était répugnant.

— On nous a servi le dernier verre.

— Oui, il était censé nous porter chance mais il avait un goût atroce.

— Effectivement.

— Et donc ?

— Pia s'est filmé devant un saladier à moitié plein, donc bien avant l'heure du crime.

— Ce qui veut dire…

— Qu'elle n'a pas d'alibi. Les experts en informatique pourront confirmer que le code temporel a été falsifié. (Angela se tourna à nouveau vers Pia.) Malheureusement, tu n'as pas eu le temps de fabriquer un autre alibi après le meurtre d'Alexa. Il ne te restait plus qu'à espérer que l'alibi pour le premier meurtre suffise. D'autant que la police pensait à des suicides.

Pia plissa les yeux.

— Et au cas où quelqu'un viendrait à découvrir tes combines, une détective amateure par exemple, tu pouvais toujours compter sur l'amour de ta mère.

Pia lança un regard rempli de haine à Angela pendant que Katharina se recroquevillait sur sa chaise.

— Depuis que ta mère a provoqué l'accident dans lequel ton père a trouvé la mort, elle a tellement mauvaise conscience qu'elle est prête à tout pour te protéger. Tu le sais parfaitement. Quand tu l'as regardée d'un air implorant tout à l'heure, tu lui envoyais un message clair : « S'il te plaît, ne me laisse pas aller en prison. »

Katharina von Baugenwitz avait les larmes aux yeux.

— C'est pourquoi ta mère a fait comme si tu ne savais pas que tu avais été adoptée par Philipp. Et donc que tu ignorais être son héritière. Mais c'était juste pour te couvrir. (Angela reporta son attention sur Katharina.) N'est-ce pas madame ? Votre fille savait pour l'adoption, tout comme elle savait pour l'héritage.

La mère de Pia hocha presque imperceptiblement la tête. C'était une femme brisée.

— Tu aurais laissé ta mère aller en prison à ta place !

Les yeux de Pia prirent un éclat métallique.

— Quelle petite peste rusée ! s'exclama la marchande de fruits.

— J'ai compris que Pia était rusée quand elle m'a dit qu'elle méprisait ses abonnés sur Instagram.

— Ils sont tous décérébrés ! se moqua Pia.

— Tu les méprises aussi parce que tu sais que tu ne peux pas compter sur eux.

— Oui, lâcha Pia. Je gagne un paquet d'oseille avec mes posts. Mais ça ne durera pas éternellement. Dans deux ans, ça sera fini peut-être. Et après ? Je n'ai même pas de diplôme. Et mon crétin de père adoptif voulait se barrer avec sa vieille. Maman et moi nous serions retrouvées sans rien. On voulait récupérer tous les biens de la famille avec les expertises.

— 200 millions d'euros.

— C'était pas seulement pour l'argent. Mais aussi pour le nom de la famille.

— Comme Philipp t'a adoptée, tu en fais bien partie.

— Encore plus que Philipp. Lui, il s'en foutait complètement. Avec nous, le nom « von Baugenwitz » aurait retrouvé toute sa gloire.

— Comme à l'époque des nazis.

— Et de Balduin le bourreau.

— Tu t'intéresses donc à l'histoire.

— Et comment ! Il n'y a que les idiots qui ne s'y intéressent pas.

— Ta mère m'a dit que quand tu étais enfant, tu passais des heures à la bibliothèque du château. Tu as tout lu de l'histoire de la famille. Tu savais précisément comment faire passer les meurtres de Philipp et d'Alexa pour une répétition de l'histoire.

— J'avoue que c'était encore plus jouissif.

— En te référant au passé, tu as aussi orienté les soupçons vers Alexa.

— Au cas où quelqu'un aurait pensé qu'il s'agissait bien d'un meurtre, il aurait d'abord pensé à elle parce que l'histoire se répète. Et il aurait pris sa mort pour un suicide. Comme au XVIIe siècle avec Adelheid et Balduin.

— Et comme tu aimes beaucoup le passé, tu n'as pas seulement eu l'idée d'utiliser le mousquet mais aussi l'arbalète pour me tirer dessus.

— Le pied total !

— Tu avoues tout.

— Ça ne sert plus à rien de nier.

— Mais tu ne regrettes rien ?

— Non.

— Tu vas donc finir en prison pour un double homicide et une tentative de meurtre.

— Non.

— Comment non ?

— J'irai en prison pour un triple homicide.

Pia mit la main dans son sac à bandoulière posé à côté de sa chaise et en sortit le mousquet qu'elle braqua sur Angela.

56

C'était une drôle de journée pour Poutine. Pour le chien, pas pour le président. Le carlin ne savait pas qu'il portait le même nom que le Russe. Il ignorait même son existence. D'ailleurs, elle lui aurait été complètement égale. Le petit Poutine se concentrait sur les choses essentielles : manger, dormir, se faire caresser. Et elles le comblaient. Pourtant, ce jour-là, tout ce qu'il aimait était complètement négligé. Sa maîtresse ne s'occupait pas de lui mais d'autres femmes, qui n'avaient même pas eu la gentillesse de laisser tomber la moindre miette de gâteau pour lui. Poutine savait que les friandises ne faisaient pas de bien à son estomac mais c'était tellement bon. Quelqu'un aurait quand même pu lui en donner un peu ! Comble de malheur, ni sa maîtresse ni son maître ne l'avaient caressé de la journée. Si Poutine avait connu le mot « scandale », il aurait pu s'en servir pour exprimer ce qu'il ressentait en cet instant. Et maintenant qu'il venait de se coucher sur un carré de pelouse bien confortable, dans le but de faire un bon petit somme au soleil, voilà que tout le monde semblait très agité. Le carlin finit par lever la tête pour voir ce qui se passait. La femme aux drôles de cheveux semblait tendre un bout de bois à Maîtresse. Voulait-elle le jeter pour que Maîtresse aille le chercher ? À bien y réfléchir, Maîtresse n'avait jamais rapporté de bâton. Poutine aimait bien aller chercher les bâtons qu'on lui lançait, du moins les deux ou trois premières fois. Après, ça devenait trop fatigant. Non, Maîtresse ne devait pas aller chercher le bâton. Elle semblait même en avoir peur. Il faut dire qu'il avait une drôle d'apparence ! Les autres humains paraissaient tout aussi effrayés. Surtout son maître. On sentait même la peur de la mort chez lui. Minute ! Cela signifiait-il que Maîtresse était en danger ?

Le carlin se leva d'un bond. Il renifla autour de lui avec son museau plat qui, malgré ses faibles performances liées à sa physionomie, lui permit de constater qu'il y avait de la peur et de la colère dans l'air. La fureur émanait de la femme au bâton. La crainte, de toutes les autres personnes. Le grand humain qui s'appelait Mike et que Poutine aimait tant parce qu'il partageait toujours ses tartines au pâté de foie avec lui fit un pas vers la femme aux cheveux bizarres. Mais elle le menaça avec le bâton et il s'immobilisa. Si même le géant avait peur du bâton, ça voulait dire que ce n'était pas le genre de bout de bois qu'on lance pour qu'un chien ou un humain aille le chercher.

La femme aux drôles de cheveux visa de nouveau Maîtresse avec le bâton. Elle dit des mots que le carlin ne saisissait pas. Il ne comprenait pas le langage des humains à part quelques mots comme « Manger », « Friandises », et « Tu es vraiment trop chou mon lapinou ». La femme disait en fait :

— Je vais finir en prison de toute façon ! Avec ce troisième meurtre, je pourrai au moins entrer dans l'histoire.

Maîtresse avait vraiment peur de mourir, cette fois. Poutine le sentait même si elle essayait de ne rien laisser paraître.

Il ne fallait pas que Maîtresse meure !

Pourquoi est-ce que personne ne faisait rien ?

La femme aux drôles de cheveux visa le visage de Maîtresse avec le bâton.

Vilaine femme !

Poutine se demanda s'il devait japper. Mais il savait très bien que personne ne prenait ses glapissements au sérieux. Surtout pas l'idiot de chat d'en face.

La femme continuait à parler et le carlin ne comprit pas davantage ce qu'elle disait.

— J'aurais dû tout de suite prendre le mousquet…

Poutine ne voyait qu'un moyen de sauver Maîtresse.

— Plutôt que les flèches. Ça…

Courir et…

— … va être le pied total !

… mordre.

Au mollet.

La femme cria. L'homme aux tartines de pâté de foie se jeta sur elle et la plaqua au sol. Elle fit tomber le bâton. Poutine le prit dans sa gueule. Il était sacrément lourd et avait un drôle de goût. Il l'apporta à Maîtresse. Elle prit le bâton et tapota la tête de Poutine. Affectueusement. Tout en lui adressant un grand sourire, encore plus grand que la première fois qu'il avait fait ses besoins dehors, devant la maison, alors qu'il était encore un petit chiot.

— C'est très bien, Poutine. Tu as été très courageux, dit-elle.

Et même si Poutine ne comprenait pas vraiment ce qui s'était passé, jamais il n'avait été aussi fier de lui.

57

Angela se tenait dans la petite rue pavée devant la voiture de police dans laquelle Pia était assise, les mains menottées. Le commissaire Hannemann s'appuyait contre le toit du véhicule. Angela ne l'avait encore jamais entendu pousser un soupir aussi profond. Ni lui ni personne d'autre sur cette Terre, d'ailleurs.

— On dirait que vous aviez raison finalement, reconnut-il, un peu gêné.

— On dirait en effet, confirma Angela.

La peur ne l'avait pas encore complètement quittée mais un autre sentiment l'accompagnait désormais : elle éprouvait une immense fierté à l'idée d'avoir élucidé l'affaire. Toutefois, elle ne voulait pas paraître arrogante face au commissaire. Même si c'était difficile. Elle ne pouvait pas triompher ouvertement.

— Je vais avoir l'air bête devant mes supérieurs comme devant mon ex-femme à l'époque. (Il soupira à nouveau, encore plus profondément.) Enfin, on ne peut rien y faire.

— Au contraire.

— Comment ça ?

— Nous allons faire tous les deux comme si c'était vous qui aviez élucidé l'affaire.

— Vraiment ? s'étonna le commissaire.

— Comme ça, les médias n'en sauront rien et ils me laisseront tranquille.

— Mais…

— Personne ne sait que ça ne s'est pas passé comme ça chez vous à Templin. Sauf Lena, mais elle a toutes les raisons de se taire.

— Quelles raisons ?

— Vous êtes sûr de vouloir les connaître ? Vous ne préférez pas jouer le rôle du héros dans l'histoire ?

— Si, le rôle du héros, c'est mieux.

— C'est bien ce que je pensais. Et si Pia parle de moi, personne ne la croira de toute façon. De toutes les autres femmes, seule la marchande de fruits risque de jaser. Mais qui s'intéresse à ce qu'on raconte sur le marché de Klein-Freudenstadt dans le vaste monde ?

— Personne ?

— Personne.

— Ça va être le plus grand succès de ma carrière, se réjouit Hannemann qui n'en revenait toujours pas.

— Je suis contente pour vous.

— Peut-être que j'obtiendrai même une promotion pour ma fin de carrière.

— C'est bien possible.

— Et mon ex-femme reviendra, qui sait ?

— À votre place, je ne m'emballerais pas trop.

— Vous avez raison, soupira Hannemann. Mais j'ai encore une faveur à vous demander.

— Je vous écoute.

— Ne vous mêlez plus jamais d'une enquête de police. Surtout pas d'une enquête pour meurtre.

— Ça mon cher, je ne peux vraiment pas vous le promettre, dit Angela en riant.

58

Quand Angela revint dans le jardin, Katharina von Baugenwitz et la marchande de fruits étaient parties depuis longtemps. L'une était anéantie, l'autre perturbée par le fait que la terre qu'elle cultivait serait désormais gérée par Marie, la mère noire de l'héritier illégitime. Angela se réjouit à l'idée que l'agricultrice ait de quoi ruminer pendant quelque temps.

Du jardin, on entendait les cris de douleur de Marie à travers les fenêtres fermées de la chambre à coucher. Mike, Lena et Achim s'étaient retirés au fond du jardin par respect pour la jeune femme. Ses cris étaient certes encore audibles mais beaucoup moins forts. Poutine était couché dans l'herbe à côté d'eux. Achim lui avait donné un gros os pour le récompenser et Mike, une tartine de pâté de foie entière. Angela les rejoignit.

— J'ai toujours su que Poutine était un roquet, mangeur de mollets !

Angela se mit à rire.

— Tu es vraiment une Sherlockine et je suis fier d'être ton Watson.

Angela se demanda si elle ne devait pas révéler à son mari qu'elle était plutôt Miss Merkel et lui Mister Puffel. Finalement, elle se ravisa. Elle l'embrassa affectueusement sur la joue.

— Tu es un mari merveilleux, dit-elle.

— Merci, toi aussi, répondit Achim avec un grand sourire.

— Je suis moi aussi un mari merveilleux ?

— Non, non je voulais dire une femme merveilleuse, s'empressa-t-il de rectifier.

Ils rirent tous les deux.

Angela se tourna vers Lena qui leva ses yeux encore gonflés de larmes vers elle.

— J'ai fait comprendre à Hannemann qu'il ne devait pas s'occuper de vos affaires. Personne ne vous reprochera de vous être laissé corrompre.

— Personne à part moi, répondit doucement Lena.

— Ne sois pas si dure avec toi-même, dit Mike avec compassion.

Il voulut la prendre dans ses bras.

— Non, dit-elle en le repoussant.

— Qu'est-ce qu'il y a ?

— Je vais chez ma tante à Berlin. Il faut que je mette un peu d'ordre dans mes idées.

— Et tu reviens quand ? demanda Mike, ébranlé.

Lena ne répondit pas.

— Tu reviens, non ?

Elle ne répondit toujours pas.

— Lena ?

— Je ne sais pas. (Elle détourna les yeux de Mike et regarda Angela.) Merci.

— De rien.

Lena quitta le jardin et Mike soupira doucement.

— Ce n'est pas du tout comme ça que j'avais imaginé notre troisième rendez-vous.

Angela le prit amicalement par le coude.

— Vous finirez par trouver votre bonheur.

— Vous croyez ?

— J'en suis sûre !

Mike sourit.

— En attendant, allez vous servir à table. Il reste plein de gâteau.

Mike gémit et rit à la fois.

— Si ça continue, je ne plairai plus qu'aux femmes qui aiment les gros.

Avant qu'il ne se jette sur les gâteaux comme Poutine s'était jeté sur son os, Achim dit :

— Vous entendez ?

Angela et Mike tendirent l'oreille.

— Je n'entends rien, constata Mike.

— Moi non plus, confirma Angela.

— Justement, dit Achim en riant.

— Hein ? demanda Mike.

Angela comprit.

— Marie !

— Le bébé est sûrement né ! s'exclama Achim en riant.

Angela n'avait jamais été aussi excitée depuis son arrivée à Klein-Freudenstadt. Ce qui, au vu des événements des derniers jours, n'était pas rien. *Pourvu que tout se soit bien passé. Pourvu que la mère et l'enfant se portent bien*, pensa-t-elle.

À cet instant, la sage-femme sortit dans le jardin. Elle sourit et interpella Angela.

— Marie et Adrian veulent vous voir, dit-elle gaiement.

59

Marie était couchée dans la chambre. La sage-femme venait de mettre des draps propres et avait fait disparaître en un tour de main le chaos. Angela et Achim s'occuperaient du reste plus tard. La jeune mère tenait le bébé enveloppé dans une couverture dans ses bras. Angela n'aurait jamais cru qu'une personne pût à la fois paraître si épuisée et si heureuse.

— Je vais vous laisser, dit la sage-femme Brunsen. J'ai un appel d'urgence sur mon portable. Je dois m'en occuper. Mais ne vous inquiétez pas Marie, je repasserai vous voir dès que j'aurai fini.

— Merci.

— Vous avez quelqu'un pour veiller sur vous ici, dit Mme Brunsen en souriant et en regardant la maîtresse de maison.

Marie regarda Angela qui hocha la tête pour la rassurer.

— Oui, c'est vrai, confirma Marie.

— À tout à l'heure, dit la sage-femme en quittant la pièce.

Angela s'approcha du lit et observa le bébé endormi. La ressemblance avec sa mère était indéniable. Pas seulement parce qu'ils semblaient tous deux épuisés.

— Vous voulez… commença Marie.

— On se tutoie, tu as déjà oublié ? l'interrompit Angela.

— Tu veux le porter ? demanda Marie en souriant.

— Qui, quoi, moi ? demanda Angela, surprise.

— Tu vois quelqu'un d'autre dans la chambre ?

— Non, répondit Angela avec un manque d'assurance qui ne lui ressemblait pas.

— Donc c'est bien de toi qu'il s'agit, dit Marie en riant.

Angela s'assit sur le bord du lit et Marie lui tendit le bébé dans sa couverture. Angela le porta, un peu crispée, comme s'il allait se casser.

— Détends-toi, ce n'est pas une bombe atomique.

Plus facile à dire qu'à faire.

— N'hésite pas à le tenir contre ta poitrine.

Angela s'exécuta. C'était merveilleux. Elle sentait même les battements de cœur du petit. Émue, elle versa une petite larme. Depuis quand n'était-ce pas arrivé ? Quand Achim lui avait fait sa demande en mariage, des années auparavant ? À l'époque, elle avait tout juste réussi à contenir ses larmes de joie.

Pour maîtriser son émotion, Angela se mit à parler.

— Il est vraiment mignon, ce petit Adrian.

— Il a un deuxième prénom.

— Ah oui ?

— Je lui ai donné ton nom.

— Angela ? s'étonna Angela.

Elle savait qu'on baptiserait sûrement un aéroport ou une gare Angela Merkel après sa mort. Mais que quelqu'un ait envie de donner son prénom à son enfant, elle ne l'avait pas envisagé une seconde. Et elle se demanda si c'était une bonne décision d'appeler le petit garçon Angela. Même si ce n'était que son deuxième prénom, il allait s'attirer les moqueries.

— Mais non, idiote, rit Marie.

— Tu ne vas quand même pas l'appeler Merkel ?

— Encore moins ! s'esclaffa Marie.

— Comment alors ?

— Ángel, répondit Marie.

— Ángel, répéta Angela, émue.

— Ça veut dire « Ange » en espagnol.

Angela regarda le petit Adrian Ángel, qui dormait dans ses bras. Elle ne put pas se retenir plus longtemps. Elle laissa couler ses larmes de bonheur. *Klein-Freudenstadt ou la ville des miracles*, pensa-t-elle.

Merci

Un grand, que dis-je, un immense merci à ma merveilleuse éditrice, Ulrike Beck, pour tous les chemins qu'elle emprunte avec moi ; à mon mentor, Michael Töteberg, qui a lu ce livre à mesure que je l'écrivais, chapitre après chapitre comme un roman-feuilleton, et qui m'a toujours encouragé ; au dessinateur de la couverture, Oliver Kurth, qui a encore une fois fait des merveilles ; et bien sûr, à Angela Merkel.

Achevé d'imprimer en octobre 2021
sur les presses de la Nouvelle Imprimerie Laballery
58500 Clamecy
Numéro d'impression : 109520

Imprimé en France

La Nouvelle Imprimerie Laballery est titulaire de la marque Imprim'Vert®